セアラ・フィールディングと18世紀流読書術

セアラ・フィールディング と 18世紀流読書術

イギリス女性作家の心の迷宮観察

鈴木実佳著

知泉書館

序

セアラ・フィールディング（一七一〇―六八）とその作品に焦点を絞った本を出版しているリンダ・ブリーが、研究をするにあたり感じたことを次のように書いている。図書館員や学生、友人が、そしてアカデミックといえども、たいていの場合、「テーマにしているセアラ・フィールディングというのはどういう人ですか？」と尋ねる。「ヘンリー・フィールディングの妹」と答え、慌てて「でも彼女自身重要な作家なのです」と付け加えて、何となく罪の意識を感じる。セアラ・フィールディングは、ヘンリー・フィールディング（一七〇七―五四）研究の一環として、あるいはヘンリーやサミュエル・リチャードソン（一六八九―一七六一）らを含めてこの時代を代表する作家たちの様々な影響をパッチワークのように受けた作家として研究されてきた。そのような扱いには、功罪両面があって、何より、ヘンリーの妹であることの利点も不利な点もセアラ自身がよく感じていたことであろう。(1) 兄妹が様々な人と交わした手紙を集めた書簡集が一九九三年に出版されたのは、ヘンリー・フィールディング研究と一八世紀の女性作家研究の隆盛の一環としてのセアラ・フィールディング研究の要請に応えたものだった。また、彼女の作品が散発的にではあるが手に入りやすくなっている。彼女の知名度は、ここ数十年で、爆発的に知られるようになったというわけでは決してないが、より多くの人に知られ、読まれるようになってきているといえるだろう。それでも、ヘンリー・フィールディングの妹として紹介するのが手っ取り早い方法であることに変りはない。また、ヘンリーとの関係を重視することは、彼女の文学を考える上で積極的な意味をもつと考えられる。

研究の対象と方法の多様化を歓迎する環境を私たちは幸い享受している。キャノンと言われる作家たちは伊達や酔狂でその地位を得たわけではなく、それに値する面白さがあり、文章もプロットも作品構成も、秀逸である場合が多いことは確かだ。しかし、一八世紀研究でいえば、文学の世界を支えた、あるいは「支える」というよりもはるかに積極的な役割を果たした印刷業者を主人公にした研究や、ラネラやヴォクソールのイベントを企画して成功させたアントレプレナーに当るスポットライトを既に私たちは知っている。そういえば、デイヴィッド・コパーフィールドよりもミコーバーさんやマギーおばさんの言動を面白がったり、ローゼンクランツとギルデンスターンの行動を追いかけ、笑い、哀しみ、賞賛することの面白さを私たちは知っている。これは、単にマイナー・キャラクターを愛でる偏狭な楽しみではなくて、そうやって視点を変えることでより多くのものが、たいていは私たち自身に深く関係がある何かが見えてくるということを知っているからそういったものが面白いのだ。このような文学作品や文学周辺研究の成果をみると、ヒーローたちに彩りを添え、文学文化の表舞台を脇で支えた人々の研究をする勇気を与えられるものだ。

一八世紀イギリスを扱う歴史家たちが指摘しているように、この時期の社会の構造、人々のものの考え方、家族や夫婦の関係、社会観、人間観、子ども観には、現代にも通ずる要素が大きい。それに加えて、印刷物の普及や知識・情報の伝達の迅速化と広範化に進展がみられ、特に出版物をめぐる文化的状況に注目すると、魅力ある時代である。啓蒙がもたらしたものは必ずしもすべてが薔薇色ではないが、コスモポリタンで寛容、伝統を受け継ぎながら新しいものを求める活発な雰囲気が感じられるのも魅力の一部である。活力に満ちた出版界の中でも小説をはじめとする散文では斬新な試みが行われている。そしてものを書いたのは作家ばかりではない。読者たちも盛んに互いに手紙を交わした。なかには作家の創作に影響を及ぼす手紙を書いていた人々もいる。書かれた結果が出版に至った場合も、活字にならないものとして残ったり、失われてしまったりした場合も、人々がものを書き、読むのに費やした時間とエネルギー、そしてそのことによって得た活力は注目に値する。手紙や出版物を読む人々が増え、新たな娯楽が多種提供されるようになり、それらを楽しむことを肯定することができたこの時代は、新たな伝達手段を得た知的生産物のあり方をみせてくれる。

一八世紀半ばの文壇と文化を動かしていた人々を目の当たりにしながら、そのような人々の陰に隠れがちであるが、ただの有名人の知り合いで終わらない人物の一人として本書ではセアラ・フィールディングを主人公にする。決して派手な活動をしたわけでもなく、出版で大金を手にしたわけでもないが、好奇心を引き付けられずにいられないのは、彼女が文学的に野心的な試みを繰り返していたためである。彼女の試みにいつも見て取れるのは（必ずしもいつも目標を達成できるわけではないが）、出版物の受け手となる人々の動向をつかまえようとする敏感なアンテナを張り巡らす意思であり、また大衆に迎合しない決意である。そして、目立つ活躍をしていた巨人たちと関わり合いながら、地味な「普通の人」が、次から次へと新たな手法、新たなテーマ、新たな読者層をターゲットにした作品を繰り出していった。本書はその生涯と作品を以下のようにたどり、物語を通じて彼女が伝えようとしたものを考察していく。第一章では、セアラ・フィールディングの生涯と評価を概観する。比較的恵まれた幼少時代から、経済的困難と家の危機に見舞われ、作家としての生活を始めて、ある程度の成功をおさめ、晩年は友人に支えられてバースで過ごした彼女の生涯が見せてくれる一八世紀女性作家の活躍と困難、ロンドン出版事情、バース隠遁、援助のネットワークをみていこう。

第二章では、著作者から読者へのメッセージが直截的にあらわれている『クライ』と『クラリッサについて』

を中心に、曲解者の存在にとりつかれながら、著作者の意図をどのように伝えていこうとしていたのか考察する。商業化と小説の勃興の時期に、作品が橋渡しする二つの世界は大きな変革を迎えていた。文学をめぐるパトロネッジは一八世紀に存続し続けたことが示され、商業化が過大評価されがちであることも指摘されている。著者たちは、古いシステムと価値観に依存することもできたのである。しかし、教養と知識、ある種の社会的特権に支えられた文化的エリートたちは、新しい文化を担う力が力強く芽生えてきていることを認識して、その認識を作品上に表現することを選び、それによって新たな文化的潮流の中での自分の位置を測り、新たな勢力との間の関係の構築を模索した。そうした書物市場の成り行きに対する不安と、作者としての責任感の両方を共有する著者たちのなかのひとりがセアラ・フィールディングである。

一八世紀のイギリスでは、手紙を書くということに人々が非常な熱意をもった。第三章のテーマは手紙である。手紙を書くことが、まるで無しでは済まされない必須の日課であって、手紙を書かずにはいられないような風潮にひたっている人々がみられる。識字率が上がって字を書くことができる人々が増え、書かれたものの移動を支える郵便のサービス網が発達したことがこの流行を支えていた。世俗的で、人と人との間のコミュニケーションや接し方に注意を払うことに大きな価値を見出していたこの時代の、自分の意思伝達と他人の思いを知ろうとする欲求は、会話として、そしてそれの代替物としての手紙として人と人との間に交わされた。セアラ・フィールディングの手紙及び書簡体形式の使い方をみてみると、「女性的な」素直な感情の吐露としての手紙という流行に抗う姿勢がみられる。彼女が手紙を使って達成しようとしていたのは、反対に、制御のきいた見解を示すこと、周囲の世界を鋭く観察し、冷静に分析することである。彼女の登場人物たちは、手紙を交わすが、感情を吐露する必要がない。親しい仲間は秘密を分かち合うために手紙を書いたりしない。なぜなら、親しい仲間の間では、想いが共有されていて、あえて文字にしなければならないようなことがないからである。それで登場人物たちは、自分に起こったことや自分の気持ちを書き表すのではなくて、観察者となって周囲のことを冷静沈着に描写する。

第四章では子どもをターゲットにした作品を中心に扱う。一八世紀半ばから一九世紀初めに、子ども向けの書物は際立った発展を遂げたが、ジャンルとしての拡大・成長は、目的や質の変化を伴った。初期の著者たちは一九世紀初めの著者たちと、スタイルも目的も異なっている。この差異は、黎明期の未発達状態から成熟期の完成という見方では片付かない。両者は、ゴールを異にし、著者と読者の関係、教える者と教わる者の関係の作り方も異なっている。青少年文学をどのようにとらえるか、子どもというものをどう考えるか、ターゲットとする読者は誰か、そして最終的には、著作家はどんな立場をとるべきものと考えるか、これらすべてについて、両者には相違があるのである。フィールディングのこの学校物語の特徴は、もう一冊の書物と比較することで一層明確になる。比較の対象は、同じ『ガヴァネス』。福音主義者の中に数えられるシャーウッド（一七七五―一八五一）がセアラ・フィールディングの『ガヴァネス』を書き直して一九世紀はじめに再出版しているのだ。ふたつの『ガヴァネス』は、一八世紀半ばと一九世紀はじめの間に際立った差異があることを如実に表わしている。その差異は、物語の中で行われている教育の差異であり、書物が作る作者と読者の関係のつくりかた、あるいは著者というものがどんな姿勢をとるものであると考えるか、「著者」というものの概念の差異である。

最後に、古典翻訳の仕事をとりあげる。ギリシャ、ローマの古典作品は、一八世紀に翻訳により新たな読者層を獲得することになった。紳士の教養の中核をなす古典を翻訳を通して知ることの是非については賛否両論が渦巻いていたが、ポープ（一六八八―一七四四）やエリザベス・カーター（一七一七―一八〇六）の大成功にみられるように、書物市場においては古典作品の翻訳は、需要を見込むことができる重要な分野となった。セアラ・フィールディングは、この成長著しい分野である翻訳に乗り出した。彼女が選択したのは、クセノフォンのソクラテスであった。翻訳分野を選んだことも、そのなかでもクセノフォンを選んだことも、この企画の成功を約束しているように思われる。ところがこの企画は、カーターに翻訳がもたらしたような金銭的報酬を、残念ながらフィールディングにはもたらさなかった。その理由として考えられる、翻訳作品の提供のしかたと、セアラ・フィールディングの学問に対する姿勢を検討し、彼女が追いかけたものと書物市場が求めたものの齟齬を明らかにする。そしてまた、一八世紀の女性と学問あるいは教育について、彼女の例が示す可能性と限界についても論じる。

このように、本書は一八世紀半ばに文筆活動を行っていた一人の人物、セアラ・フィールディングの生涯と作品を追って、伝統や規定と新しい発想や企画、冷徹な観察や風刺と熱い心情の吐露、共有と秘密、それら相反するものが互いに干渉する場としての文学作品に注目し、そしてそれを通してそれら相反して見えるものが協働して作り出していった文壇や出版の世界、さらには日常の現実を垣間見て、書かれたものが果たすことができる可能性を探っている。それにあたり、それぞれの章で中心的役割を与えられている作品はあるものの、個々の作品を別々に扱っているわけではなく、また議論は作品の粗筋を示すことを意図しているわけではないので、この前書きの場を借りて、簡単に作品ごとの梗概と主な登場人物を紹介しておこう。彼女の作品を手にすることはとても難しいことではなくなってきているが、少なくともこれまでのところ邦訳は出版されておらず、馴染み深い作家というわけではないのでこの紹介が役に立つだろう。

デイヴィッド・シンプル・シリーズ

『デイヴィッド・シンプル』『親しみの手紙』『デイヴィッド・シンプル最終巻』

信頼していた弟の画策で危うく財産を剝ぎ取られかけて、それを契機にデイヴィッド・シンプルは真の友を求める旅に出る。狡猾な人々、金銭ずくでしか生きられない人々、平気で他人を犠牲にする人々に出会い、人間不信に陥るような扱いを受けて、彼は冷酷な現実に直面する。しかし、シンシア、カミラ、ヴァレンタインに出会う。彼らは家族関係でそれぞれ困難な状況にあったが、その事情を語り合い、同じような純真さをもっていることを互いに確認し、真の友が得られたことを喜びあい、デイヴィッドとカミラ、シンシアとヴァレンタインのふたつのカップルはめでたく結婚する。

ダブル・ウェディング後に交わされたという設定の手紙集『親しみの手紙』は、書簡体小説のように状況に進展がみられることはなく、その詳細については第三章で論じているので、ここでは触れずにおくことにする。

『デイヴィッド・シンプル最終巻』では、二組の夫婦が次々と災難に見舞われる。財産をめぐる法的トラブルに巻き込まれて、デイヴィッドとカミラの一家は、経済的困窮に耐えるが、火事や子どもの病気そして死という相次ぐ不幸に見舞われ、悲しみの末に、カミラがまず亡くなり、そしてデイヴィッドも悲しい最期のときを迎えている。そこへ、ジャマイカでヴァレンタインを失ったシンシアが帰ってきて、デイヴィッドの娘と共になんとか暮らしていくてはずを整え、わずかな希望の光がさす。それでも、友を騙る人々の悪意や真の友の苦痛を見なくてよい世界へとデイヴィッドが旅立ったと述べられ、この世の人間の苦痛を受け入れる諦観で結末となる。

デイヴィッド・シンプル　主人公。裕福な服地商の長男。

シンシア　勉強好きであることを家族に疎まれて、仕えた女主人にも同じ理由で嫌われて辛酸をなめていたが、デイヴィッドたちと出会い、その洞察力と知性を自由に発揮する幸せと生涯の伴侶を得る。健康を害してバースで過ごし、後にはヴァレンタインと共にジャマイカに渡る。

カミラ　デイヴィッドの妻になる心優しい女性。父親の再婚で新しい母に疎まれて、兄と共に乞食同然の窮状に陥っていたところをデイヴィッドに救われる。

ヴァレンタイン　カミラの兄。シンシアに恋していてやがて彼女と結婚する。

オグイユ　旅に出たデイヴィッドが宿で出会った紳士で、真摯な様子でしかも世知に長けている。ヴァレンタインたちにジャマイカで運を拓く機会を与えたり、デイヴィッドの子どもの名付け親になったりもするが、実は自分の利益しか考えていない。

スパッター　スパッターはあらゆることを悪し様に、ヴァーニッシュは何でも口を極めてほめそ
ヴァーニッシュ　やして、対照をなす二人は、ともに社会の欺瞞を露わにする。

『ガヴァネス』

九人の子供たちが教わっている学校を舞台にした物語。何百年も前にウェールズに住んでいたという巨人のお話、昔のお姫さまのお話、鳥たちの会議の寓話、芝居『当世風葬式』などが織り込まれ、さまざまな類の物語を楽しみながら、子どもたちは自分の物語を紡ぐきっかけを与えられていく。

ミセス・ティーチャム　学校を開いた先生

ジェニー・ピース　学校の理想的な生徒で、仲間のリーダーとなってティーチャムを大いに助ける。

『クラリッサについて』

サミュエル・リチャードソンの『クラリッサ』は、一七四七年から一七四八年にかけて出版された書簡体小説で、クラリッサ、親友アナ・ハウ、ラヴレースを始めとして複数の書き手が手紙を交わす設定で物語が進む。財産の操作に熱心で、娘の気持ちなど意に介さない父や家族が勧める結婚を拒否したクラリッサは、窮地に追い込まれ、家に軟禁される。彼女は、困難な状況からの解放者を装うラヴレースの思いやりに富んだ言葉に誘われて、家から逃げ出してしまう。冷たい家族と、時に優しく高貴でさえあるようにみえ、あるときは邪悪な意図を見え隠れさせるラヴレースのどちらも頼ることができないまま、今度はラヴレースによって売春宿で囚われの身になって、それでもクラリッサは何とか変わらぬ高潔な心をもとうとしていた。ところが、業を煮やしたラヴレースに薬物を飲まされ、レイプされる。その後彼女は正気を失い、そして債務者監獄に入れられる。ラヴレースの友人ベルフォードが彼女を救い出し、彼女は正気を取り戻すが、静かな死に向かっていく。その彼女の様子をベルフォードが書きとめる。人気を集めたハッピーエンドの『パミラ』に続いて出版された『クラリッサ』は、読者の注目を集め、クラリッサの幸せを願う読者からの手紙が執筆中のリチャードソンに寄せられた。次の巻が、そして結末が出版されるのを待ち焦がれる読者たちは、息を凝らすようでいながら、饒舌である。新しい巻の出版に続いて、集まった読者が、『クラリッサ』について意見を述べるのが描かれるというのが、『クラリッサについて』である。前半は主に読者の意見交換の場になった集まりの様子と交わされた会話で構成され、後半は主として、会話に参加していた男女が交わした手紙から成る。

ハリオット・ギブソン　会話の参加者たちの『クラリッサ』に関する疑問や批判に応え、セアラ・フィールディングの代弁者としての働きをする若くて聡明な女性。

ベラリオ　途中から会話に加わり、率直な疑問と感想を述べ、他の人の考えに真摯に耳を傾けようとする。

『クライ』

ポーシアという若い女性が、真理を体現するウナ及び無知蒙昧な一群の人々「クライ」を聴衆にして、自分の考えや出会った人々のこと話す法廷的演劇的設定をもつ。ポーシアとフェルディナンドの間の恋愛は、マシュー・プライアの『ヘンリーとエマ』に描かれた恋愛の展開、つまりヘンリーが試練を仕掛け、エマがそれを乗り越えるというモチーフに従っている。(2)

ポーシア　注意深い教育を受けて育ち、知と徳をあわせもつ若い女性。周囲の人々についての認識と自分のこれまでの人生を語る。

フェルディナンド　ポーシアの恋人。コーデリアの双子の兄で、父はニカノール。

サイリンダ　ニカノールが財産をつぎこんだ愛人。ポーシアに並ぶ高度な学識を備えている一方で対照的な道徳観をもっていたが、第四部で登場し、ポーシアらを前にして自分の人生を語り、改心してポーシアとの間に友情をはぐくむ。

『クレオパトラとオクタヴィア』

プルタルコス英雄伝をもとにして、クレオパトラとオクタヴィアの人生が語られる。それぞれが一人称で自分の行動について語るという形がとられている。クレオパトラは理知的で権謀術数に長け、常に周囲をコントロールして政治的野望を実現していくが、野心・自尊心・虚栄心に衝き動かされた行動で得たものは結局は幸福ではなかったと悟って悲嘆して死ぬ。対比的にオクタヴィアは、作為を厭い、静かで平穏な家庭生活を好み、それでもアントニーを失うが、静かな満足感をもって人生を終える。

『デルウィン』

若く美しいミス・ルーカムは、年の離れたデルウィン伯爵の求婚を拒絶していたが、父親の政治的野望と自分の虚栄心に煽られて、伯爵と結婚することになった。しかし、結婚後、幸福を感じることはできず、ふさぎこんで、不満にどう対処してよいかわからない日々を送るうち、クレアモント卿の誘いに乗ってしまう。この不貞の証拠を得た伯爵は、彼女が望んだ別居ではなくて、離婚を求め、正式に離婚が成立する。正式な離婚の手続きがとられるのは稀なことで、しかもその理由が妻の不貞ということが世間に知れ渡り、シャーロットは社会的追放者の立場に追いやられ、パリに逃れる。噂が海峡を越えてやってくる前に裕福な男性をつかまえて結婚するつもりであったが、もう少しというところでその望みも潰えた。

シャーロット・ルーカム（レイディ・デルウィン）一七歳で伯爵と結婚する主人公。政治家として失脚して隠居した父親と共に、静かな本を友とする日々を送っていて、デルウィン伯爵からの求婚があっても地位財産に目をくらまされることは最初はなかったが、羨望と虚栄心に動かされて結婚を承諾する。

デルウィン伯爵　二四歳で爵位と財産を継ぎ、気儘放題自己中心的な生活を送って、介助がなければ立ち上がることもできず、自宅での挙式許可を取得しなくてはならないほど「贅沢と不摂生からくる病」などを患っている。正統な後継ぎを確保することは彼の人生の大きな目的である。

ビルソン夫人

シャーロットと同じように幸福とはいえない結婚生活をしながら、ビルソン夫人は対照的に、堅実な妻で、夫が散財して債務者監獄に収監され、夫に庶子がいることがわかるという事態に耐えながら、小物商を始めて家族を支え、その美徳は親戚からの財産を相続するという幸運で報われる。財産を得てからは、その良き使い道を求めて慈善活動に打ち込む。

『オフィーリア』

世間から隔絶した美しいウェールズの田舎で、腐敗した世の中のことをまったく知らずに守られて育った美しいオフィーリアは、そこに迷い込んできたドーチェスター卿に見初められ、そして連れ去られる。逃げようとしても無駄で、今度はドーチェスター卿の手で彼女の周囲に壁がめぐらされたようになり、知るべきことと知らずにいるべきことが彼によって選り分けられる。そんななかで、彼女は次第に彼に愛着を覚えるようになっていく。裕福な彼女の後見を担っているとの名目で彼はロンドンに彼女を住まわせ、世の慣習を教え、優雅な淑女として身につけるべきことを学ばせる。彼の狙いは、結婚という制度にとらわれずに、理想の愛人をつくることだった。彼女に魅せられた別の男性から真実を聞かされたオフィーリアは、なんとかして逃げ出したが、結局は彼のもとに自分の意思で戻ることになった。ドーチェスター卿は考えを改めて彼女に求婚し、彼女はそれを受け入れる。

オフィーリア

結婚したと思った男性が実は既婚者だったと知って、絶望的になって人里離れたウェールズにこもるようになった叔母に育てられた。無垢で純真な彼女の視点から、社会の腐敗や虚偽や愚劣さが驚きをもって暴かれる。

ドーチェスター卿　初めて会ったときから、その美しい姿と響きの良い声でオフィーリアを惹きつけ、そして会話と才知で彼女を魅了し、彼女を叔母のもとから連れ去る人物で、独特の道徳観をもつ。

目　次

第三章　気心知れた仲間の交流——手紙

第四章　学校物語——同朋を育てる

第五章　古　典——自己陶冶

目　次

セアラ・フィールディングの作品と本書での略称

（注には20世紀後半以降の版を挙げた）

1742 'from Leonora to Horatio' in Henry Fielding's *Joseph Andrews*

1743 'Anna Boleyn' in Henry Fielding's *Miscellanies*

1744 *The Adventures of David Simple: Containing an Account of his Travels thro' the Cities of London and Westminster, in the Search of a Real Friend. By a Lady.*[1]『デイヴィッド・シンプル』
Printed for A. Millar
十二枚折　価格：6s.

1747 *Familiar Letters between the Principal Characters in David Simple, and some others ... To which is added, A Vision. By the author of David Simple.*『親しみの手紙』
For the Author, and Sold by A. Millar
予約販売
二巻　八折、価格：ロイヤル紙　1ギニー、普通紙　10s.

1749 *The Governess; or, Little Female Academy; being the History of Mrs. Teachum and her Nine Girls, viz ...*[2]『ガヴァネス』
Printed for the Author, and sold by A. Millar
印刷：リチャードソン
十二枚折　価格：2s. 6d.

1749 *Remarks on Clarissa, addressed to the Author Occasioned by some critical conversations on the Characters and Conduct of that Work with Some Reflections on the Character and Behaviour of Prior's EMMA*[3]『クラリッサについて』
Printed for J. Robinson
八折　価格：1s.

1753 *The Adventures of David Simple, Volume the Last in which His History if concluded.*[4]『デイヴィッド・シンプル最終巻』
Printed for A. Millar
価格：2. 5s.

1754 *The Cry: A New Dramatic Fable.*[5]『クライ』
Printed for R. & J. Dodsley
三巻　十二枚折

1757 *The Lives of Cleopatra and Octavia*[6]『クレオパトラとオクタヴィア』
For the Author

印刷：リチャードソン
予約販売　A. Millar, R. & J. Dodsley, James Leake
四折　価格：10s.（糸綴は 6s.）

1759　*The History of the Countess of Dellwyn*『デルウィン』
Printed for A. Millar
印刷：リチャードソン
二巻　十二枚折　価格：6s.

1760　*The History of Ophelia* [7]『オフィーリア』
Printed for R. Baldwin
二巻　十二枚折　価格：6s.

1762　*Xenophon's Memoirs of Socrates. With the Defence of Socrates before his Judges. Translated from the original Greek. By Sarah Fielding*『ソクラテスの思い出』
Printed by C. Pope, and Sold by A. Millar
八折　価格：6s.

その他に彼女の作とされることがある記事及び書物がある。

The True Patriot no. 21 (1746).[8]
Jacobite Journal no. 30 (1748).[9]
Covent Garden Journal nos 63, 64 (1752).[10]
The Histories of Some of the Penitents in the Magdalen House, as Supposed to Be Related by Themselves (London: John Rivington & J. Dodsley: London, 1760).[11]

セアラ・フィールディングと18世紀流読書術

――イギリス女性作家の心の迷宮観察――

第一章　生　涯

――活気に満ちた一八世紀を一人の女性作家がどのように生きたのか――

1　セアラ・フィールディングとは？

巨人たちの間で

ここでは、セアラ・フィールディングの生涯と作品、作家としてのキャリアを精査し、そして「小説の勃興」の一八世紀半ばの文学をめぐる状況を探る。それにあたり、鍵になるのは、彼女の人間観であり、読者観である。メッセージの先にいる人々を彼女がどのようにとらえ、文学の役割をどうとらえていたか、それを果たすために何を彼女が行ったのか、ということを焦点にしてみていこう。彼女は、作者と読者双方の役割について、作品の中で際立った注意を払い、読者に働きかけることを目的にすると言明している。この姿勢は、彼女が育った知的環境や現実的状況と深く関わっていると考えられるので、生活環境と学者的性向及び社会の中での彼女の位置に注目しながら進めていく。現代の読者の目でみると、余計な脱線のようにさえ読めてしまう人生の物語が、ロマンスの中でも小説の中でも好まれる傾向がみられるが、人生の物語への関心は、文学を生み出している人々も題材として逃さなかった。一八世紀に出版物が増え、それに伴いそれを生み出す作家への関心が高まるにつれて、会って話をしたり文通したりする直接の交流や、噂話やゴシップのタネになるだけではなくて、ジョンソン（一七〇九―八四）の『英国詩人伝』を代表とする伝記的特質をもった文学評伝が注目を集めた。何故作品と生涯が読みたいのか。そこに現れるのは、「著作者としての立場の現実的状況と、作家というものの文化的ステータスの間の複雑な状況と矛盾する事態」であって、現実の生活と想像・創造の世界が作り出す複雑な状況と矛盾する事態を把握すると、作品がよりよく理解できるようになり、そして作品の文化的風土が納得できるような気がするからだ[1]。彼女が創作したのは、フィクションの歴史の中でも大きな転換期であり、書いたものの意味や価値が大きく変動していた時期である。また、フィールディングが自分の作品を「モラル・ロマンス（あるいは何であれ読者が呼びたいような題目をつけたもの）」や「物語」「伝記」「劇的寓話」あるいはただの「印刷物」と表現しているように、「新しい種《しゅ》の著述」は手探り状態で、流動性をもって新しいものを新しいやりかたで生み出そうとしていた[2]。彼女は、様々な形式を採用しそして新たな形式を試し、それまで見られなかった学校生活を舞台にした物語を送り出し、フィクションでは珍しかった離婚を話題にし、人々の注目がロンドンに集まるときにウェールズの地にヒロインを住まわせ、常に新たに挑戦することができるものを求めて物語の素材を探索して、生み出されようとしているフィクションの文化の「本質と方向性をめぐる論争に参加した[3]」。

二〇世紀初めに研究者の注目を浴びたときには、ヘンリー・フィールディングの妹であってサミュエル・リチャードソンの友人として、ライバル関係にある二人の文学的巨人の間に立って、それぞれに助けられながら作家としての道を歩む女性としての扱いだった。その扱いは今でもしばしばみられる。それは特に、二人の巨人のうちの一人の伝記的研究の見地に立つと、やむを得ない見解であって、しかもこれだけ脈々と続いているところをみると、セアラ・フィールディングのある一面を正しく把握しているのであろう[4]。リチャードソンとフィールディングという、時代を共有した二人は、互いに異なる生い立ちと背景をもち、異なるスタイルでフィクションの世界で活躍し、そして一方がもう一方の作品のパロディを書くという関係で始まったからには、同時代の作家がどちらの陣営の特色をもっているかを考察したくなるのも無理はない。なかでもヘンリーの妹がその対象になるのは納得できる。ポールソンによるヘンリー・フィールディングの伝記では、彼女は、彼の概して鷹揚な余裕ある態度を示すための「一番のお気に入りの妹」である。彼女の作品分析は、兄とリチャードソンのどちらに忠誠を示すかということを念頭においた上で行われる。例えば、ヘンリーの作品に寄稿したアン・ブリンの一人称で語られる話は、身分の階段を駆け上がった女性の物語という理由で、リチャードソンの『パミラ』の変奏曲であると位置づけられ、パミラが決して認めることのない野心を書き表したもので、しかもフォーマットはヘンリーに従っていると指摘される。(5) E・A・ベイカーは、『『デイヴィッド・シンプル』は、作者の名前がフィールディングでなかったなら、イギリスのフィクション発展の早期にあって重要な作品としてもっと知られる可能性もあったのに」とまで言って、ヘンリーの妹であったがゆえに、その陰にかくれて作品がその重要性を十分認識されなかったと指摘した。(6) ヘンリーあるいはリチャードソンを完成された小説家の姿として、どちらであろうがその劣ったコピーをセアラ・フィールディングに見るアプローチは、いくつかの優れた特徴を兄か友人の影響として挙げながら、全体としては当然彼女の作品に否定的だった。優れた影響が随所にみられるパッチワーク的作品としての評価ということだ。彼女の作品にシャフツベリー的な慈愛とホッブズ的な利己心の葛藤を見出して、テーマ設定を高く評価したニーダムは、「フィクションの技巧について誤った扱い方」をしていると評した。(7) ワーナーは、作品の中での言及や他の文学作品との関わり、そして彼女の作品についての批評などを注意深く集め、文学の流れの上に彼女の作品を置き、前後の文脈から作品理解を促す研究を行い、それらを論文の付録にまとめて、信頼できる研究をしている。それでも、セアラ・フィールディングの小説家としての技量に疑問をもって、特に作品に差し挟まれた額縁物語に関して否定的で、彼女が独自性を欠くことを指摘した。[8]

女性作家への注目

見直しが始まったのは、一九七〇年代、フェミニズムの流れを受けて女性作家への関心が高まってのことである。パリッシュは、とりわけ後の時代の小説の基準をもってセアラ・フィールディングの作品を読むことの危険と不毛を指摘した。そして、「目的とスタイルをもった芸術家としての意識がはっきりしている」作家としてフィールディングを読むことを提案した。[9]続いて、一九七〇年代、一九八〇年代にセアラ・フィールディングを中心にした考察を博士論文とし、その後その研究をベースにした学者たちは、一八世紀女性作家研究で大いに活躍している。[10]

一八世紀のフィクションの文化のなかでのフィールディングを考えてみよう。今日でも依然として影響力をもつイアン・ワットの『小説の勃興』(一九五七)以来、小説に関する論考は、架空の物語である小説と実生活の関係、価値観、倫理観、階級、社会秩序、ジェンダー、市場の価値観その他多岐にわたる社会的文化的事象との深い関係を論じてきた。[11]中産階級の興隆とリアリズムや個人主義の観点で小説をとらえ、政治的文化的現象の反映として小説を考えると、ヘンリー・フィールディングと同様に、セアラ・フィールディングが占める位置はかなり不安定である。[12]近年の新しい研究では、対象が押し広げられ、小説の表現領域も拡張し、その視点がより包括的になった。マッキオンは、小説を相反する要素が拮抗する危機的状況に対して包括的解決を与える表現形式としてとらえ、真実とは何か、美徳とは何かという認識論的・社会倫理的問題に直面して両者の仲介をするものとして小説を位置づけた。社会的立場や作品のジャンルに関して、境界を越えて行き来するようにみえるセアラ・フィールディングについても、彼女をより積極的に位置づける新たな小説観が提示されたことになる。また、アームストロングは、現実を織り成すのに重要な役割を果たすというフィクションの機能に重点をおいた。小説は、「新たな理想的女性像を普及させることで」中産階級の強化に貢献し、「家庭を舞台にした小説は、……そこに表現されている生活様式よりも先にあった」と論じた。(13) 政治的な公の場を否定して家庭を舞台とすること、私的な場で発揮される女性的感受性に重点をおくことによって、逆説的に社会を制御するという小説の政治的役割が達成された。この見解では、社会的変化の媒介物としての小説が、コンダクト・ブック（品行の指南書）と深い関わりをもっていることが指摘された。これから詳細に考察していくように、セアラ・フィールディングの学校物語『ガヴァネス』は、家庭内ではないが、女性だけの閉じられた空間をつくって、しかも書物を読むことで変化していく生徒たちを描いた。また、『クライ』は反面教師満載の指南書、『クラリッサについて』は読書に導く案内書の役割をまさに果たすことをねらった作品だった。

一九三七年のアターとニーダム共著の『パミラの娘たち』という研究で既に『デイヴィッド・シンプル』の代表的感傷小説としての価値が指摘され、主人公オフィーリアは感情の人として取り上げられている。そしてまた感情や感傷は女性的価値観の表現として注目されていた。英文学史全般を扱う書物でもセアラ・フィールディングがとりあげられるようになり、そこでも（兄と比較して）感情への関心が注目される。例えば、「感情に非常な興味を示し、動機を鋭く見抜き、人間相互の愛着や友情の本質を分析」するのが彼女の作品の傾向として指摘されている。(14) 最近数十年間の充実した一八世紀の女性作家に関する研究の中でセアラ・フィールディングがどのようにとりあげられているのか見てみよう。(15) 小説の勃興期と重なり、女性作家が顕著な活躍をみせる王政復古期から一八世紀末までの時代における多くの女性作家たちを文学地図の上に示したのが、トッドとスペンサーの研究である。トッドの分析では、アフラ・ベーンとウルストンクラフトに関心を誘われるが、彼女たちに挟まれた一八世紀半ばについては、感傷や感情を強調した文学は、女性らしさのイデオロギーと対立することなく、女性作家が確固とした地位を築いていくのを助けたという文脈で語られる。一方でこれは女性作家の創作の守備範囲に自己規制をかけることになり、王政復古期から一八世紀初期の大胆不敵できわどい話題と描写に満ちた女性作家の作品と比べて一八世紀半ばの女性作家の作品は社会の要請に順応する姿勢をみせる。セアラ・フィールディングは、一八世紀半ばの典型的作家と位置づけられた。「性差の上下関係を転覆させる意図を放棄すること」によって、男性作家たちに騎士的な礼儀正しさを示されて快く受け入れられる女性作家の典型である。[16]スペンサーは、『デイヴィッド・シンプル』と『クライ』に、鋭い風刺と大胆な反抗を読み取るが、作家としての経験を積むにつれて、「順応の必要性」を敏感に感じ取って、そのような棘を捨てて、後期の作品になるにつれて痛烈な批判眼をもつことよりも従順で御し易い作家として受容されることを志向したと考えている。そして「順応の必要性」を学んで規制を内化したということが指摘される。[17]同じように複数の一八世紀女性作家に焦点をあてたギャラハーの分析で、一八世紀半ばについて取り上げられているのは、シャーロット・レノックス（一七二九？―一八〇四）だ。レノックスの強味は、妻には財産権がなく、夫が彼女の著作から得た報酬さえも抑えていることを訴えて、著者個人としての権利を持っていないことを公言し、現実の彼女とは切り離されたフィクションとしての作品の特質を強調することになったことである。女性であることと、著作家であること、フィクション、書物市場の相互関係に注目するギャラハーのこの分析では、女性作家の特異な立場が指摘される。著者の権利と作品との関係には、そもそも作品が市場の商品として取引されるというところで矛盾が生ずるが、財産権を持たない女性の場合は、著者の権利のとらえどころのなさはさらに複雑に、矛盾はさらに色濃いものとなる。彼女の分析では、著作者としての著者の作品に対する支配権と、テキストの離脱に関して、女性たちはそのとらえどころなく、常に手からすりぬけてしまいがちな制御権を握ってしっかりと確保するのではなくて、自らの姿を消すことにより、結局は逆説的に女性作家としての立場を高めたとしている。女性作家は自分の実体を隠すことによって、つまり著者としての権利を放棄する（姿勢を示す）ことによって、市場で取引される商品となる作品が著者との間に作ったスペースを自由を行使するスペースに転換させた。そのスペースを操作して、市場を介して向こう側にいる不特定の読者たちに、操作した作者のイメージを提供することができたのだ。(18) この見解は、著者と作品の間の関係に非常な注意を払ったフィールディングについて考察するにあたっても、示唆的だ。

次に、感傷小説の代表作品としてとりあげられてきた『デイヴィッド・シンプル』を、別の角度からの分析を加味して使った最近の研究に触れておこう。構図の中央を男性たちが占め、女性が端に描かれている一七九一年の『政治』と題されたアクアチント（キャサリン・マライア・ファンショーのスケッチに基づき、R・ポラードによる版画印刷）を、単に女性が政治から疎外されていると読み取るのではない読み方が近年の女性史研究では可能になってきているとして、女性史研究の充実と深まりを説示して始まるゲストの一七五〇年から一八一〇年にかけての教養高い女性たちとイギリス国民意識の研究では、公私の領域、家庭性、商業主義文化、国民意識などと女性著述家たちとの関係が論じられている。社会の洗練と商業主義文化について、それを女性に適切な徳と関連付ける一連の小説の中に、ゲストは『デイヴィッド・シンプル』を挙げている。このシンプル・シリーズの作品は、彼女が考察対象として区切った年代以前に出版され始めている（一七四四年、一七四七年、一七五三年）が、その時期のごく初期に書かれた、商業活動と女性性《フェミニニティ》の問題をあぶりだしている作品の代表として位置づけられている。(19) 商業活動は、公の生活や公徳や市民として果たすべき役割に関わるというよりも、私的な利益を追求するという点と物欲と流行に容易に左右される消費衝動を満たすという点で、利己的欲望の追求であり、そこに商業文化がかかえる道徳的問題が潜み、女性性《フェミニニティ》の概念は、公徳よりも私的な領域で示される徳により大きく関わっていることによって商業活動の中心を占めながら、同時に中産階級の商業活動から排除されるという点で周縁にあって、その二様の位置づけをもったことによって、女性は道徳的に優れた存在となることを期待され、しかも商業活動に支えられた英国文化の優越を表すことが期待されたというのがゲストの主張である。[20]そして、『デイヴィッド・シンプル』は、商業に支えられて発展し、その有益性を認めながら、道徳的問題を孕む商業に支配されている文化に属している社会の不安を描いた作品と解釈されている。[21]

ゲストの議論が拠って立つ男女の領域分離論の再考を見直しておこう。女性にとって一八世紀は、大まかに言って、比較的自由な活動ができる時代から、男女の領域分離論が強まって、家族の私的な領域にとどまる規制が働いていく時代への過渡期としてみるのが通説であるが、その同じ時代が、理論上は領域分離論がさかんに主張され、強調されるものの、実際の生活においてはそれが守られない、あるいは意図的に破られることが目立ってみられたことを示す研究がなされている。ヴィカリーは、一八世紀の地方のある程度裕福な家庭の女性が果たしていた公の場での積極的な役割を詳しく例証した。[22]さらには、女性のそのような活動を研究することによって、公と私の境界に一定しない幅があることや、公的領域と私的領域の相互関係の複雑さが明らかにされてきている。[23]主に一九世紀の中産階級の女性の位置づけに関しては、公の領域と私的家庭の分離が進み、女性が果たすことを期待される役割が家庭の場に狭められるという共通理解が適切であるかどうかが問われ、資本主義経済が進展する過程で、財産をもつ女性が社会的経済的地位基盤を失っていったという通説が再検討されている。産業化の過程で起こったと想定されるそのような変化よりも、理論上も実際にも継続性を強調した方が過去の女性の歴史を理解することに貢献するとも考えられてきている。[24] この時代を特徴づけると言われる男女それぞれの領域の出現を認めることは、どの程度有効かということも問われている。[25]

こうした議論は、家庭の中で占める女性の大きな役割、私的な場としての家庭という前提が想定されることから、女性の立場を考える上で、非常に重要であるが、それをより大きな文脈において検討する研究も行われている。マッキオンは大部の研究書で、一六世紀から一八世紀について政治体制や文化全般にまで及ぶ大きな視野をもって、家庭性《ドメスティシティ》を軸に公的領域と私的領域の間に生じた近代の特徴を、明確で意識的な知の分離であると主張する。すなわち伝統的な知は、政治・社会・文化において経験に埋め込まれていたのに対し、近代的な知は、意識的に対象化され明確に輪郭を与えた定義を志向するというのが考察の出発点である。意識的に相互に分離した相反するものは、それぞれのレベルで隔絶しながら、多様な相互作用をもつ。なかでも対立する概念のひとつとして、公的領域と私的領域の分離は最も重要な意味をもち、近代以前は、区別はあっても分離していたわけではなく、近代の特徴をその意識的な分離にあると分析している。[26] この考察の中で、非常に注目されるのが、出版という行為についての考え方である。文筆家であるセアラ・フィールディングについて研究するうえで、特に重要なのは、ハバーマスの議論がきっかけとなった、芸術と文化の担い手と受け手がつくる、私的領域でもなく、国家による公的領域でもない、公共性をもった市民の領域である。[27] さらに、マッキオンの分析で示されている、近代的な私的領域の明確化・分離化が、印刷という手段を介して言説を公にする出版によってなされたという関係、公にすることによってのみ私は成立するという私と公との間の興味深い関係が、セアラ・フィールディングの著者としての考え方や、書簡集出版の際の主題の立て方を見る上でも、相反する要素を併せ持つ彼女の姿勢を理解する助けになるだろう。[28]

学位論文や研究対象の一部としてとり上げられる時期を経て、一九九六年には、リンダ・ブリーがセアラ・フィールディングについての研究書を出版した。これはそれまでの研究の成果を踏まえた包括的な研究で、フィールディングの全体像を満遍なくよく知ることができる。スペンサーの研究書で定着したもの静かで注意深い、「安全」で受容し易く従順な著者という仮面の向こうに隠されている通念破壊的な要素を明らかにし、ブリーはセアラ・フィールディングの大胆な側面を丹念にそして鮮やかに分析して、その独自性を強調する。また、フィールディングが主張していたのは、女性がれっきとした人間としての責任を持つべき存在であることを受け入れることであると述べ、ブリーはその研究書を「セアラ・フィールディングの真の急進性はそのような要求にある」と結んでいる。[29] ブリーの見解は、確固としたリサーチに基づき、非常にバランスがとれていて信頼できるのであるが、本書での焦点は、破壊的チャレンジャーとしてのフィールディングの側面よりも、仲介者としての彼女の役割である。知的、文化的、経済的、さまざまな面での相互作用の起こる場としての出版の世界で、彼女は文化情報伝達の仲介者としての物書きの役割を探っていた。

2　ヘンリーの妹

生い立ちと交友関係

ここではまず、セアラ・フィールディングの生涯について概観して、それから彼女の文学を理解する上で重要と思われる点について少し詳しく探ろう。教育や知的背景、文筆業に乗り出すことと深く関わっている財産や金銭に関わる状況、交友関係や社会的地位、そして最後にそれらすべてと関わる彼女の理想と現実を考察する。

ヘンリー（一七〇七―五四）とセアラ（一七一〇―六八）が生まれたフィールディング一家は、父方でデンビ伯爵及びデズモンド伯爵と親戚関係にあり、母方のグールド家では、サー・ヘンリーが一六九九年王座裁判所の裁判官になるなど、どちらも有力な家系だった。[30] セアラ・フィールディングは幼少期は何不自由ない生活をしていた。ところが、セアラたちの母親が一七一八年に亡くなると、状況が変わった。この後、母親が欠けた家庭には、さまざまな混乱と困難がふりかかった。子どもたちに安定を与えたのはそれまでも一緒に過ごすことが多かった祖母レイディ・グールドであり、彼らは多くの時間をソールズベリーで過ごした。父エドモンド（一六八〇―一七四一）は、すぐに再婚し、そして一七二〇年には先妻の亡父サー・ヘンリー・グールドが娘と孫に遺したイースト・スタウアの土地の大部分を売却してしまった。孫の利益に反する売却であったために、サー・ヘンリー・グールドの妻（セアラたちの祖母）は、エドモンドに対して裁判をおこした。裁判の結果、レイディ・グールド側が勝ち、彼女は孫たちの養育権も勝ち取った。この裁判の記録に、家には誰がいたのか（使用人やフランス人教師）、どのくらいの生活をしていたのか、エドモンドがどういう人物であったのか、といったことが記され、フィールディング一家について一般的には知りえない詳細な情報を知ることができる。[31] しかし、その後、特にレイディ・グールドが一七三三年に亡くなった後は、兄妹たちがどこでどのように過ごしたのか散発的にしかわからなくなる。おそらく一七三三年から一七三九年まではイースト・スタウアに住み、一七三九年から一七四四年の間は姉妹でウェストミンスターに住み、一七四四年から一七四八年には彼女はヘンリーの家庭の一員だった。そして一七五〇年代には健康のためという理由でロンドンを離れてバースに移り住むことになった。以後はバースで過ごし、一七六八年四月九日に亡くなった。[32] バース教会堂の碑には、ジョン・ホードリー（一七一一―七六）によって彼女の美徳が称えられている。そこでは、「アテーナー女神が微笑んだ知性」を備えていたこと、そしてそれにも優る彼女の美徳として、「気取らない態度と慈愛深く率直で敬虔な人柄」が並び称されている。女性の知的功績を称えた『フェミニアッド』（一七五四）に続くことを自負するメアリ・スコットの『女性弁護』（一七七四）では、洞察力と教育への関心及び敬虔さに焦点があてられて、作中の言葉を引用しながら「心の秘められた迷宮をたどる」才能と「慎重な気遣いをもって教える」姿勢を称えられた。[33]

教育や知的成長に大きな影響を与えたのは、ソールズベリーでの親戚関係と交友関係だった。彼女は一〇代及び二〇代の人格形成上重要な時期を主にソールズベリーで過ごした。トマス・ホッブス（一五八八―一六七九）、ジョン・ドライデン（一六三一―一七〇〇）、クリストファー・レン（一六三二―一七二三）、ギルバート・バーネット（一六四三―一七一五）などがこの地とつながりをもち、ソールズベリーの知的文化的水準は高く、学究的刺激に事欠かなかった。祖母と過ごした家にあったサー・ヘンリーが遺した蔵書と、グールド家がもたらした法曹関係中心の知的・社会的・文化的に恵まれた人々との交流が直接的影響である。彼女のために碑文を書くことになるジョン・ホードリーと知り合ったのもこの地である。[34]最も緊密な交友関係をもつコリエ一家とも知り合った。形而上学者として有名だったアーサー・コリエ（一六八〇―一七三二）と交流があった可能性があり、その四人の子のうち、アーサー（一七〇七―七七）、ジェイン（―一七五四／五五）、マーガレット（一七一七―九四）と深い関係があったことは確かである。セアラ・フィールディング自身は、ギリシャ語を誰にであれ習ったことはないと思っていたが、ラテン語とギリシャ語を彼女に教えたとアーサーは後に述懐した。[35]マーガレットは、ヘンリーが死を迎えることになるリスボンへの旅に同行した。[36]セアラが最も深く関わるのはジェインで、彼女の鋭い考察と強烈な個性と独創性に強く影響された。[37]ジェインは、彼女の父親がそうであったように、賛否両論の激烈な論争を生むような発言も辞さない鋭さと閃きがあったと評された。[38]セアラにとってジェインは協力者であり、代弁者であり、強力な味方だった。『ガヴァネス』について、その著作方針をリチャードソンに詳細に説明して、セアラの方針を弁護したのはコリエだった。ハリスに手紙を書くときには、二人連名だった。『デイヴィッド・シンプル最終巻』の前書きを書いたのは、おそらくジェインである。『クライ』は二人の共作だと言われることがある。

そして、ソールズベリーの人脈でもう一人重要なのは、ジェイムズ・ハリスだ。彼と彼の家系は、文化的にも政治的にもソールズベリーの重鎮だった。シャフツベリー（一六七一―一七一三）の妹エリザベス（c一六八二―一七四四）を母として、ジェイムズ・ハリスは文化的に恵まれた環境にあって、ジェントルマン学者及び音楽愛好家としての情熱を長く持ち続け、その一方で、一家の財産は着実に増え、彼は国会議員を務めるようになって、息子は初代マルムズベリー伯爵となり、経済的・社会的成功者だった。残っているセアラの手紙のほとんどが、このハリスに宛てたものである。ハリスがヘンリー・フィールディングの小伝を出版しようとしているときに、出版者ミラーとの間の連絡・交渉をセアラが受け持った。ところが、両者ともそのような交渉は不得手で、ミラーがアーサー・マーフィーによる小伝を別に用意していることを知らなかった。結局ヘンリーの『著作集』がマーフィーによる伝記を伴って出版され、ハリスは自分の作を撤回した。ハリスがセアラを助けた『ソクラテスの思い出』も本書で後に詳しく見るように、企画的には成功したとはいえず、出版界との実務的な関わり上は、この二人の協力関係は失敗であったが、金銭や業績ではかることのできない面での彼の学識と文化的影響は小さくなかったと思われる。

ベル・エスプリ

文字で表現された世界に没頭することを好む傾向は、ソールズベリーで知り合った人々との交流で増長した。後にエリザベス・モンタギュは、セアラ・フィールディングのことを「ベル・エスプリ」と呼んで、書物好きで現実生活にあまり頓着しないところのある、世事に長けていない人物であることを指摘した。[39] 彼女の作品の中では、学と徳は一致している。例えば「書物から得た豊富な知識があって、とても優れた理解力に、感じのいい物腰が加わって、知り合う人すべてがデイヴィッドを好んだ。」同じ『デイヴィッド・シンプル』に織り込まれた話に登場する二人の高潔な男性、ステンヴィル侯爵とデュモンは、「本の虫」と呼ばれる。『オフィーリア』の賢明な牧師は、「上品な人々とよりも、書物や教区の貧者とよく会話した」(『オフィーリア』II：25)。作品の中で、賞賛に値する人物と書物から得た知識はよく結び付けられる。というよりも、書物に親しんでいることは、善良な人柄であることの証拠だ。

人生のスタートは恵まれた環境にあり、教育も十分に授けられながら、母と祖母を失ってから、居住場所を転々とし、社会的立場も経済的状況も確固としたものを失った彼女は、結婚することもなく、一七三九年には、とうとう祖父から受け継ぎ、祖母が裁判をおこして確保した土地の持ち分を売却しなくてはならなくなり、「没落したジェントルウーマン」となった。[40] そして土地を手放した直後から文筆業に向かっていく。彼女が受けた教育と読書の恩恵を活かせる活路を見出したのが出版の世界だった。まず、架空のレオノラからホレイショへの手紙がヘンリーの『ジョゼフ・アンドリュース』(一七四二)に収められた。その後、一七四四年から一七五九年までの間にフィクションを九作品、そして最後に翻訳を出版した。

作品に登場する、知人に騙されて財産を失う男や、経済的自立をすることのできない女性の苦境、そして経済的に恵まれない善人が苦しんだ末に助けてくれる人に出会う設定は、ある程度彼女自身の苦境と切望を映すものと考えられる。デイヴィッド・シンプルについても、『デルウィン』のビルソン夫人も、『オフィーリア』のドーチェスター卿とオフィーリアも、困窮している人に救いの手をさしのべることで人間としての質、美徳が示される。没落した人に同情を示すことができるのは、登場人物の中でも特に肯定的に書かれる人々だ。たとえば、「裕福な環境に生まれ育ちながら、今では昔の仲間だった人々の愚弄・侮辱に耐えねばならない状況に落ちぶれた若者の不幸な状況を慈悲深いフェルディナンドは悲嘆した」（『クライ』I：77）。

救いの手

一七五〇年から一七五五年の間に、彼女は頼りにしていた人々を次々と失う不幸に見舞われた。二人の姉キャサリン（一七〇八－五〇）とアーシュラ（一七〇九－五〇）、妹ベアトリス（一七一四－五一）を相次いで失い、一七五四年にはヘンリーが亡くなった。最も親交が深かったと思われるジェイン・コリエも一七五四年あるいは一七五五年に他界した。この頃彼女はバースに移り住むことを決めるが、リチャードソンから一〇ギニー借りなくてはならなかった。[41] 出版によってある程度の収入を得てはいたが、この借金を彼女はなかなか返済できなかった。『デルウィン』の売れ行きを頼りにしていたが、見込みが薄いことを彼に、「ミラーの請求がとても高価なので、第二版が出なければどうにもなりません」と手紙を書き、出版者ミラーに払う印刷代を支払ってしまうと借金の返済を可能にするものは残らないと詫びる。リチャードソンは、返済を請求するどころか、更なる援助を申し出た。[42]

他にも彼女の生活を助ける救いの手はあった。『トム・ジョーンズ』のオールワージー氏のモデル、アレン

（一六九四―一七六四）である。[43] セアラが『親しみの手紙』で美徳を称えたバースの夫妻もアレン夫妻がモデルである。シンシアが近くに住む社交的で徳高い夫妻とその豪壮な邸宅を描写している。

財産の差が歴然としているときには、堅苦しい応対を受けて窮屈な思いをして、会話の楽しみなど殺がれてしまうと考えがちであると白状しましょう。けれどもなんと驚いたことでしょう。この家の女主人が気のい遠慮のない様子で私を迎えてくれたときには……家の主人は、知人の役に立ったり、人々に恩恵を施す機会を得られるがために自分の財産を楽しんでいるように見受けられました。……彼らの表情に浮かぶ喜びと静穏が家中に広まっていました。（『親しみの手紙』I：172-73）

フィクションの中の富豪のように、「アレン氏はとても寛大なことに年一〇〇ポンドを与えて」いたと何度かアレン宅で食事を共にしたグレイヴスは書いている。[44] アレン宅でご馳走になったり、アレンを訪ねる文人たちと同席したりすることは、セアラ・フィールディングにとってお腹を満たしたり単に時間を過ごしたりするだけでない恩恵を授けたに違いない。しかし、アレンの親切は、定期的に与えられて生活の安定をもたらす類ではなく、時折の招待と贈物にとどまった。アレンが一七六四年に亡くなった際、一〇〇ポンドを彼女に遺したが、それを知ったエリザベス・モンタギュ（一七二〇―一八〇〇）は憤りに近い気持ちを書き留めているくらいだ。

アレン氏がかわいそうなフィールディングさんに生涯世間並みの暮らしができるような金額を遺さなかったのは遺憾なことです。好んで隠居生活をしているので、今享受しているものに加えて年六〇ポンドあれば、彼女を幸福にできたのに。けれども、善行の最後の機会を人は滅多に活用しないというのはどういうことなのか私にはわかりません。(45)

モンタギュは、セアラに同情して、飲食物を届けたり、異母弟のサー・ジョン・フィールディング（一七二一－一七八〇）に連絡をとろうとした。それに年一〇ポンドを彼女に贈ることになった。(46)

3　文筆活動

出版事情

ロンドンを離れて、バースの片隅に移住しても、安楽な生活を送ることができるほどではなかったが、彼女の文筆活動は、出版者からの支払いの他に、私的年金や関係者による歓待をもたらしていた。出版形態及び出版物の流通量が大きく伸びていた一八世紀に、彼女が利用した手段は、個人的庇護を受けるかたちから、不特定で顔も名前も知らない人々を購入者にする形に、つまり、古い形式（有力者のパトロネッジを乞う）、中間形態（予約購読者を集める）、新たなシステム（版権を出版者に売る）と跨っている。

特定の個人への献辞をつけたのは二作である。文芸庇護の仕組みと文化的機能を詳細に扱ったグリフィンの研究によると、献呈を受けるパトロンが著者に提供するのは、金銭的援助（金一封、年金、出版費用支払い、出版者への寄附など）の他に、著述活動奨励、身体的政治的攻撃からの保護、作品の価値に関する保証である。(47) セアラ・フィールディングは、ポインツ夫人（－一七七一）に『ガヴァネス』を、『クレオパトラとオクタヴィア』をポンフレット伯爵夫人（一六九八―一七六一）に献呈した。ポインツ夫人は、ジョージ二世の妻、キャロライン女王の侍女を務めたことがあり、宮廷で影響力をもったスティーヴン・ポインツの妻である。彼は、タウンゼンド卿の息子のチューターやジョージ二世の息子ウィリアム（後のカンバーランド公）の教育係を受け持った。教育に携わっただけではなくて、彼は学識ある女性に理解を示し、金銭的報酬が得られるように手配したこともあった。彼のおかげでエリザベス・エルストブは王室からの援助を受けることができるようになったと言われている。[48] 夫妻は、ホードリー、リトルトン、リチャードソンらと親交があって、こういう人々の仲介があってセアラは知り合い、献辞の宛先としたことが考えられる。ポンフレット伯爵夫人は、キャロライン女王の寝室侍女を務めたことがあり、フィールディングの親戚レイディ・メアリ・ワートレー・モンタギュの友人だった。献呈相手が二人ともキャロライン女王に近い女性たちであるので、レイディ・メアリ経由でのコネクションである可能性もある。二人とも、フィールディングのクセノフォン予約購読者に名を連ねている。しかし、年金などの継続的な援助をしていたことは確認されていない。

『親しみの手紙』、『クレオパトラとオクタヴィア』、『ソクラテスの思い出』の三作品は、予約購読者を募集しての出版だった。『クレオパトラとオクタヴィア』は、個人（ポンフレット伯爵夫人）への献辞をつけて庇護を請い、かつ予約購読者を募る出版だった。親類縁者、アレンの知己、ジェイムズ・ハリスの親戚などが、いずれの本にも名を連ねている。予約購読者を募って作品を発表する方法は、一七世紀末から一八世紀を通じてかなり頻繁に利用された。このシステムは、無数の大衆ではなくて、ある程度把握可能な読者層に訴えかけるには、非常に適した方法だった。出版予定書物の予約を受け付ける広告が出され、希望者は、出版以前に一冊あるいはそれ以上の希望冊数を指定された額あるいはそれ以上で購入する。購入者の名前は、アルファベット順に整理され、刊行の際に予約購読者リストのページが設けられてそこに載るということになる。作家としては、出版に至るまでの生活を支えることができる。貢献する側からすると、文学者に恩寵を示して年金を個人的に与えることができるような富裕貴族的な行為に参加するのとは別形態の、中産階級が参加しやすい文芸庇護の仕組みが作られたことになる。購入者は、出版物に自分の名前を載せて、文化の小パトロンであることを公に知らしめることができる。文化的野心をもった中産階級あるいは小市民にとっては、貴族や著名な文化人と同じページに名を連ねるチャンスだった。本屋兼出版社としては、売れ行き、つまり印刷出版資金の集まり具合をみてから印刷できるのであるから、リスクを軽減することができる。(49)

出版業者別で言えば、ヘンリーの本を出版していたアンドリュー・ミラーによるものが、『デイヴィッド・シンプル』『親しみの手紙』『ガヴァネス』『デイヴィッド・シンプル最終巻』『クレオパトラとオクタヴィア』『デルウィン』『ソクラテスの思い出』と圧倒的である。ミラーは、ヘンリーの作品についてかなり気前がよく、別の出版社が二五ポンドといってきた『ジョゼフ・アンドリューズ』に一八三ポンドを支払い、『トム・ジョーンズ』には前払いだけでも破格の六〇〇ポンドを申し出て、ヘンリーに嬉しい驚きをもたらした。ジョンソンが、ミラーについて「私はミラーを尊敬しています。彼が文学の価格を上昇させたのですから」と言ったくらい、文筆で身を立てることの可能性が開けていっていることを示し、プロの作家を育てて、小説が興隆するのに貢献した出版者である。(50)作品の出版を可能にする業者を探すにあたって、セアラは手近に都合の良い知り合いがいたことになる。『デイヴィッド・シンプル』は、最初の出版から三ヶ月もしないうちに第二版が出版されたことからみると、売れ行きは良かったようである。しかし残念なことに、セアラは版権をミラーに売り渡しており、第二版が出ても彼女の懐には入らなかった。他に、ミラーは、一七五〇年一〇月五日に二〇ポンド、一七五〇／五一年一月五日に五七ポンド、一七五一年五月七日に五〇ポンド、一七五二年六月三日に五八ポンド一シリング、一七五二年一〇月六日に二一ポンド、合計二五六ポンド一シリングをセアラに支払った記録がある。[51]『デルウィン』の時には、六〇ギニーで版権を売り、第二版が出れば更に四〇ギニーという段取りになっていた。他に、『クラリッサについて』はJ・ロビンソン（一七三七―五八）から、『クライ』はR・ドズリー、『オフィーリア』はR・ボールドウインから出版した。ドズリーとの契約では、版権の半分を五二ポンド一〇シリングで売り渡し、印刷費はドズリーがもち、利益を二者が折半することになっていた。[52]『トム・ジョーンズ』にははるかに及ばないが、『ジョゼフ・アンドリューズ』につけられそうになった二五ポンドに比べれば、さほど悪くない金額を稼いでいたことになる。それでも、生活を維持するためには、続々と作品を出していかなければならなかった。

文学に深い造詣があり、文章を書くことには熱心であったが、それが生業となり得る事態と、それを生業とする人々の存在に抵抗感をもったレイディ・メアリ・ワートレー・モンタギュは、セアラを哀れんだ。「軽蔑しているに違いない方法で糧を求める境遇に追いやられるなんて、私は……彼女を心の底から哀れだと思います。[53]」彼女は、ヘンリーについてはその独創性を高く評価していたが、著作が「商売と成り果てるときには、糧を得るための最もいやしむべき方法である」と言って、その才能の浪費を悔やんでいた。[54]セアラへの憐憫も、あまりに多作で、あまりに窮していると思った結果で、ロンドンから離れて大陸で過ごしていたレイディ・メアリは、正確には著者の名を把握しておらず、一七五二年と一七五三年に出版された四作品をセアラの作であると判断して、間違った推測に基づいて、過重な経済的要請のために文才が浪費されていると判断している。[55]著作を生計を立てる手段とすることに対してレイディ・メアリが確信をもって言うような「軽蔑」を彼女が持っていたかどうかは別にして、必要に迫られた著作活動があったことは言い当てている。

4　バースの安全網

リゾート地バース

出版界と緊密な関係をもち、出版に携わる人々や文壇の人々、そして文化的リーダーたちとの交流や、講読予約者集めのことを考えると、ロンドンに住むことは都合がよかった。しかし、彼女はロンドンを離れ、バースに移り住んだ。セアラ・フィールディングが何故ロンドンを離れることを選んだのか、何故移り住む土地としてバースを選んだのかについては、はっきりしたことはわかっていない。しかし、健康上の理由があってのことというのは妥当である。生活費が恐らく抑えられること、ロンドン同様の文化的人脈を保つことができることは付随する利点だろう。

作品の中では、『親しみの手紙』及び『デイヴィッド・シンプル最終巻』のシンシアたちが、療養のためにバースに移り、『デルウィン』は、バースから程近い別の療養娯楽地ブリストルに場面をとっている。バースをはじめとする娯楽地では「魅力をみせびらかすためにやってくるあらゆる年代の美人たち、夫募集中の若い女性と未亡人、夫を不愉快な人とみなして、それにかわる慰めを求める既婚夫人をいつでもみつけるだろう」といわれ、作家たちにとっては人物スケッチをする格好の土地だった。(56)

一八世紀の湯治娯楽リゾートバースの興隆は、療法・旅行・娯楽の商業化を示す顕著な例である。バースを訪れた人々は、商業主義にのせられた消費者でもあったが、彼らをひきつけたのは、華やぎや消費欲だけではなかった。鉱泉娯楽都市バースでの治療と療養は、原則的に古来からの書物で学んだことに頼る医学及び古典の教養を身につけた医者への信頼と不信、新しく実験的な、ときに科学的と称する実証的なものに支えられた流行の療法への依存と懐疑の微妙なバランスの上に成り立つものだった(57)。

バースは、一八世紀に特に繁栄した湯治リゾート都市である。一九八七年には世界文化遺産として登録されており、ローマ時代からの水浴場と、中世の毛織物産業の中心地としての役割を経て、一八世紀にパラーディオ様式の建物が建てられて、それがローマ時代の遺跡とよく調和していることが評価され、「人類の歴史の重要な段階を物語る建築様式」の見本として認められた(58)。このバースの紹介を見ても、ローマ時代の遺跡があるというだけではなくて、一八世紀の発展の方向性が重要であったことがわかるであろう。そしてまた、都市計画という面だけでなくて、都市の構造の中身がバースを特筆すべき存在にしている(59)。水がもつ治癒の力には常にある程度の信頼がよせられるが、宗教的・文化的要因により流行の波がある。中世には様々な聖人と結び付けられて（Holywellや、St Lucyに捧げられた水など）、その効能が信じられていた(60)。一六世紀から一八世紀には、水を科学的あるいは宗教的監視のもとにおこうという努力が払われた。一六世紀以降は、専門家が仲介して、水の使用が行われるようになった(61)。この専門家の仲介が一八世紀の鉱泉、バースの街の発展にとって大きな意味をもった。科学的見地の重視という点では、一七世紀から一八世紀には、水の化学的成分分析が盛んに試みられ、数字をもって、ある鉱泉の効能を実証すること、あるいは別の地の鉱泉の効能が期待できないことを実証することに多大な努力が払われ、宣伝・論争パンフレットが盛んに出版された(62)。

一八世紀のバースはさまざまな訪問者をひきつけた。ロンドンとは一味違った魅力をもつ地方都市の中の一例として、イギリスの地方都市の隆盛の一環にあるという面をもつが、その中でも特に際立った発展をした。訪問者たちの需要に応じるための働き手として住み始める人々が一七世紀後半から増加し、人口は一七世紀半ばからの一〇〇年で一五〇〇人から六〇〇〇〇人（訪問者を除く）となった。まず第一に、医療の場としてバースは人々をひきつけたのであるが、そこに娯楽が付随し、社交の場としての発展を遂げて、病人とその付き添い人が、コンサートあり、ダンスありの日々を楽しむことができるリゾート地となっていったことが、娯楽を肯定的に受け入れ楽しむことができた一八世紀の特徴をよく表している。病気の苦難を癒すための場が、美しく着飾った人々を見、おしゃれした姿を見せにいく場としての役割も担い、病める老若男女は健康で陽気な老若男女と同じ場所を目指してつめかけることになったのだ。(63) 文学に登場するときには、たいてい軽薄な人間が軽薄な楽しみを追い求める場としてであり、金持ちの娘や息子を狙う若い人々やもう若くない人たちが出会いを求めてやってくる場、それぞれが、自分の着飾った姿を見せる場として描かれる。我儘な妻たちは、ちょっと身体の調子をくずして、医者にバースに行きなさいと言ってもらいたくてうずうずしているというのがステレオタイプとして描かれた。文化人たちは、揶揄嘲笑の的としてバースやバースに行きたがる人々を描いたが、本人たちこそバースに群れ急ぎ、ロンドンで育まれた文化人のネットワークはそのままバースでも継承された。バースとロンドンの間は、郵便サービスが充実し、手紙が迅速に安全に運ばれ、ロンドンの新聞が届けられ、知的情報に不自由しない環境が整えられた。

宣　伝

人々のバースに行きたい欲求を刺激したのは、口コミと出版物であり、鉱泉は、付加価値を付けられて健康リゾートとなり、宣伝する価値のある大きな市場となった。王侯貴族の愛顧を得、有名人が好んで訪れることが一七世紀末以来知られるようになり、あとは放っておいてもそれに倣いたい人たちが先を争った。健康に恵まれないことに悩んだアン女王（一六六五―一七一四）が医者の勧めで訪れ、モールバラ公爵（一六五〇―一七二二）が発作のあとの治療のために公爵夫人をはじめとして供の者たちを伴ってバースで過ごした。[64] ピープス（一六三三―一七〇三）、ポープ（一六八八―一七四四）、ヘンリー・フィールディング、ジョンソン（一七〇九―八四）、ギャリック（一七一七―七九）、バーク（一七二九―九七）、モンタギュ夫人（一七二〇―一八〇〇）、マルサス（一七六六―一八三四）、スコット（一七七一―一八三二）、ジェイン・オースティン（一七七五―一八一七）、錚々たる顔ぶれがバースでの時を楽しみ、あるいは藁にもすがる想いで鉱泉を試した。新聞・雑誌の記事や広告が消費意欲を刺激した。出版された観光ガイドとしては、たとえば、ピアスの『バースの歴史と回想』（一六八七、一七一三再版）があり、これにはバースの水が効き目をもつといわれるあらゆる病気について解説がついている。[65]『バースとブリストル案内――商人と旅人のおともに』（一七四二）や、アンスティの『新バース案内』（一七六六）も注目された。[66] また、非常に重要な役割を果たした出版物には、ウッドの『バース素描』（一七四二―四三、一七四九改訂、一七六五再版）があり、街の歴史とその魅力を語り、バースの街としての計画について明確なヴィジョンを提供した。[67] ウッドは、親子で街作りに貢献した建築家で、実際の建物・街を構築することに多大な貢献をしたが、こうして出版物で人々にバースの魅力を訴えるという大きな貢献もしている。

バースに移住

バースの悪徳を風刺しながら、文化人たちはこの街に惹かれ、実際多くの文人が好んで訪れて、湯治療養に加えて社交生活を楽しんだ。セアラ・フィールディングも、一八世紀の多くの文人の例に洩れず、都会的風土と軽薄な文化を批判しながら、都会の洗練からまったく離れてしまおうとはしなかった作家の中の一人であって、バースに住むようになった。僻地の人里離れた地や人跡稀な自然の真っ只中で暮らすことは選ばなかった。けれどもまた、繁栄するバースの街中に住めるほど懐が豊かでもなかったので、バースの町外れ、おそらくウィドコム、ウォルコット、バーシックと移り住んだ。彼女はバースの鉱泉を飲むために時折街の中心地へ出掛けていくこともあったが、概して町外れでひっそりと暮らしていたようだ。「今季バースはとても混んでいると聞いていますが、聞き伝えでしか知りません。特別な友達がやってくる時でなければ、そんなところに出掛けていく気はありませんから」と、バースの賑わいに関する彼女の描写は、人づての報告であることが多い(68)。

フィールディングは、この地でエリザベス・モンタギュ、セアラ・スコット(一七二三―九五)、フランシス・シェリダン(一七二四―六六)といった女性文化人・作家たちと親交を保った(69)。ただし、これも交友関係の中心になって、グループの欠くべからざる存在になるというのではなかった。彼女が最も友誼があったのはスコットで、スコットの側でもフィールディングのことはかなり気にかけているようであるが、常に最優先する友人というわけにはいかなかった。「今週のある日、可哀相なフィールディングが私と一緒に過ごすためにバースに連れて来られる機会があった」とスコットは報告している。ただし、「運悪く、私はとても具合が悪かったので、彼女の滞在期間中のほんのすこししか一緒に過ごせませんでした。それで彼女は満足しなかったようです」と、交友関係を求めるセアラと、それをそのまま受けとめるわけにはいかないスコットの関係が記されている(70)。

観察者と共同体

中心からひどく離れはしないが、中心に入り込むわけでもない身の置きかたは、観察者の立場には適切だった。この位置のとりかたは、文学的視点にも反映されている。少し距離をおいた観察者の立場を彼女は好んで使っている。例えば、『親しみの手紙』でシンシアはバースにおり、一通りの訪問はして、ロンドンにいるカミラに伝える。鉱水の揚水機のあるパンプ・ルーム、コーヒー・ルーム、舞踏会ホールを訪ね、友人宅に行ったりするのだが、そこにいる人々と自分が同類ではないことをとりたてて述べる。「彼らの生気のない影、めかしこみとお召し物、無礼と愚劣には」ショックを受けてることを伝えるために、さまざまな観察を書き送る（『親しみの手紙』I, P. 54）。ものすごい暑さにも関わらす、流行に乗るだけのためにフード付の外套をはおり、ボンネットをかぶり、マフをつける女性たち。混沌として人が群がっているカードゲームのテーブルにあまりに熱心に加わっていこうとする人々の理解を超えた行為。その行為の理由をたまたま耳にすると、それも彼女にとって驚きである。なぜかといえば、「いろいろな人が集まっていて、頭を使わなくていいのです。思考の苦痛から遠ざけてくれますから。思考の苦痛は鉱水とも合いませんのよ。」（『親しみの手紙』I : 90）周囲の人々の軽薄さにあきれながら、彼女はその人々の側にいて軽躁な様子を観察することを楽しんでいる。

シンシアのような観察者の立場は、フィールディングにとって心地よい身の置き方であったかもしれないが、シンシアがカミラたちと成すような深い関わりをもちたい一団もあった。特にヘンリーや妹たち、それにジェイン・コリエを亡くした一七五〇年代半ば以降、その願いを向ける相手を彼女は探していた。このころ彼女がリチャードソンに宛てた手紙には、分かり合える親しい人々に囲まれて暮らすことへの憧憬が特にみられる。

> 人数と同じ数だけの強力な頭がありながら、ひとつの心をもった家族の中で暮らすことは、つまりその皆を包みこむ唯一の心に居場所を得ることは、最高の喜びを感じずにはいられないような幸福です。(71)

私的安全網の恩恵と限界

後に、彼女はセアラ・スコットがレイディ・バーバラ・モンタギュ（c．一七二三―一七六五）などと作るグループに入りたいと願った。スコットはレイディ・バーバラと一七四八年にバースで出会い、結婚生活を終えた一七五二年以降、バースの街の中心とバース・イーストンに家を所有し、レイディ・バーバラと共に過ごすようになっていた。スコットが『ミレニアム・ホール』（一七六二）で描いた女性たちの理想的共同体は、その生活をある程度反映していると考えられている。(72) フィールディングは、このグループに加わりたいと望み、一時はその方向に動いていたが、エリザベス・モンタギュが介入してそれを妨げ、その結果、同等のメンバーとして扱われることはなく、時折彼女たちの世話を受ける程度で、このグループからも距離をおいたところに位置することになった。エリザベス・モンタギュは、スコット宛にフィールディングの希望とそれを挫く理由について次のように書いた。

彼女は住もうと思っているバース・イーストンに到着するのが待ち遠しいようです。その計画をやめさせるために私はあらゆることを言いました。なぜなら、彼女は善良な女性ではありますが、あなたとレイディ・バブは長い夏の日にも長い冬の夕にも彼女にいて欲しいと思わないだろうと思ったからです。礼儀や慈悲や真の敬意あるいは偽の敬意で人の時間というのは何と重い負担をかけられることでしょう。私は態度では社交的で愛想良くしていますが、気持ちは野蛮になって、彼女があなたたちから奪うであろう余暇と隠遁の時間を懸念して、あなたとレイディ・バブに同情したのです。(73)

明らかに、面倒な人という印象をモンタギュはセアラに対してもっていて、妹の傍にこの人を迎えることを許さなかった。単に妹の生活に華やぎと喜びを与えるような快活さをもっている人ではないというだけでなく、財産に恵まれた人物ではなく対等の関係を築けないことも、そして作家としての力量に疑問をもっていたことも理由になっていたものと思われる。このころ、モンタギュは『クレオパトラとオクタヴィア』を予約購読したが、「面白かったのは、予約購読者の名前が載っているページだった」と言って、作品自体を評価しなかった。[74]それでフィールディングは、女性グループの共同生活に入ること叶わず、安定した友達の内輪に入っていくことができなかった。一般的に、個人的つながりは、相互に助け合うことができるサークルを形成することができたが、こういうつながりが排他的になるのも簡単だった。

共同生活を始めることはできなかったが、スコットは常にフィールディングに注意を払い、気遣い、時折訪問して、彼女の慰めとなった。レイディ・バーバラが一七六五年に亡くなってからは特にスコットがフィールディングのことを手紙に書く頻度が増した。[75]一七六六年にはスコットらとともに数日間過ごした。スコットは、フィールディングが寂しい家に帰りたくないと思っていることを察知して、同情する。「彼女が家にもう帰りたくないと思っているのだと私はわかっています。家はあまりにも孤独だと感じているのだと思います。[76]」セアラにとっては幸運なことに、天然痘の流行を恐れたスコットは引っ越すことになり、しばらくの間、スコット、ミセス・カッツ、ミス・アーノルドとともにとどまることになった。この頃フィールディングはかなり体調が悪かったようであるが、スコットの女性共同体に加えてもらうことができて、「ここに来てから彼女は前よりずっと幸福になったと思っているようです」と明らかに時を共有することができる人のいることを喜んでいる。[77]こうして一時的に静かな喜びを得たが、天然痘流行の危機が去って、スコットは家に帰ることになり、病気からの避難共同生活は終止符を打った。

その間、エリザベス・モンタギュは、スコット、カッツ、ミセス・フレンドらと一緒にヒッチャムに住む計画を進めていた。フィールディングは計画に入っていなかった。「お客様としてミセス・フィールディングをお招きすることは大いに宜しいわ。彼女が幸せそうにしているのを見るのが、食事代と住居代の高貴なお支払いということになるでしょう」と言って、経済的理由で彼女を受け入れないことをにおわせる。勿論、モンタギュはフィールディングの下宿代を受け取ることを経済的に必要としていたわけではない。彼女としては、慈善的行為と寝食を共にすることは別のところにあるべきであり、家の外にむかって慈善は行うが、家の中には対等の立場に立てる人しか入れたくないのだ。しかし、今度は彼女は考え直した。「このヒッチャム計画の噂が彼女に届いたら、死んでしまうかもしれません。」「あの善良な女性から幸せをごっそり奪うことになるのであれば」彼女を除外するのはあんまりだと思ったのだ。そんな決定をしても、モンタギュは友情や優しさから行動するというよりも、現実的な算段をしていた。セアラがそれに見合う金額を出すことができないのを知っているので、自分が埋め合わせるための資金を用意するつもりだった。「わが友フィールディングは、あまりにベル・エスプリで世事に疎いので」「費用については彼女を騙せるでしょうから、今の収入で間に合うと思わせておきましょう。私としては援助していることを彼女が知らない方がいいのです。[78]」除外すると嘆き哀しみ、すべてを知らせて加えるとなると恩義を感じすぎて面倒なので、世間しらずのところを利用して、子どものように扱ってやろうというのだ。悪意があるわけでは決してなく、親切で言っているのだが、このような文面からは、モンタギュがフィールディングを作家としてあるいは一人の個人として尊敬している様子は読み取れない。モンタギュの決定は、一七六八年一月であったので、フィールディングの生涯はそろそろ終わりに近づいてきた頃で、共同生活に受け入れることが決まっても、セアラの具合が悪く、移っていけなかった。スコットは毎日フィールディングを見舞った。モンタギュは、親類縁者を探し、サー・ジョン・フィールディングにセアラの様子を伝えようとした。一七六八年四月四日の手紙でもサー・ジョンと連絡がとれないことが記されている。[79] 結局、希求したコミュニティに加わることなく、血縁者との繋がりもたぐることができないまま彼女は亡くなった。それでもフィールディングの死を悼んで、彼女を自国が生んだ最も優れた女性作家のうちに数える人はいた。「文学の分野では、ベーンもセントリヴァも、最近惜しいことに亡くなったフィールディングも私たちの国にいたではないか！」と。[80] 彼女の死は、手紙や出版物で悼まれ、記念碑が設けられて、彼女の文筆活動を評価する一群の人々がいたことは示された。

共同体

ウッドウォードが『デイヴィッド・シンプル』に登場するコミュニティについての分析をしている。彼女は、この共同体が、父権的なシステムに代わる、非階層的で平等な分かち合いと無垢と自己抑制といった女性的価値観に根拠をもつことを主張する。そして、フィールディングが結局はこの共同体を破壊するのは、女性的価値観の限界と欠点に気づいていたためであると読み解き、それを克服するのは、父権的社会の改革であるとフィールディングが書いているとウッドウォードは主張した。[81]『デイヴィッド・シンプル』は、感傷《センシビリティ》の文化を代表する小説のひとつとしてとりあげられることがしばしばである。トッドは、この作品が「無情な世の中で、男性的権力を避けて、優しさや多感といった女性的特質を備えた感性の人をどのように扱うかという哲学的物語的問題に取り組んだ」作品であるととらえている。一方、アリス・ブラウンが言うように、一八世紀末以前の女性の批判的・風刺的言説は、実際の社会改革を意図するというよりも、風刺の技量を発揮する場を提供するものであると考えることができる。[82] セアラ・フィールディングの志向も、女性の立場や権利に関する社会改革への参加や関心というよりも、距離をおいた観察者の眼の鋭さと風刺の力を試すことであったのではないか。本書では、こうしたフィールディングの女性的特質に関する議論を踏まえたうえで、彼女の知的追求とテキストの商品化の間のバランスをとろうとする努力に焦点を絞っていく。新たなフィクションを生み出していく理想的作家像を探し求めて、セアラ・フィールディングがどのような作者のモデルを思い描き、定義して、どのように自らの作家としての立場を作っていこうとしたのかを探るために、読者・話の受け手との関係の構築をまずみていこう。

第二章　読者との関係の構築
——著者を読者に知ってもらいたい——

1　はじめに

三文文士と愚物読者

近年、作者、読者と両者の相互作用が起こる場としての作品が研究の対象として関心を集めている。商業化と小説の勃興の時期に、作品が橋渡しする二つの世界は大きな変革を迎えていた。著作家というものに焦点を当てて研究している者の中で、ダスティン・グリフィンは、文学をめぐる個人的庇護《パトロネッジ》は一八世紀を通じて存続し続けたことを示し、商業化の過大評価がなされていることを指摘する。著者たちは、だまって古いシステムと価値観に依存することができたのである。[1] しかし、教養と知識、社会的特権に支えられた著者たちは、新しい文化を担う勢力が力強く芽生えてきていることを認識しているとも言明した。一八世紀初めの時代を代表する詩人であるポープが、『ダンシアッド愚物物語』で、印刷産業の新しい時代がやってきていることを雄弁に表現したのもその文脈においてである。ポープの偉大さであり、またアイロニーであったのは、時代を代表する詩人が文学が進もうとしている方向に軽蔑の目を投げかけ、その議論への参加のしかたがまた素晴らしく上手くて、そして彼に成功をもたらしたことである。ポープの書物市場の成り行きに対するこのような不安と、作者としての責任感の両方をセアラ・フィールディングは共有している。ここではまず、彼女が作者と読者をどのようにとらえていたかを考察する。ポープの愚物は、劣った作家が幅を利かせることへの脅威が形をとったものであった。(2) セアラ・フィールディングの想像を支配したのは、劣った読者だった。ポープが描いた図式は、高い文化を担う質の高い詩人の伝統に割り込んでくる愚物の三文文士というものである。フィールディングの図式は、それよりも文学市場により目が向いていて、そこを翻弄しようとしている愚物読者との間の攻防だ。

男性支配の言語？

『クライ』において、フィールディングは、あら捜しをしてばかりいる「むっつりした批評家」の読者と、「素直な読者」を対照させていて、「むっつりした批評家」よりもさらにへそ曲がりの聴衆、「クライ」と呼ぶ集団の前にヒロインであるポーシアを立たせる。(3) メアリ・アン・スコフィールドは、意味を歪曲される危険を認識していることは、男性支配のもとにある言語の世界における女性の困難を証言していると解釈した。彼女によれば、『クライ』は、男性がもたらした言語の腐敗を探求するものである。(4) セアラ・フィールディングが男性の言葉の欺瞞に注意を払っているのは本当だ。人を口説こうとするときの男性の甘い言葉に注意するようにポーシアは呼びかけている。男性は求愛するときには女性がまるで天使か女神であるように女性を崇め奉るが、これを「普通の英語に翻訳すると」、「君が私の妻になったら、私は嬉しいし都合がいい」に過ぎず、女性が義務を果たさなかった場合には、「私が望むことをその通りに行わせるための法的権力を君は私に与えることになるのだ」と宣言しているのだと書いている（『クライ』1：70）。しかし、セアラ・フィールディングが言葉の危うさを認識しているのは、言語をジェンダーの関係の問題としてとらえるというよりも、書物市場に出ていくものにたいする作者の統御力に関する危機感であり、創作物の位置づけや作者と読者の間の関係についてである。つまり、男性支配の言語が女性を犠牲者にしているという感覚と関係しているというより、コントロール不可能となり得る読者を想定する著者としての危惧が暗雲となっているためである。あるいはフィールディングの関心が、作者と読者の関係の構築にあったためである、というのが私の解釈であり、この第二章ではそのことを詳しく考察していく。

彼女の作者の力についての考え方は複雑である。作者は、全く自律的で、完全に創作の世界をコントロールすることができるという自信は彼女にみられない。作者といえども個人の認識に絶対的な権威を認めようとはしないし、自分が発する言語の決定権が彼女のみにあることを主張したりもしない。読者の自律性、読者の自由を尊重し、読者は自分が望むものを作品から読み取ることも知っている。しかし、彼女は作者と作品が引き離されてしまうことを恐れ、特に作者のコントロールを超えたところで勝手な意味を構築する「批評家」の介入を危惧する。それで出版されて公のものとなった作品が作者から独立してしまうことになんらかの抵抗をしようとするのである。熱心に作者の存在を示し、作者の意図を何とか伝えようと努力しているのはそのためである。

セアラ・スコットが、前書きというのは、「作者が弁解をするところ」と述べているように、一八世紀の作品の冒頭で、作者が神妙に謝ったり、慎みを示したり、作品を卑下したりするのは、男女を問わず作者にとってごく普通のことである。(5) セアラ・フィールディングは概して慎重なのであるが、この不安げな慎み深い訴えかけをする作者の伝統に依らずに、読者の読書という行為と作者の希望の間で積極的な役割を果たすべく一歩前に進み出て「読者に作者を紹介」しようとする。「書物に序文を書くのは、著者を読者に知ってもらう目的で考案されたようだ。よく行われているので、慣例であり、必要な規則になってしまっているようなものだ。」そして彼女自身の作者としての意図は、「人間の複雑な心の迷宮」を解明することだと宣言する（『デルウィン』I, iii）。彼女は、作者と読者の関係を定義しようとする。前書きで読者にたいするかなりの関心を示すだけではなくて、作品の中でも、繰り返し聴衆／読者の反応を描き出して、作者の関心を具体化して示しているのが、彼女の特異な特長である。読んだ作品から得たことを実際の生活で活用するには（フィクションと実生活の関連づけが読書の本当の目的であると彼女は宣言している）どうしたらいいのかということを彼女は描きこんでいる。文学で教えを伝達するプロセスは、特に危ういということを認識しているので、彼女は自分の意図を伝えようと懸命だ。物語が読者の道徳的向上を意図して書かれている場合でも、この機能は読者の振舞いに頼っているので、作者の意図するようにいくとは限らないことを彼女は知っている。この困難を乗り越えるために彼女がとった方法は、著者の意図を理解することが重要であると訴えることである。当然、この解決法は、さらにまた難しい問題を引き起こす。彼女の戦略は、循環していて堂々巡りだ。彼女は読者を教育し啓蒙しようという意図をもっているにも関わらず、そして道徳感覚の一致の絆を通して読者を向上に導こうとするのであるが、彼女の計画は、道徳上の目標や知的な目標をすでに共有し、作者の目的に積極的に同調する読者を想定しているのである。その困難を認識して、彼女のナレーターは読者に歩みよろうとし、作品の中に読者を登場させて、作者の世界に読者を招き寄せ、価値観を共有する読者共同体を作っていこうと試みる。

2　「読書の真の活用法」

読書法マニュアル

フィールディングは読書のやりかたに関心をもち、読者にどのように読むのがいいのか指導することを試みる。

「ラ・ブルイエールにあるように、……多くの人が人に書き方を教えようと努めてきたが、読書のやり方を教えた人はいない」という見解は当たっていると彼女は述べる（『デルウィン』Ⅰ：xxxiv）。言われてみれば、書き手は尊敬する作家を真似て文章を上手く書くことができるようになるであろうし、書き手は書き方マニュアルの助けを借りてもいいであろうが、読者は何の導きを受ければいいのであろう？　彼女の答えは、マニュアルやアドバイスブックではなくて、文学の中に書き込むという手だ。

一七世紀から一八世紀の作品が「裸で世に出たのではない」ことをポール・ハンターは説明する。作品には作者の声が添えられた。このように作者が直接の接触をもとうとする場は、口承文化の名残であると彼は説明する。作者が読者に直接呼びかけるという形をとるのは、日増しに孤独になっていく都会の読者のための、失われたコミュニティと意思伝達の代替物を提供する必要があったからである。この文化的欲求に的確に応えたのがこのころ成長しつつあった小説である。(6)この議論によれば、小説家は、拡大しつつある新勢力としての読者層の増加に対する悲観的な態度とは正反対に、失われた共同体への読者のノスタルジアに訴える必要性を感じていたということになる。

テキストのギャップ

イーザーの読者反応理論によれば、ナレーターの読者への呼びかけは、作者が創造しようとしている読書のプロセスのメカニズムの中で重要な役割を果たしている。読者というのは、意味を構築するのに積極的な参加を果たすものであり、作品の創出にあたって作者と同じくらい重要な役割を果たす。(7)イーザーは、ヘンリー・フィールディングが、テキストの完成には読者の参加が必要であると考え、読者の役割に「執着」して、例えば「『ジヨゼフ・アンドリュース』では明らかに意味は策定されるのを待っている」と分析する。作者は読者に呼びかけ、読者に「いくつかの可能な決定枠を与え」る。(8) これに従ったハワードの『アミーリア』分析では、テキストの芸術上及び道徳上の完成は、作者と読者のコミュニケーションに拠っており、「作者とテキストと読者の最も生産的な関係は、作者が読者の必要とするもののすべては与えず、作品を成就させるのを手伝うように作者が読者に挑む関係である」のであって、この空隙によるテキストの心許ない状態が、何が起こるかわからない「現代」生活の不安と共通点をもって深く関わっていると主張する。(9) ヘンリー・フィールディングのテキストのギャップは、読者の活動の場である。彼のおしゃべり好きなナレーターは、読者をその場に引き込む。

セアラ・フィールディングもまた、読者の役割を深刻に考えている。彼女は作品を構築する責任を分かち合おうと読者にもちかける。彼女の申し出は、ガイダンスつきである。テキストにギャップを残しておくよりも、あきらかに馬鹿げた対照を用意してあるので、選択の余地は少なく、彼女は答えを与えようとする。彼女が想定する読者の活動の領域は、ヘンリーが想定したのと別のところにある。彼女が用意するギャップは、テキストの中にあるというよりも、テキストと読者の実生活との間にある。つまり、テキストのギャップに意味を与えることよりも、文学に書かれていることを現実の生活に移していくその過程にある。作品と読者の生活の間のギャップに橋渡しをしようと読者に誘いかけているのである。答えは用意してあっても、読者には意味を構築する自由があることを彼女は十分に認識している。ただし、構築される意味は、テキストから出ていく方向に向いている。読者の自由の乱用を彼女は心配し、それを防ごうと試みる。それで、彼女の読者への呼びかけは、ヘンリー・フィールディングの呼びかけよりもずっと直接的で、意味のギャップが誤解を生むことを非常に警戒している。彼女のナレーターの積極性は、作者が伝統的な文化の知識を備えていて現状を憂えるためと、現在のニーズを積極的に摑みたいという欲望から生じている。

彼女の親戚であるレイディ・メアリ・ワートレー・モンタギュは、娘のレイディ・ビュートに次のように書き送った。「『デイヴィッド・シンプル最終巻』は有益な道徳を教えてくれます（作者はそれを意図しなかったように思われますが）……つまり、誰にでも起こるような偶発的な損失への備えを怠った人が見舞われる不幸な結果を示しているのです。」[10]この世の財を失い、経済的な痛手を負ったとしても、美徳をもつ人の心の強さと内面の幸福を表したいと作者が思っていることをレイディ・メアリは知っている。しかし意図的にそれを拒否し、意地悪な解釈をする。彼女のようなもののよくわかった読者にとっては、セアラ・フィールディングの訴えと注意は、余計なお世話であって、かえってこのような意見を招いてしまう。教養ある読者には不要とわかっていても、書物市場で顔の見えない読者を相手にしなくてはならないときには、しかるべきガイダンスをつけるというのが彼女の方針である。実際、『デイヴィッド・シンプル』が一七七五年に短縮版で出たときには、レイディ・メアリがいたずらっぽく示した解釈と同じ姿勢がとられ、真の友情の可能性とその重要性を示すという作者が添えた意図は無視された。この短縮版の題名の後には、「信頼を寄せた人によって彼に仕掛けられるおかしな気まぐれのトリックとともに。若者が性急に友人関係を信用しないように。」と続く。[11]

読書の真の用途

『ガヴァネス』では、ミセス・ポインツへの献辞に続き、「若い読者のみなさんへ」と始まる前書きで、この書物での目的をはっきりと述べる。これは、教育者と子どもの両方を読者として想定しており、子ども向けには適切な指導方針を明確にするのが当然であると思われる作品であるから、作者の呼びかけも他と比べて非常にはっきりしている。

読み進む前に、この前書きでちょっと立ち止まって、私と一緒に、読書の真の使い道は何かを考えてみてください。書物の真の用途とは、あなたをより賢くより善良にすることであるという真理を頭に入れたら、あなたは読書する対象から利益と喜びの両方をえることができるでしょう。（『ガヴァネス』vii）

この「読書の真の用途」というのは、彼女の作家人生の大きな関心事である。読書の目的は「あなたをより賢く善良にすること」であるという言い方は、あまりにも一般的、あまりにも陳腐であるように思えるであろうが、彼女はこれを宣言するだけでなくて、どのような使い方が真の目的を達成するのに貢献するのか、読書がどのように人に影響を与えていくものであるのかについて具体的な例を描写することに『ガヴァネス』のテキスト全体を使っている。そうしてみると、そしてまた改めて彼女の他の作品にも目を配ってみると、この何気ないフレーズは意外な重要性をもっていることがわかってくる。書物の前書きを積極的な読者への呼びかけに使い、読書というものを題材に読者に直接語りかけることをここで彼女は始めた。

詩人の作業と読者の作業

『クライ』の前書きでは、自然と詩人の関係とテキストと読者の関係が並列で論じられる。まず、詩人が行うこと、つまり「創作」は、存在しないものを空想し、作りだす能力ではなく、「発見に過ぎない」もので、「我々の思考の対象となる物の真の精髄を素早く聡明に看破する」ことである（『クライ』II：1）。さらに、「詩人は、自然の模倣者と考えられるが、狭く限られた意味とは全く違った意味で、人間の精神内奥の迷宮を探る人である」と述べ、迷宮を探って、解析し、理解して、精髄を取り出してきた上で、それに具体的設定を与えて人に示すことができる（『デルウィン』I：xvi）。「真の精髄」は、気質や行動を規定し、人を動かしているものと考えられ、人間の複雑な心の動きの中にそれを探り当てることができるのが詩人である。彼女は「あらゆる行動の鍵のようなもの」と呼ぶものを、ベン・ジョンソンを引用して説明し、さらに「その特質は、詩人が読者に提示する人物をとても強くとらえているので、その人の人生のあらゆる行動に大いに通じており、すべての熱情の働きについてまでも影響している」（『デルウィン』I：x–xi）。人の心はいかに複雑に見えようとも、優秀な詩人の手にかかったら、その複雑さを動かしている源の単純な真実が見破られる。そして、「真の精髄」あるいは「あらゆる行動の鍵」を明確に示すのが詩人の第二の仕事となる。ここでは詩人は、状況を組み合わせて、それを際立たせるようにする。「こういう状況を賢明に選んだ場合、読者にとってそれは蓋然的に思われるだけでなく、真の真実性を呈する」（『デルウィン』I：ix）。

そして今度は読者の番だ。「真の自然の描写に自分の知っているものを見出すとき、読者も作者の創作に参加すると言って良い」（『クライ』II：4）。そしてそのためには、読者も作者と同様の観察眼と理解力を備えていなくてはならない。

作者が、あれこれの場合に人物を適切に行動させることができるためには、吝嗇家や恋人や友達や親の性向を徹底的に知っていなくてはならない。それと同じように、読者も正しく描写されているか間違っているかを本当に判断する、あるいは自然なことと詩人の頭脳のでたらめな空想を区別するためには、同じ程度の知識がなくてはならない（『デルウィン』I：xiii）。
あるものを他のものと比べたり、似たものをもってある考えを例証したりするときはいつも、意味に混沌をもたらすことなく明らかにするように作者はあらゆる微細な差異もまず徹底的に知ることが必要だ。同じように、応用することを喜ぶ読者は、類似を認める前に、それぞれ似ている二つの像に関わるあらゆる状況をまず知ったかどうか注意することが必要だ（『デルウィン』I：v）。

読者は予備知識と分析能力をこのように備えるだけでなく、率直にものごとを受け入れる姿勢をもたなくてはならない。あるいはむしろ、素直に受け入れる姿勢が分析能力を形成する。

虚心は度量をつくると主張するのはあまりにも大胆すぎるのかもしれませんが、虚心のみによって度量はその活力を存分に発揮する力をもつことは、議論の余地なく本当のことだと私は信じています。……真実は、愛情をもって迎え入れる人に会いにきますし、真実の抱擁を嫌がる人以外の人にとって、あるいは敵として真実から逃げる人以外の人には、到達できるものなのです（『クライ』I：13, 14）。

まさに、ポープ（部分的にジョンソン）の言葉を借りれば、「虚心の判断者は、文学作品を／作者が書いたのと同じ精神をもって読む[12]」。

そして、テキストから叡智を得ても読者の役割はまだ終わらない。ここからが「読書の真の活用法」である。読者は、読書の積極的利用を行う。読書には、読者の自省を促すという大事な機能が期待されている。セアラ・

フィールディングは、自分の目的は、「豊富な教えで……知性を豊かにすること、あるいは……知性が自らを精査し、自らを知るように、注意をひきつけて誘うこと」だと宣言し、「自己に関するより正しい観念を与えることができる」作品を書くことを目指していると告げて、読書が読者自身の心と頭の探索活動を促すことを強調する（『クレオパトラとオクタヴィア』i）。

彼女は、文学作品を成立させるのは、作者と読者の共同作業であると考え、作者も読者も十分な知的能力と柔軟性を備えてその作業に臨むことを期待する。作者は言語能力を磨いて、意味のよくわかるものを書き、読者はそれを素直に受け入れて作品は成立する。それをするにあたっての読者の役割を認識して、作者が先導したプロセスを読者が完成してくれるようにと訴える。作品が作者と読者の共同作業で成り立つという彼女の考え方は、読者の積極的な参加を推進する彼女の願いと、作品をコントロールしたいという作者の欲望を示している。作者の意図を読み取るようにと主張することは、読者の世界への作者の越権行為であり、読むという行為に制限を設けることであるように見えるが、読むという経験で読書を正しく使うことにより、読者の領域を拡大させることを提案して、読者との交渉を申し出ているのである。彼女は作者と読者の間のスペースを分けることを考えているのではなくて、作者のコントロールをかけることによって、読者の人生における読書体験の可能性を拡大させようと提案しているのである。

彼女の作家としての経歴を振り返ると、読書の過程についての強い希望と意志を強調する姿勢は、時を経るにつれて退行していることがわかる。『クライ』の後は、革新的文学を生産しているという自覚を強く押し出す姿勢が薄れ、『デルウィン』の後は、読者参加の要求が弱まった。最後のフィクション『オフィーリア』と最後の出版クセノフォンの翻訳では、読者への直接のよびかけが長さの点でも重要性の点でも縮小した。『オフィーリア』では、『デイヴィッド・シンプル』の作者が、作者としてではなく、信憑性を証明できない原稿の発見者として自己紹介する。前書きでは、想定上の著者オフィーリアが書簡について論じているが、自分が書くことについての考察はあっても、読書のプロセスの問題は論じられない。読者に積極的に関わっていこうとせず、古い机の中から原稿を発見するという慣例的設定を使ったこのフィクションは、「読者の真の活用法」を推進しようとした作品とは明らかに異なり、読者への訴えかけが別の方法で行われたとしたら、それは成功したとは言えなかった。レイディ・ブラッドショーは「普通でない、とても妙な出来事が満杯で、その中には不自然な状況もあり、とても荒唐無稽な始まり方だ」と評し、リチャードソンは、娘二人に読後感想をきいたら「私の関心を引くような報告がなかった」ので、「開きはしたが、読まなかった」と『オフィーリア』について記した。[13]『オフィーリア』にも経験を積んだ作家が書くフィクションの面白みが感じられる。しかし読者への信頼と疑いをともに強くもちながら、読者に関わっていこうという気概を表現していた時期に書かれた作品の方がより強く読者・評者を惹きつけているようだ。

3　読者たちの反応

第二の作者

セアラ・フィールディングは、何を書くかだけでなく、作品のアフターケアにも関心を払った。作品の中で示している読者の役割を重視する姿勢を考えると、作品がどのように受容されるのかについて、彼女が敏感になるのも頷ける。それに伴い、作家としてのキャリアを通して、フィールディングは読者のニーズに応える作家でありたいと願っていたことがうかがえる。そして本の読まれ方に注意を払っているということを宣言するばかりでなくて、彼女は読者の反応を作品に描きこむことを行っている。一つの例は、『ガヴァネス』でみせたような、読書への姿勢が子どもたちの間で形成されていくのを描くことだ。第二の例は、同年に出版された『クラリッサについて』にみられ、それをさらに発展させたのが第三の例、『クライ』である。

ヘンリー・フィールディングの作品のギャップの働きに注目したイーザーによれば、同時代の作家リチャードソンは、読者の判断に任せる部分が少なく、読者の参加を誘う要素が少ない(14)。一方、トム・キーマーの分析では、リチャードソンは、特に『クラリッサ』において、意味を読者の解釈に任せることが多く、それをさせることにより、読者の理解力と考え方を教育しようと試みている。リチャードソンは、フィールディングのナレーターのように前面にでてくることはないが、それでも読者に対する操作機能を果たしている。この一見矛盾にみえる仕組みは、リチャードソンが書簡体を使用したことによって成立している。つまり書簡体を使うことにより、読者は登場人物が置かれている差し迫った状況に投げ込まれて、そのような状況に置かれたとしたらあなたならどんな判断をする？　と常に問われている。読んだときに、読者は普段はつきつめて考えることのないようなことについて態度をはっきりさせるように迫られる。書簡体により実現するのは、同化と評価の同時進行である。読者が登場人物の気持ちをなぞることと、読者が登場人物の振舞いをどう判断し評価を下すかが同時に行われる。個人の知覚や認識は主観的で、必ずしも正確ではないことを、手紙の書き手を複数用意して、ひとつの事柄にたいする異なった視点からの異なった見解を読者に示すことにより、読者に判断の余地を与えるのである。こうしてリチャードソンは、道徳的方向づけと、読者に作品を構築する権限を与えること、つまり読者を「第二の作者とする」ことを両立させている。彼は、人がその状態になってみないとふつうは発揮しない判断力を、書簡が誘うシミュレーションで発揮させようとしているのである。[15]

リチャードソンとある程度親しい間柄にある読者たちは、作者の意図を理解することができることを彼に手紙で伝えた。フィールディングとも親しかったジェイン・コリエのリチャードソンへの手紙をみてみよう。火事のシーンについて『クラリッサ』にこのシーンは必要である、ヒロインの美徳をわかりやすく示すのに効果的な状況設定である、それを報告する書き手がラヴレスというのもまたお見事、と彼女は彼の代弁者及び批評家、「率直な読者」のお手本として振舞う。

私の頭に不適切な考えがうかぶようなことがあったら、私はいつも自分自身を叱り、その考えは理性が生じさせているのではなくて、あなたが規定している領域から踏み出してしまっているのだとわかると思います。けれどもこれは私自身についての判断です。こんなに底知れず人間の本性がわかっている人にどの程度の尊敬を他の人が払うべきであるのかということについては私は発言する資格はないと思っています。[16]

コリエは、作者の意図、「作者が規定する領域」がわかっていることを示して自分でも満足し、リチャードソンを喜ばせてもいる。ここで言っている通り、コリエは判断を示す媒体をリチャードソンへの私信のみに限った。他の人々がどう考えるべきかについて彼女は発言する意図をもたず、自分が良き読者・評者であることを作者リチャードソンに認知してもらえればそれで満足するという立場をとった。

『クラリッサについて』

セアラ・フィールディングは、私信でもリチャードソンに反応をしめしたが、私信だけではなくて、出版物によっても示すことを試みた。[17] そのどちらにおいても、彼女は『クラリッサ』を褒め称え、自分がよき読者であって作品をよく理解していることをリチャードソンに認めてもらおうとした。前に述べた彼女の読書という行為に関する考え方でいくと、読者としてリチャードソンの作品を完成に運ぶ手伝いをしているわけである。中でも『クラリッサについて』はさまざまな機能をもっているので、特別に重要である。作品への反応を作品にするという役割を担って、読者転じて作者という立場をとるフィールディングは、リチャードソンの代弁者であろうとする。彼女はここで自分の読者としての立場については、自分が『クラリッサ』の率直な読者であることを示し、『クラリッサについて』の中で望まれる読み方を示す役割を担う。同時にこれは読むという役を使って書くという実験である。さらに、可能な反応や実際にあった反応を書きとめてリチャードソンに示すことにより、彼は『クラリッサ』を改訂していたので、この本の改訂にも間接的に参加していたことになる。『クラリッサについて』に登場する読者たちは、作品を解釈するだけではなくて、作品の作り直しに参加する可能性があったのだ（『クラリッサについて』vi）。この意味で、読者の可能性は押し広げられている。しかし一方では、これは読者の反応を定義して規制する手段にもなった。適切な読み方を示すためのパンフレットを出版することによって、彼女が行ったのは、『クラリッサ』の作品のギャップを埋めようとすることである。ということは、（『クラリッサ』の）作者の役割も押し広げることになっている。彼女は、コリエの言葉を借りれば、あるべき読者として態度を明らかにし定義する役割を公の場で担うことをかってでた。この大胆な申し出は、逆に彼の作品のギャップを心配することからきている。読者の反応にたいする関心、懸念が具体的な形をとったのが『クラリッサについて』というわけだ。

作者の意図を読者がどのように摑むかということが『クラリッサについて』での会話場面でとりあげられるだけではなくて、登場人物がこの点について気にかけていると発言し、そして作者の意図を自分がどんなふうに把握しているのか話す。登場人物たちの声をきいてみよう。「作者の意図は、ヒロインの家族の各構成員がもつ独特の性格を読者にしっかりと印象づけることだということは明白です。」「作者が前書きで言っているように、物語は、より大事な教えを伝えるための手段にすぎない。」「ハーロウ夫人の欠点を、作者の欠点であると思ってはいけないでしょう。彼女が非難に値しないと言っていることが証明されない限りは。」「ヒロインを非難する前に、作者が言うことにしっかり耳を傾けましょう。」「既に出版されているものから作者の意図らしきものを推測できるとしたら……」「ミス・ギブソンは、ベラリオがクラリッサの作者の意図に心から同調しているのをみて非常に喜んだのでした。」「全部を読んでしまう以前に私が思っていたよりも作者の意図が高貴で、その意図を実現する書き方が思った以上に上手いと認めることを私は恥ずかしいとは思いません」(『クラリッサについて』8, 9, 17, 29, 34)。皆が口をそろえて言うことは、読書において最も大事なことは、作者の意図を探り判断できるように素直な態度で臨むということである。読者が本当に作者の意図をつかんではじめて、登場人物や作品の出来不出来や、はなし全体の進め方について判断すればいい。良い趣味をもったベラリオは、他の人と、特にミス・ギブソンと意見を交わすことにより、リチャードソンに完璧に同意する。彼は、「この点について発言を続けようとすると、作者の言葉を繰り返すことになってしまう。」とまで言っている(『クラリッサについて』49)。

セアラ・フィールディングは、作者の意図の重視が、勝手なことを正当化する便利な武器になることも意識している。作者の意図重視の旗手であるミス・ギブソンでさえ、別の女性にその重要性を指摘される。彼女は、ミス・ギブソンの結婚観が間違っているのは、作者の道徳的意図を正確に理解していないのが原因だと考えている。

この人の考えによれば、クラリッサの親友アナの夫候補になっているヒックマン氏が良い夫になると示すことが重要な作者の意図である。彼女はミス・ギブソンの意見が違うことを知り、「あなたが話す一言一言が、作者の道徳を強く教え込む必要があることを証明しています」と言って、ミス・ギブソンを困らせる（『クラリッサについて』28）。ギブソンの苦境をみたベラリオが割って入るが、彼の武器もまた、作者の意図である。

この会話を聞いていると、前にはそうは思っていなかったとしたら、今確信したのですが、結婚した状態を幸福にするためには、夫の冷静さと善良さがどんなに必要であるかこのように強く示すとは、クラリッサの作者は何て賢明なのでしょう。守ってもらい、良い扱いをうけるために、ヒックマン氏のゆるぎない信条は頼るべき堅固な基礎となります（『クラリッサについて』28–9）。

ベラリオはここで、それまで二人の女性の間で争われていた人物評定、つまり、快活で機知に富むラヴレースと地味で堅実なヒックマンの二者からの選択から、リチャードソンの作家としての技量をそこに認めるかどうかの問題に重点を移行させた。それでも依然として焦点は作者の意図をどう読むかということにある。

会話に参加する人々は、自分の状況を登場人物に重ねて登場人物を弁護したり批判したりする。作中人物との同化は、読者の参加を通じて実りある読書に貢献するのであるが、自分の立場を投影することにより、登場人物を歪曲させてしまう危険があることに配慮しながらフィールディングは描写している。例えばリュウマチを患っている老人はクラリッサの父親ハーローがわけのわからないことを言い出すのは、きっと痛みのせいであると言い、自分の痛みを使って父親の一見、理解しがたい態度を説明する。ミス・ギブソンをヒックマンの件で当惑させた女性は、三人の適齢期の娘をもち、婿としてヒックマンの安定は望ましいので、そのような発言をした。自分の狭い経験と関心だけに焦点を絞り、その鼻元思案で全体について発言することの愚かしさは、絵画の中で「サドルの縁」にしか興味のない男の話で示される。理想的な読者であるミス・ギブソンとベラリオは、そのような偏狭な関心しかもちあわせていない人物でなくて、開かれた心をもち、描かれているものをそれとして受け止めようという姿勢をしめす。

ここに登場して『クラリッサ』について発言する人物たちは、相互に立場や意見を異にするが、リチャードソンがクラリッサをまるで本当の人物であるかのように描いていると考える点で一致している。「カサンドラやクレリアのような」ロマンスのヒロインたちは「人間として考えられたり扱われたり」することはなかったが、クラリッサは、「すべての読者に親しい知り合いのように扱われて」いる（『クラリッサについて』14-15）[18]。フィクションであるとわかりながら、実在の人物であるかのように考えることで、読者はヒロインの行動や思考の是非を検討し、さらには自分が同じ立場に立ったならどう判断するかを熟慮し、そうやって物語に引き込まれていくことになる。読者の物語への参加と考慮や判断を促すことが、キーマーが論じているようにリチャードソンの目的であったとしたら、リチャードソンはそれに成功した。しかも、ここでは、セアラ・フィールディングという読者に対する影響力と、彼女が作り出した架空の読者への作用が示された。読者の反応をフィクション化するという彼女の発想のおかげで、彼は二つのレベルで成功したことになる。読者の反応を描き出したフィクションで、リチャードソンの作家としての技量や作品の力を指摘して、フィールディングは作者の意図を理解することの重要性を強調し、リチャードソンの読者が彼の作品を「正しく」受けとめることができるように導く。そしてまたそれは同時に、彼女が、作品の受け取られ方への関心を示したものであり、自分の作品の読者を誘導する働きも担っている。ジェイン・コリエやセアラ・フィールディングが、作者が読者に「処方した境界」からはずれない読書をしようと心がけ、「良き読者」も作品の中に描く一方で、へそ曲がりの読者というのも彼女たちの想像力を捕らえて離さなかった。処方された境界をはるかにはずれ、「不適切な考え」に囚われて言葉を解釈する人々も同じように彼女はフィクションの中に描いている。このような悪意をもった解釈者を彼女は「クライ」と呼び、それを題名にしたフィクションを書いている。次節では「クライ」に焦点をあててみよう。

4　言葉の乱用者たち

得体の知れないクライ

セアラ・フィールディングは、意味の歪曲の危険性に相当の関心を払っている。言葉を乱用する人々を危機感をもってみて、聴衆が予見不可能な行動にでることにも注意している。『クライ』は、聴衆の誤解を暴き、言葉を歪曲することを警戒し、それを行う人々に対しては敵対的である。『クラリッサ』でリチャードソンは複数の書き手を使うことで、状況理解の対立と混沌を作り出して、読者をその混沌に投げ込み、疑似体験させて読者に判断させているのであるとキーマーは非常に優れた分析を行った。[19] しかし、リチャードソンにとってみると、読者の反応は、期待したものではなかった。その言葉の混沌から意味を立ち上げるにあたって、読者に頼りすぎる構造を作ってしまったと彼は思っていた。

『クライ』は、珍しい設定をとり、その設定が法廷式あるいは演劇式の「内面」を語る工夫となっている。書簡以外で、登場人物が自分の気持ちを語る方法である。このように形式が革新的な作品であるので、普通の本についているような単なる広告あるいは新発想を強調する宣言だけの紹介ではなくて、読者のための説明とガイダンスが必要であった。今の私たちが見ても奇妙な設定であるが、出版当時の人々も奇抜な発想に当惑を示した。セアラ・ウエストコムは、わけがわからなくて、『クライ』を彼女に送ったリチャードソンに、どう読んだらいいのか尋ねた。「私が（正当な理由に基づいて）自分の判断をくだせるように、まず我が良きパパ、あなたの「クライ」についてのご意見をきかせてくださぃ。」と。[20] リチャードソンにとって、この「内面」を聴衆に向かって語らせるための演劇型の構成により「作者は人間の心を知り尽くしていることを示している」が、彼の考えではそのような新しい工夫の是非よりも、性格設定とプロットの間に齟齬があることが問題だった。彼は、ポーシアの相手役のファーディナンドが役不足であるために、プロットに説得力が欠ける結果になっていることをフィールディングに告げ、改版のときにはポーシアとつり合うような男性にすることを提案したが、改版が可能になるほどの売れ行きを達成しなかったので、書き直されることもなかった。[21] リチャードソンは作品に概ね好意的であったが、世間の評判はたいしてよくなかったことを「もっと好評を得てもいい作品なんだがなあ……」と証言している。[22] ピオッチも、もっと売れてもいい作品であるのに、と手紙に書いた。[23]

曲解志向

リチャードソンに代表されるように、同時代の人々の注目はポーシアをめぐるプロットにひきつけられたが、フィールディングが題名にも起用した「クライ」にここでは注目しよう。この有象無象の集団、「クライ」自体、この作品の新しさである。個々への注目に値しない、個々に名前をもたない群集、人の群れ、一般大衆を舞台にのせたのであるから特異な設定だ。けれどもそれだけではない。この人の群れは、作品内に導入された思慮に欠ける聴衆として、重要な役割を担っている。『クライ』は、「クライ」の存在を通して、誤解の危険にたいする危惧と、作者が提供する意味を公正に受け取って欲しいという願いを表している。つまり、『クライ』は、作品全体が作者と読者／発言者と聴衆の関係への関心で成り立っている。レイディ・ブラッドショーは、リチャードソンと文通を重ねた熱心な読者で、鋭い視点を持ち合わせている人物であり、「クライ」の重要性にも気づいていた。彼女は、「作者はジョゼフ・アンドリュースの作者に好意的なようで、その点が私が彼女に関して気に入らないところです」と言っているので、『クライ』についての批判的な判断は、ヘンリー・フィールディング派の作品に対するリチャードソン派の反応として少々斟酌して受け取らなければならないのであろうが、彼女の発言は注目に値する。彼女の読み方は、フィールディングが意図したものではなかったが、ねじくれた根性をもつ聴衆にすっかり影響されてしまい、自分自身意地悪な批評家になってしまいそうな気がして、「残念なことに、憎憎しい「クライ」のなかに何度か自分の姿を見てしまいました」と言っている。(24)

クライは、共通の敵を見出したときだけ結束する無秩序な集団である。彼らはポーシアの率直で真摯な語り方が気に入らないので、彼女の言うことを歪曲したい放題である。歪曲のしかたは至極簡単で、自分たちが聞きたくないことは聞かないという方法だ。「彼らの顔つきは時折ただぼーっとしているだけだったり、彼らがいうところのナンセンス、これはつまりポーシアが話していることなのであるが、そのナンセンスの意味を互いに尋ねあうように、口をあんぐりあけて目をみはるのである。」（『クライ』I：41）意志伝達の何かがおかしいことは彼らも察知しているが、自分たちに問題があるとはちっとも思っていない。かわりに、「問題は彼らに率直さや能力が欠如していることにあるのではなくてポーシアの言うことに意味がないことを証明しようと躍起になっている」クライは、ポーシアがナンセンスしか言わないといって頑固に責め立てる。（『クライ』II：173）彼らが得意

なのは、文脈を無視して言葉を取り出して曲解することである。ポーシアによれば、クライがやっているのは、

最大の労力をはらって雄弁を駆使しても、私の言葉からそんな結論を導き出すことは無理なことです。……簡潔で簡単な表現から間違った結論をひねくりだして、愚かなクライよ、あなたたちが真実を見ることから逃げる避難所をつくっているのです（『クライ』I：52)。

彼女は彼らの反応を警戒しており、彼らに尋ねる。「クライよ、あなたたちは私の言っていることを排除して自分のことばを差し入れて、私が言っていることの意味をまったく変えてしまうのですか？」（『クライ』I：54)。すると彼らは次のように反応する。

彼らはポーシアの言葉を曲げ、ひねり、彼女がまったく考えてもいなかった一〇〇〇もの違った意味を見出した。少しの真実でも見たときには、いつでも用意してあるののしりの言葉をつらつらと並べて繰り返し、ポーシアの頭を満たしているような現実にはあり得ないロマンチックな観念は、いかなる人間もこれまで考えついたことはないと私たちは信じると皆で宣言して発言を終えた（『クライ』I：59)。ポーシアの表現が馬鹿げていることを証明するために、クライは［ポーシアがたった今口にした寛大ということばを］あらゆるしかたで曲げ、自分たちで作った多様な概念の混沌に陥り、もがいていた（『クライ』I：86-87)。

クライは、作者が会話の「発掘者」と呼ぶ有心故造の人物で、「彼らの主な目標は、馬鹿げたものを発掘して

くること」で、「発掘者は常に間違った論理でものを話していて、話を聞いている人にとっても自分たち自身にとっても、理性がたどる真の自然な道筋がまったく失われてしまうまで、言葉を増幅させる。」(『クライ』I：117. 119)。クライは、「彼女の言葉を理解しようとしているのではなく、彼女が言ったことをとりあげて譴責しようとしているし、彼女の考えを検討しようとしているのではなくて、彼女の考えに悪態を積み上げることに熱心である。」(『クライ』II：172)

『クライ』のなかの発言者と聴衆の間のやり取りに投影されているのは、作者と読者の間の関係が心許無いものであるというフィールディングの見解である。曲解はすべて馬鹿げてねじ曲がったクライの性質のせいであることになっているが、言語自体にそのような捏造や曲解を許す性質があることを彼女は意識している。特に彼女は個人的に知らない一般の人々が作り出す脅威に対して神経をとがらせていた。うるさい無秩序なクライが、発言者を困らせるのと同じように、未知の消費者、性格の悪いむっつりした読者の脅威を作者は感じている。レイディ・ブラッドショーが同じものとして扱っていたように、クライと曲解する読者（批評家）は、同類である。

言葉の洪水

『デルウィン』では、別の言語の乱用の例が挙がっている。離婚がもちあがり、それにより、デルウィン卿に娘を嫁がせていたルーカムは、政治上の野心も経済的な目論見も、さらには再婚の見込みも失ってしまうという状況におかれている。彼が怒りと不満をぶちまける先は、書くことである。彼にかつては希望をもたらしたが今は失望の種である娘に対しては、「こめられる限りの怒りをこめて手紙を書き」、家族に向けられた手紙が罵りと軽蔑の手段となっている（『デルウィン』II：286)。そのほかに彼が見出したのは政治の世界へのはけ口である。

「権力の座にある人物に向けて、自分の鬱憤を投げつけた。その権力自体が標的であり、自分の風刺や罵倒がどのだれに向けられていようがお構いなしだった」(『デルウィン』II：286–87)。その結果は、言葉の洪水で、言葉が意志伝達の手段にならないばかりでなくて、意思伝達を阻害し、「彼は、単純な事実を言葉の山の奥深く埋めてしまうので、最も明晰な理解力をもっている人でもなにがなんだかわからない。」そして、彼は「乱心して狂気」のうちに生きる(『デルウィン』II：287, 285)。ルーカム氏は、『クライ』の中で説明されている「発掘者」のようで、失意のうちに、怒りの言葉を私信にも吐き、ジャーナリズムでもぶつけ、自分が吐き出す言葉の洪水に溺れた悲惨な父親である。

5 読書の方法

鏡

『デルウィン』では、役に立つ読書のやり方の可能性が描かれ、その読み方は、思考への刺激となり、自己分析をさそうものである。ただし、主人公はそれができないための不幸を体現する存在で、建設的な読書の反面教師の設定である。ミス・ルーカムは、結婚前、静かな田舎での生活の中で、読書を楽しむ。父親は政治の世界で失敗して、苦い思いを抱きながら隠遁生活をしており、その父親の立場が彼女の読書にも影響を与えている。父は風刺を楽しんだが、文化人の風刺の楽しみ方ではなく、猜忌の念の捌け口としてであり、風刺の的になっている人々が、自分がやむをえずあきらめた活気ある華やかな世界で活躍している要人たちだったからだ。その影響で彼女も風刺を楽しむ。父のような読書仲間をもったので、彼女にとって読書はその後に出会う困難から救ってくれるようなものにはならなかった。

ミス・ルーカムはダイヤモンドに目がくらんで、年老いたデルウィン卿と結婚したが、彼女はそれで得たものに自分を適合させるような割り切った態度をとることもできず、「嘘を生きなければならない」と悟り、読書は自分の愚かさを曝け出すものでしかなくなった。「本当のことが描写されているのを楽しむためには、穢れのない気持ちか、何があっても動じないかたくなな気持ちをもたねばならない」が、彼女にはそのどちらもなかった（『デルウィン』I：30）。愚かな自分の姿をつきつけられるようで、彼女は本を冷静に読むことができない。

人間の虚栄心の複雑な経路を深くえぐる作家たちを彼女はたいてい嫌った。なぜなら、そういう作家たちの書物を読むと、彼女自身の愚行が常に思い起こされ、目の前にさらされて、演劇の道化のように、どんな人が間抜けなロバと見なされても、おそらく内面的にのみであろうが「それは私」と言わざるをえなかった。そうやって認めることはいつも非常に不快な感情を伴った（『デルウィン』I：102）。

彼女は自分の選択を恥じており、人間の醜い愚かな面を描いてあるものを読むと、身につまされ、不愉快に思うしかない。「読書は自分の前に鏡を据えるようなものだった。その鏡はあまりにもたくさんの醜い点を強調して示したので、不愉快な光景に彼女は耐えられなかった」（『デルウィン』I：103）。『ガヴァネス』の女の子たちが本を読んで自分の行動を見直し、過ちに気づいて、欠点を補正していったのとは違って、レイディ・デルウィンは自分の状況を変えていく努力をすることができない。彼女が抱える問題の源である虚栄心そのものが、鏡に映された自己と向き合うことから逃げるように導く。自省を誘う読書を彼女は避け、そして逃げてもさらに不幸になるだけだ。

悲劇の女王

当面読書を、つまり自省をさけるレイディ・デルウィンであるが、今は読まなくても、多くの時間を読書に費やしてきたことの遺産は彼女に残っている。過去の読書の習慣は、自分を悲劇のヒロイン、悲劇の犠牲者の立場にすえるよう促す。彼女は読んだ内容をよく覚えていて、「詩人の悲劇的悲嘆」を使って怒りを和らげるが、惨めな気持ちは深まっていく。

彼女の記憶は、悲劇的表現をふんだんに彼女に与え、彼女はそれによって自分の激情を放出した。そうでもしなければ、内の怒りで窒息するか爆発するかの危険にあった。疲労困憊した精神を回復させる休息を少しも得ることなく、彼女は部屋で荒れ狂って、悲劇の女王を演じ、無韻詩や韻文を思い出すままに、自分の辛い運命を英雄的に嘆き、自分の運命は実に特別不幸なのだと納得した（『デルウィン』II：29, 31–32）。

政治的野心を挫かれて憤懣やるかたないままに仕方なく隠居した父親とその娘の読書は、父親を言葉の冒瀆者に、娘を悲劇の女王を演ずる者にした。二人とも少なくとも表面上言語的能力に優れて、多くの詩句や文句を学び、覚えることができたが、心に平安をもたらすどころか、記憶力を使って不幸の上塗りをすることしかできない。ここで彼女が激情に駆られた原因は、好意をもっている男性の注意が他の女性に向けられた瞬間があったということだ。クレアモント卿がレイディ・ファニーを椅子まで導いたというただそれだけの「悲劇」だ。「これは、このような精神的騒擾をもたらすには不適切だと思われるかもしれないが、多くの国家の大変化が初めのうちは同じようにたいしたことでない、みたところ些細な原因からおこっている」と筆者は付け加えている（『デルウィン』II：32）。

読書拒否

レイディ・デルウィンが詩句・散文の表現を有り余るほど覚えているのに対して、デルウィン卿は文学的知識に乏しい。「高貴なる貴族は、身を落としてシェイクスピア演劇のようなつまらないものを読むようなことはなさらなかった」ので、ドルモンド大尉がイアーゴの行為をなぞっていても全く何も察知しない。もし『オテロ』を知っていたとしても、「彼が現実生活で登場人物の投影を察知する危険はまったくなかった」（『デルウィン』II：116）。彼は作品を読んだことがないばかりでなく、もし読んでいるとしても、生きている世界と文学の世界に何らかの関係をつけることができるような人物ではなかった。彼は作品に書いてあることは「詩人の気まぐれな頭の中」にだけあるいは、紙の表面にだけある妄想に過ぎないと考えている（『デルウィン』II：116）。この夫妻の書物との関わり方は、一方の詩句の吸収と記憶に支えられた被害妄想耽溺と、他方の文学が作る世界に対する軽蔑による拒否という対照的な様相を示しながら、どちらも理想から程遠い。

デルウィン卿の読書拒否を描く第一一章は、「読書から利益や喜びを抽出するにあたって、外に開いている目と同じように必要な会得能力」と題されて、読書からどのように利益や喜びを得るものであるのか説明される。まず、読書の益や喜びは、読者に自動的に与えられるものではなく、読者が自分の意志と能力を使って抽出するものである。それを行うために読者は、ただ書かれている文字をなぞっていくだけの行為とは違うことを行っていると意識しなくてはならない。

会得と抽出に必要な注意を払って行う読書と、もっと面白い娯楽に費やす幸運に恵まれなかった時に、時間つぶしを目的にした文字面をすくい取るだけの読書とでは大きな違いがある（『デルウィン』II：117–18）。

デルウィン卿は、文学は下賤で自分のような高貴な貴族が身をかがめて楽しむものではないと思っているが、作者は彼のような物語と現実生活の間に関係をみつけられないような人々を「下賤の者」と呼び、「本の中にあるものは、自然の中にもあると聞かされると、彼らは驚いて、そういう主張を信用しない」（『デルウィン』II：118）。「下賤の者」は、本に描写されている事物が、単なる想像の産物であると判断して、現実から乖離させる。反対に、現実と文学をただ直結させることが奨励されているわけではないのは、レイディ・デルウィンの例でも明らかだ。彼女は、文学から意味を抽出するのではなくて、自分の現実を書物の中に引きずり込んで、「悲劇の女王」になり替わってしまう。

ロマナクレ

別の読み方への警戒についてもここで触れておこう。一八世紀初めに流行ったモデル小説ロマナクレが提供したような読書への警戒である。ロマナクレは、容易に解読できる「鍵」を故意に使って、実在の人物を同定させてゴシップのタネを提供した。読者は、現実の誰のことを書いているのか、誰が起こしたスキャンダルを映した話であるのかを推察するのを楽しんだ。「心が狭くて教養のない読者は、特定の人に向けた風刺のみを探して」、「そういう読者にとっては、これまでに考えられたどんな本当らしさを発見することよりも、自分の知っている個人に、馬鹿げた話あるいは悪い登場人物との類似性をみつけて勝ち誇る方が大事なことだ」（『デルウィン』I：xviii）。こんな似たもの探しが始まったら、「人々は、口とか目とか、あるいは他のどんな人間の特徴であっても、それを持っているからといって、あなたを知っていますと互いに食ってかかって走り回ることになろう」と言って、物語と現実を直結させることの馬鹿らしさを指摘する（『デルウィン』I：v）。このようにロマナクレとの差異づけにこだわるのは、『デルウィン』が老貴族と若く美しい女性の結婚とその後の離婚騒動を題材にしているだけに、宮廷社交界周辺を題材にした暴露ものと一線を画する作品を意図していることの宣言が必要であると考えたからだけではない。一八世紀半ばに可能になり、盛んになった一般読者からの詮索を封じるためである。手紙で通信できるのをいいことに、作品のモデルが誰であるのか詰め寄る読者に悩まされるというのは、例えばリチャードソンにとっては既に経た経験だった。レディングに住む六人の女性たちからなる『パミラ』読者が「編者」リチャードソンに、『パミラ』がフィクションであるのかそうでないのか、本物ならば、B氏及びB夫人となったパミラは誰であるのか、フィクションならば作者は誰か明らかにしてくれるように懇願し、果ては「沈黙はあなたのためになりません。私たちの質問に答えていただくことを熱望しております。あなたがお答えを下さらない限り、私たちは書くのをやめることはできないし、書き止まないでしょう」と、まるで脅迫だ。リチャードソンは、慎重な対処を図り、手紙の主が本当に六人の女性のグループであって本当に純粋な興味をもった熱心な読者であるのか疑い、『パミラ』のアイデンティティを尋ねるより先に、質問者のアイデンティティを明らかにして信憑性を示すことを求め、さらに「それぞれの淑女のお名前を知りましたら、それぞれの方がどういう方であるのか調査するお時間をいただきたい」と、脅迫に対して毅然とした態度を示した[25]。このような詮索を回避しようとするのは、読者との通信の煩わしさを逃れたいとか、スキャンダル、ゴシップのタネを蒔きたくないとか、そんな理由だけからではなく、表面的なモデル探しに懸命になることが、彼女がずっと関心をもっている読書のしかた、書かれていることを咀嚼し、理解し、吸収して学び、自分の人生に活かして行くことから読者の注意・関心を逸らせてしまうからである。

セアラ・フィールディングがこうしてさまざまな誤解・曲解について描写をするのは、作者のコントロールには限界があることを彼女が認識していたためである。そして同時に、さまざまな敵を批判的に描いて、作者の可能性を拡大しようとする努力の結果でもある。作品が不安定なものであることをよく認識していたので、彼女は多様な仕方で作品を定義しようと試みた。前書きでは、作品の意味を構築するにあたり、読者の責任は非常に大切であると考えていることを述べた。この役割を果たすためには、作者の意図を把握しようとすることがどんなに重要であるかということを読者に訴えた。そして、「読書の真の活用法」は、作者の道徳的意図を読者の反省と実践に応用することであると強調した。ヘンリー・フィールディングが「私の頭の中だけにいる批評家」を用いて想像上の意地悪な批評家にならないように読者を説得しているように、彼女は、曲解を常とする読者を想定した。このイメージをふくらませて、作品の中で重要な役割を与えることもやってみた。

彼女のこうした試みがうまく機能するかどうかは、読者の側の受け取り方にかかっている。意図的に彼女の試みを挫く読み方をする読者たちもいた。彼女は、気心の知れた仲間だけに原稿を回して楽しむような作家ではないので、わかりあっている仲間のサークルの中で守られながら書いていけるとは思っていなかった。文学が、解釈をめぐって直接話し合ったり指示を与えたりすることができるような、居間に集う友達の手の中に預けておけるものではないことを彼女はよく認識していた。彼女の不安は、出版して、作品を差し出した先がわからない、名前も顔もしらない予測のつかない読者を相手にしなくてはならない一八世紀以降のプロの作家の不安である。

彼女はそれを乗り越える試みを繰り返している。読者の自由の乱用を警戒していることは、彼女の作家としての確固たる自信の欠如であるともいえるのであるが、曲解に戦いを挑み、作品を自分のコントロールのもとにできるだけ近づけようとしながら、著者という立場に確固とした基盤を確保するための戦略を模索した作家の自己認識と自分が果たすべき役割の宣言でもある。

第三章　気心知れた仲間の交流
——手　紙——

1　手　紙

虚偽と洗練の誘惑

一八世紀のイギリスでは、手紙を書くということに人々が非常な熱意をもった。手紙はこの時代を代表するものと言ってよい。手紙が一八世紀の「日々の生活の主要部を成していた」とみなし、さまざまな場面で違った目的をもって書かれた手紙の中で、出版された手紙に焦点を絞って専門に扱った研究書において、ブラントは、独創性偏重や公私の領域分離の議論が手紙の研究にとっては理解の妨げになることを示し、そのように数多く書かれ、そして日常生活で重要な位置を占めた手紙文化の再評価を試みている。さらには、個々人が手紙を読み書きする文化の広まりがあってこそ、印刷文化の隆盛が可能になったと主張している。一八世紀にとって小説の興隆が大きな意味をもつことは多くの人の了解事項であるが、ブラントは、手紙の方がその小説よりもさらに重要であったとまで述べる。(1) 確かに、手紙を書くことがまるで抗いがたい流行りであって、手紙を書かずにはいられないような風潮にひたっている人々がみられる。(2) 識字率が上がって字を書くことができる人々が増え、書かれたものの移動を支える郵便のサービス網が発達したことがこの流行を支えていた。(3) 世俗的で、(神との対話よりも)人と人との間のコミュニケーションや接し方に注意を払うことに大きな価値を見出していたこの時代の、自分の意志伝達と他人の思いを知ろうとする欲求は、会話として、そしてそれの代替物としての手紙として人と人との間に交わされた。[4]

個人と個人を排他的に結ぶものでありながら、手紙は多くの人の目に触れることを前提としているものにも利用された。ポープのアーバスノットへの書簡詩をはじめ、手紙文例集、旅行記、親から子に宛てるかたちをとった教育書簡、宗教・政治・思想を論じる書簡体論文、そして書簡体小説と、この時代の諸ジャンルの出版物で、手紙形式を利用したものが数多くみられる。出版されることを意識しながら書き、それによって後世につくられる自分のイメージをコントロールしたポープの書簡集、自分の手紙の文学的価値を意識しながら手紙を交わしていたレイディ・メアリ・ワートレー・モンタギュの書簡集、手紙が出版されることを意識しながら、それでも「人の手紙には、あなたも知っている通り、魂が衣をつけずに表れており、手紙は胸の内を映す鏡であって、どのようなものが去来しようとも自然の過程そのままに示される」と手紙のプライバシーと手紙に書かれたことの真実性を信ずると強調したジョンソンの書簡集は、いずれも手紙という媒体がもっている多義的な特徴を表す。[5]ジョンソンはまた、「手紙を通じた交わりほど強い虚偽と洗練の誘惑を与えるやりとりは他にない」と書き、ポープをはじめとするある種の手紙は慎重に読むべきものであることを示唆する。[6]ジョンソンにとって手紙は、自分で直接携わる自己の率直な顕示であるとともに、どのように自分が表現されるべきかに規制を加える自分を織り込んだ表象でもあって、その操作の度合いも書き手の個性を示すものだった。

女性性《フェミニニティ》

本当の気持ちを映し出す手紙、技巧から自由な自然さと素直な感情を表すものという前提を共有した上で、正反対の特質をもたせることができるのが手紙である。一六六九年にパリで出版され、一六七八年に英語に訳された『ポルトガル人尼僧の手紙』は、情熱的な感情の吐露としての手紙のモデルとなった。(7) 手紙が特に女性と結びつけられるのも、その「自然」と「感情」の前提に依っており、書簡体小説で大成功をおさめたリチャードソンはそれを利用して縷々として続く手紙を書くヒロインを生み出し、そして熱狂的な（特に女性）ファンと手紙を交わした。手紙はこうして女性の声にとっての重要な表現の手段と見なされるようになった。実は男性作家によって作られていたヒロインが書いたものが、女性性《フェミニニティ》の形成に重要な役割を果たしていったというのも、非作為を装うことができる手紙の作為である。

「女性的な」特質は、「真正の」手紙よりも書簡体小説に顕著にみられる。一六五〇年から一七八〇年の間に女性が書いた手紙の研究によれば、リチャードソンが書簡体小説を出版し始めたときにすでに大人になっていた人々と、読んで育った人々の間には、「女性的な」スタイルに対する姿勢に相違がみられる。(8) フィクションに影響された「女性的な」書簡スタイルが、大きな影響力をもったのは確かであるが、それとは違ったモデルや価値観が働いていたことも確かである。例えばレイディ・メアリについて、その手紙は、貴族女性としての公の生活と私的生活の間の葛藤を表す場であって、感情の吐露というよりも、丹念に計算された「文学的織物」を織り成して演ずる舞台として分析した研究がある。そして彼女は、書簡体小説が薦めるような女性の振舞いに関する規範や小説が表現している価値観に与することに抵抗を示した。(9) カーターの手紙は、一九世紀初めに伝記を書いた甥のペニントンが作り上げた典型的女性像に合致しない、知的で時にはコミカル、時には少々荒っぽい活発さがみられたためか、ペニントンが取り合わなかった部分が多々みられる。[10]

一八世紀にはまた、手紙というものの作為、あるいは技術、技、文学性が強く意識されるようになった。手紙のスタイルが賞賛あるいは批判をさそうものになった。例えばセヴィニェ（一六二六―九六）は、手紙のスタイルを論ずるときの試金石となった。レイディ・メアリ・ワートレー・モンタギュは、若い頃、自分の手紙に満足なとき、「少しの虚栄心も抜きで」マダム・ドゥ・セヴィニェの手紙に匹敵すると自負し、後にはセヴィニェのスタイルは「下品な偏見に満ちた」「軽薄な表現と華々しいスタイルで金メッキした」「洗練された淑女のおしゃべり」あるいはときには「年とった乳母のおしゃべり」に過ぎないと考えた。[11] いずれにしても、手紙を書くことを文学的営みととらえ、鑑賞や評価の対象とすべきものだという合意がある。

セアラ・フィールディングは、出版という公の場で女性がどのように振舞うことを期待されているのかということを意識してそれを内的規制として作品を書いていった作家の一人としてとらえられている。[12] 一方、彼女の手紙及び書簡体形式の使い方をみてみると、女性的な素直な感情の吐露としての手紙という流行に抗う姿勢がみられる。彼女が手紙を使って達成しようとしていたのは、反対に、制御のきいた作為的な見解を示すこと、周囲の世界の鋭い観察と冷静な分析を示すことである。彼女の登場人物たちは、手紙を交わすが、感情を吐露する必要がない。親しい仲間は秘密を分かち合うために手紙を書いたりしない。なぜなら、親しい仲間の間では、想いが共有されていて、あえて文字にしなければならないようなことがないからである。それで登場人物たちは、自分に起こったことや自分の気持ちを書き表すのではなくて、観察者となって周囲のことを冷静沈着に描写する。

2　セアラ・フィールディングの手紙

恥ずかしげな感謝

セアラ・フィールデングが書いた手紙、少なくとも残っている手紙については、文学的にみて優れた興味深い手紙であるとか、彼女の名声を高めるものであるとか評する論者には残念ながらお目にかからない。残っている手紙の数が少なく、それも、親しい人と交わした親密な手紙というよりも、事務的な手紙、感謝の意を表す手紙であったりするので、手紙が文芸上の評価をされないのも当然かもしれない。[13] 特に、感謝の手紙は、相手の厚意と援助に対して弱者の立場から書かれているものであるので、礼儀正しさのみが前面に押し出されている。エリザベス・モンタギュに対して彼女が書いた手紙を、編者は「引用に値するほど興味深いものではないが、恥ずかしげに感謝の意を述べるものである」と記している。[14] 文壇で活躍した時期もあったが、年老いて親しい人たちも亡くし、たいした収入のあてもないフィールディングと、裕福で自由に振舞える「ブルーストッキングサークルの女王」と言われたモンタギュの立場を考えれば、生活するのもやっとの状態で食べ物と飲み物を届けてもらったフィールディングの「恥ずかしげな感謝」というのも、かなり理解することができるであろう。財産の違いはあっても対等な文人としての立場というのをフィールディングはモンタギュとの間に築くことはできなかった。以前から知り合いのリチャードソンに対しても、彼女は同様の遠慮を示している。もっと以前から家族ぐるみの付き合いのあったハリスに対してもやはり遠慮が感じられる。手紙の相手は、いずれも経済的に成功した知識人で、彼女は彼らとの間に明らかに距離をとっている。

フィールディングがクセノフォンの翻訳を出版したときには、その学識を高く評価し、モンタギュはフィールディングに尊敬をはらっている。しかしこの尊敬は、相互に対等な友情を育むには至らなかった。モンタギュは、富裕なパトロネスとして振舞い、隔て物があるように、直接会うのではなくて、妹のセアラ・スコットを通じてフィールディングと連絡をとった。モンタギュのフィールディングに対する関心は、友情から生じた寛大な計いというよりも、恵まれない文人の窮地を救う慈善的行為であって、日常生活の必需品に向けられていた。施しを差し出す相手がたまたま以前は文壇で仕事をしていた人、という様子で、セアラ・フィールディングだから助けようという意向はみられない。フィールディングの側でも、文才を手紙で発揮する機会はあるが、モンタギュとの間に特別親しい関係を築こうとする意図は見せない。彼女は、次のようにモンタギュに書いている。「本当の愛はためらい、はにかむものである。一方、偽善者は、自信ありげに進み出て、大胆不敵にも信任を得るものと疑わない。」(15) このように、遠巻きに自分が積極的でないことを弁解し、一般化して客観的なものの言い方に努めて、自分の心情を述べることはない。彼女は、概して慎重で礼儀正しいモラリストの立場を堅持し、自分の慎みをネタにして道徳観を述べ、私的な手紙を書く友人の立場に立とうとしなかった。

いつもそうだというわけではない。興奮して言葉が流れ出るような手紙を書いたこともあった。『クラリッサ』の読者としてリチャードソンに宛てた手紙は、いつもよりも文章が短く、ほとばしる想いを綴っている。

私の思考が急に強まり、私の言葉がなめらかにしかも繊細なスタイルで流れ出て、私は心地よい驚きを味わったのに。こうしてクラリッサの名を口にするという大胆な試みをする今ほど、そのようなことを望んだことはありません。クラリッサを読むときには、私のすべての感覚が研ぎ澄まされます。心がほてり、圧倒されます。私はもう涙を流すしかありません。インクと同じくらい涙が私の考えていることを記録してくれるのでなければ、私は感じていることの半分も記録することはできません。(16)

ここでは、彼女はリチャードソンの作品のスタイルに誘われて、自分の反応を、短い文章で、まるで言葉が自然にあふれ出てくるかのように書いている。彼女のほかの手紙に比べれば、十分に感情のこもったこの手紙について、彼女は、自分の書く能力では、気持ちを十分に表現することができず、これでも表したいことの半分も表すことができていないと述べている。リチャードソンは、自分の小説の読者が彼に話しかけるにあたって、フィクションの世界で自分が作った登場人物同士が形成している関係と同様の親密な関係をつくっていくような自らの感情の高まりを文章にすることを意図させることに成功している。彼は、読者が従うべき虚構のモデルを示し、フィールディングはその処方に誘われるままに従った。

このように、セアラ・フィールディングが感情的な書き方をし、そして感情を露にすることを目的としながら手紙を書くということがなかったわけではないが、これは彼女の手紙の中では稀な例である。残っている手紙から言えることは、私情を曝け出してそれを交換する文化に浸っていなかったということだ。感情的になること、親密さを示すことは、彼女の手紙の目標ではなかった。彼女は、たいていの場合、知的な分析と理性的な議論を好んだ。ハリスに対して、ジェイン・コリエとともに手紙を書いた際には、注意深く、ドライで理性的な面が目立ち、自らに対して制限を設ける教訓を用いている。博識を体現したような彼の書物を受け取った御礼であるので、それも仕方がないかもしれないが。彼女たちは、直接批評することを控え、「ポープ氏が、少しばかりの学識は危険なもの」と言っているように、少し知っているからと言ってハリスに向かって学識をたれるような馬鹿な真似はいたしません、と自制する。そして、ハリスの書物が彼女たちに及ぼした影響について次のように語る。

勝手な言葉の不毛な砂漠から、さまざまな仕方で理性の足跡をどこにでもたどることができる整備された平地へと、私たちの学問を導いてくださいました。どんなに私たちが彷徨っても、このようなガイドがいてくれれば混乱を避けることができます。(17)

同じ書物について、リチャードソンは、「悲しいことに、ここから何かを得ることができるほどの学識を自分がもっているとは思えない」、つまり、自分には難しすぎてどうにもならないと白状している。(18) それに比べると、彼女たちの態度は、卑屈というよりも、ハリスの教えに反応することができる生徒としての誇りが感じられる。そしてその上で、秩序の維持者としてハリスを高い位置に据え、それを見上げる混沌の中の女性という構図を作って人間関係を形成している。男性的秩序と女性的無秩序というステレオタイプを示してはいるが、ここで注目したいのは、彼女たちがその無秩序からハリスの助けを借りて脱出したと明言していることである。ハリスとの間に上下関係をつくってはいるのであるが、ハリスが治めている秩序の世界に彼女たちも身をおいているということだ。ここでは、彼女たちは、言葉に秩序を与えることを意識して行うことが出来る自信を示している。残っているハリスへの手紙の多くは、彼女が翻訳のためにギリシャ語に取り組んでいるときに書かれたものである。時折彼女は、自分の勉強と研究の成果を、非常に厳格な言葉の意味へのこだわりを示しながら、気の利いた言い回しで学者らしく語る。

親しく対等につきあった友人との間の手紙ではもしかしたら別の顔をみせていたかもしれないが、現存する手紙から見る限りでは、彼女の手紙は一八世紀によくみられるような「心の手紙」ではない。キャサリン・トルボットとエリザベス・カーターのように、相互に恩恵をもたらすような親密な文通相手と交わした手紙が残っていないだけなのか。コリエ姉妹、特にジェイン・コリエとの間に、面白い手紙の遣り取りがあったかもしれない。しかし、残念なことに、セアラ・フィールディングとジェイン・コリエの間で交わされた手紙は残っていない。彼女の才能が発揮されるような手紙は交わされなかったのか、あるいは残っていないだけであるのか、今のところはわからないということになる。それでは、彼女が作家として構築し、そして後世に残したフィクションの世界では、彼女は手紙をどう扱っているのであろうか。

3　フィクションのなかの手紙

親リチャードソン作品?

セアラ・フィールディングの文学の世界へのデビューは、手紙形式だったようだ。ヘンリー・フィールディングの『ジョゼフ・アンドリュース』の中で、レオノラがホレイショに宛てた手紙は彼女によると考えられている。ヘンリー・フィールディングは、その手紙は「若い女性が書いた」と脚注をつけており、それがセアラ・フィールディングであるということは多くの学者の一致した見解である。彼女自身の作品の中で、手紙を使っているのは、主に『親しみの手紙』であり、そして『デイヴィッド・シンプル』と『デルウィン』で手紙が挟まれるところがある。『オフィーリア』も「奥様」宛ての書簡体形式で始まるが、始まり以外は、書簡体形式というよりも回想録になっている。ここでは『親しみの手紙』について主に考えていこう。

セアラ・フィールディングの『親しみの手紙』には、四四の手紙の遣り取りが収められ、そして最後に寓話的な「ある夢」が続いている。手紙のうち一通（三九通目）はジェイムズ・ハリス作、五通（四〇通目から四四通目まで）はヘンリー・フィールディング作で、前書きもヘンリーによる。この書簡集は、一七四六年出版の予定であったが、『真の愛国者』誌で通達されているように、出版は遅れ、一七四七年一月に延期、さらに出版は遅れて、結局出たのは一七四七年四月であった。[19] バッテステンによるヘンリー・フィールディングの伝記の中に、予約出版の方法をとったこの書物で約束した二巻を満たすに十分な原稿を用意するのにかなり苦心したとあり、これは遅延に基づく推測であろう。[20]

この作品は、二組のカップルがハッピーエンドを迎えた『デイヴィッド・シンプル』の続編として書かれており、デイヴィッドとカミラをロンドンに残して、ヴァレンタインとシンシアが健康のためバースを訪れるという事情から、ロンドンとバースの間で文通が始まるという設定だ。主な文通者はシンシアとカミラであり、彼女たちが、繁栄するリゾート地バースと大都市ロンドンの人々の有様を観察し報告する。他に、デイヴィッド、ヴァレンタイン、スパッター、ヴァーニッシュも手紙を交わす。また、新たな登場人物による手紙も半ばあたりに（12–15及び18–27）加わっている。彼らも自分たちの周囲で起こった出来事や人々の振舞いについて報告する。書き手は概して冷静な観察者であり、人々の行動のうらにある隠れた動機を冷静に分析している。

タイトルを見ると、リチャードソンの作品『重要な機会に際しての親しみの手紙』（もともとの題名は『最も重要な機会に書かれた特別の友人との間の手紙……親しみの手紙を書くときに守られるべき文体と形式だけでなく、日常の人間の生活で適正に慎重に考え行動するにはどうしたらよいかに関する案内』と長いが、一九二八年の再版の題名は『重要な機会に際しての親しみの手紙』となっており、表紙を開いたページに『リチャードソンの親しみの手紙』ともある）を思い出さずにはいられないが、これはリチャードソンの手紙文例集の模倣になってはいない。[21]バッテステンは、フィールディングとリチャードソンのライバル関係の間に立つセアラという図式を描き、この形式で彼女が書いたということを、セアラがリチャードソン側に傾いたかのようにとらえ、ヘンリーの側からすると「彼女の一時的背信」により「彼の自尊心がどんなに傷ついたにせよ」彼女の作品を賞賛したと論じている。[22]しかし、敵に身を寄せた妹の作品を寛大に褒めたというよりも、ヘンリーはこの作品を「背信」とは捉えていなかったのではないかと思われる。彼は、前書きの中で、リチャードソンの書簡体小説に批判的な発言をしているが、この書物の前書きも、そしてその中の手紙五通も執筆して貢献しているという事実から、もしも形式をめぐってライバル心があったとしたら、敵地に乗りこんで大胆に戦いを挑んだことも考えられなくもないが、それより、リチャードソン型の書簡体小説と同種のものとは受け取っていなかったと考えられる。[23]

この題名を採用したのは勿論リチャードソンだけではない。[24]それでもセアラ・フィールディングは、自分の作品にリチャードソンの作品の模倣であると思われるようなタイトルをつけて、彼に敬意を払った可能性もある。リチャードソンは、予約出版のリストに名を連ね、また、次のような賞賛を彼女に贈っている。

読み直して、大いなる喜びを覚え、多くの長所を発見しました。なんという素晴らしい人間の心についての知をおもちなんでしょう！　ある批評家が私に言ったように、（良い作家ではありましたが）亡くなったお兄様の知はあなたに比べればたいしたことはないということになりましょう。彼の知識は、時計の外見の知識であり、あなたは時計の内部の細密な作りや動きを知っているということです。[25]

こうしてサミュエル・ジョンソンが自分とヘンリー・フィールディングを比較した言葉を使って、自分の位置にセアラを置き直してヘンリーと比較しているので、リチャードソン自身が彼女の作品に自分を投影しているということになり、セアラがリチャードソンに近い思考と目的をもっていると考えてしまいがちである。[26] けれどもそのようなとらえ方は、この作品の理解のために必ずしも貢献しない。

親しみ

彼女の作品は、リチャードソンが代表する「女性的な」手紙ではなくて、別の社会的価値観や文学的伝統に沿ったものである。彼女の考える「親しさ」というのは、リチャードソンが想定しているものとはかなり違っている。ここでは、その「親しさ」について詳細に考えてみよう。

リチャードソンの『親しみの手紙』は、手紙文例集としての価値を認められてはいるが、主に後に彼が書く書簡体小説の前身として知られている。[27] 現代の読者は、このマニュアル本に、物語の流れの萌芽を探し、前身としてという条件つきで、小説の歴史の中にこの本の場所を見出そうとする。一方、セアラ・フィールディングの『親しみの手紙』については、そのような扱いはされていない。小説の手法にあわないばかりか、他の小説の前身とも言えず、また、実用的な手紙マニュアルでもない。ある評者は、この書物に対する「当時の人々がもった熱狂を共有することは不可能だ。かなり退屈で、平凡だし、読む人に何の創造性も与えない」、また、「妥協の作品であり、多くの文学形態の寄せ集めである」とまで言っている。[28] そして、「小説と道徳論の中間の形式であり」「風俗小説へと前進するのではなくて、アディソンやスティールへと後退する逆行的」作品であるとも言われた。[29] あるいは、「続いていない続編」や「雑文集という旧式フィクション形式の優れた例」と、評価に苦しむ作品でもあるようだ。これらの評価が根底にもっている判断基準は、一八世紀半ばのリチャードソン型の書簡体に合致しているかどうか、小説の発展に貢献する要素をもっているかどうかということである。それで、題名としては大いにリチャードソン様式に近いようでいながら、その位置づけに迷いと混乱が生じている。

リチャードソンの『親しみの手紙』

リチャードソンの『親しみの手紙』は、実用的な手紙文例集で、一七三通の例文が収められている。その中で、独立した手紙もあるが、返答の文例と組になっているものもある。そして、この文例集の大きな特徴は、それぞれの書き手の行動に、日常生活で一般のひとたちが倣うべきモデルが描かれているということである。それで、この作品は、手紙マニュアルであるとともに、作法教育書《コンダクト・ブック》ということになる。実際、長いタイトルには、「どうしたら正しくそして慎重に考え、行動することができるかについて指導する手紙集」と添えられている。表面に現れる行動ばかりでなく、正しい道徳的な考え方を身につけさせることを目標とする道徳書なのである。『クラリッサ』を発表した後で、貴族女性たちを熱狂させた『クラリッサ』の作者に期待するような繊細で高尚な美がこの作品には見つけられないという不満を受けて、彼はこの作品（とイソップ寓話集）は、「階層の低い人々を読者として書いたものである。前者［『親しみの手紙』］については、高尚過ぎると考えて除外した手紙もあった」と返答している。[30] こうしてリチャードソン自身が書いているように、無学で洗練を欠く人々に向けて彼が教えを施すという姿勢をもって書いたものである。当然、教訓的な話に満ちていて、困っている若者に対して、賢者が忠告し、若者はそれに応えて思考と行動を正すことになるという姿が頻繁に登場する。恋の手紙もその主旨から逸れない。親の承認を得たうえでの求婚が前提で、情熱を抑えることを奨励する目的をもつ。情熱的な恋におちている恋人たちの手紙は見られず、求婚者たちは親の承諾を得るためにのみ手紙を書く。「親しみの手紙」には、自由も自主性もなく、告白はあっても、抑制を誘うための告白であって、この「親しみの手紙」を特徴づけるのは、統制である。

日々の生活への規制は、手紙に書き付けられた言葉の力を強調することで一層強められる。父から息子の手紙（五六通目）で、何度言っても息子は父の忠告を受け入れなかったが、書いた手紙を受け取りそれを読むことで状況は変わるであろうと父自らが宣言する。「言っても何の効果もなかったけれども、手紙の力をもう一度試してみようと思っている。[31]」書簡は、対面した上での会話の代替物として働くこともあるが、ここでは面と向かっての話よりも強い力をもったものとして扱われている。そこで、手紙を書くという行為そのものさえも大事なものであると考えられ、書かないということが単なる行為の欠如ではなくて、まるで犯罪であるかのようである（22, 23, 24, 58, 59など）。このように、リチャードソンは、手紙を交わすことに特別な価値を見出して、それを手紙集という媒体で読者に訴えることによって、彼が倫理的な忠告者の立場となることができる文通の世界に読者を誘いこんでいる。彼は、読者をコントロールする場を設けるために手紙という媒体を使っているのだ。ここでの「親しみ」は、公的な場でのビジネスに関わるものではないということで、個人の私的な日常の生活に関わることを扱うという意味となっている。そしてまた、手紙を交わす者どうしの対等な親しさではなくて、リチャードソンが人々の私的な領域に踏み込んでいくことができるという意味でもある。読者は、彼の教えを受けて、正しく慎重な判断をすることができるように考えを正し、道徳に則った生活をし、時には本心や本当にやりたいことを押さえ込んで自らの欲望を欺くようになることを期待されている。

『親しみの手紙』では心の手綱を引き締めることを狙う一方で、彼は小説ではガードをはずして手紙に本心、誠実な気持ちを描きだすことを強調する。［親しみの手紙を書くということは］「……手段や検討が強いる枷をはずして、心そのままに書くということです。心だけでなく、魂までも書くということです」と小説の中で彼は登場人物に言わせている。[32] また、別の小説の前書きでは、「親しみの手紙の本質は、心が希望や恐怖にかきたてられ、ものごとが一体どうなっていくのかわからない渦中にある人が、時に即してあるがままに書くということであるので、自然と書かれたものの量が増えてしまうのです」と書いて、検討や制御の加わらない人の心の動きのままの投影を強調している。[33] それに対して読者は、セアラ・フィールディングも含めて、リチャードソンの処方に沿って応えた。ヘンリー・フィールディングも、「あなたが縁ぎりぎりまで満たした心が溢れ出るままにしましょう。それが私のかわりに話をしてくれるでしょう」とリチャードソンに書いた。[34]「私は、二〇人近くの優れた女性たちに特別の扱いをされているので羨まれることがあります。中には身分の非常に高い女性たちもいます。どなたも女性の価値を高めるような方々、文化教養の世界の価値を高めるような方々ですが、慎みを制して書いてくださいます」と書いているように、リチャードソンは、身分高い女性が、自分にたいして親しみを込めた手紙を書いてくることを非常に誇りにしていた。[35] このように、リチャードソンは、親しみの手紙を二種類使い分けていた。個人の感情や考え方の吐露という点に注目すれば、この二種類は、対極的である。片方は、日常生活を律する道徳と規制に満ちた処方であり、もう片方は、あるがままをさらけ出すようにという誘いだった。リチャードソンは読者対象によって、それらを使い分けた。

セアラ・フィールディングの『親しみの手紙』

それではセアラ・フィールディングの場合はどうか。まず、彼女の『親しみの手紙』は、文字を覚えて手紙を書けるようになりたい人のための実用的なマニュアルではない。リチャードソンは、上にも示したように、文化的に啓発する必要がある人を指導する立場に立って『親しみの手紙』で人々を導こうとした。セアラの『親しみの手紙』では、忠告者はこうあるべきである、とか、教えを請う立場の人はこのように応えるべし、とかそのような指導はみられず、手紙の書き方を教えようという意図はない。彼女が求めることは、書かれた意見に同意し、共鳴することである。ヘンリー・フィールディングも示しているように、想定されている読者は、社会の基本的なマナーを教えてもらわなければならないような文化的初心者ではなくて、教養ある作者と同様の知的風土に身をおいている文化的上級者である。書物を情報や教えの源泉と考えるのではなくて、読者がもともと持っているものを映し出す鏡のように彼は扱っている。ここには、知的な読者が能力を駆使して探し当てる微妙な機微があるということを彼は次のように指摘している。「このような繊細な仕事は、石工がつける印のように、すでに秘密を知っている人でないと見逃してしまうようなものである。」(『親しみの手紙』I : xix) また、彼は、「作者自身が自然の本を検討したときに駆使した注意力と同様の注意力をもって発見すべき素晴らしさが」ここにはあると宣言している(『親しみの手紙』I : xii–xiii)。彼女の書物の読者は、知的に自立し、判断を下すことができる人物である。彼のこのような発言は、妹の作の長所とともに短所も指摘している。繊細で高尚なものを理解する人にはわかるであろうが、そうでない人にはわからない。これは彼女の作品の知的レベルの高さを賞賛しながら、わかりにくさを弁護しなくてはならないことを示している。

彼女がこの書簡集の中で作っている人間関係も、同じ文化を共有し、文化的に共鳴することができる人どうしの関係である。手紙を書く際に、彼らは宛先の人が自分と同じように考えることを予測し、返事を書く人は、最初に手紙を書いた人の意見や感情に同意して、自分の周囲で同じような状況を探して描写する。

共有・共鳴

リチャードソンとセアラ・フィールディングの『親しみの手紙』の書簡体小説としての類似性はどうか。まず、書簡体ではあるが、プロットがある書簡体小説ではないことは明白だ。また、語られることが真正の出来事であることを示すための道具として手紙が使われているわけでもない。ストーリーの進行は、『デイヴィッド・シンプル最終巻』に任される。また、この『親しみの手紙』には、手紙が交わされることによって生ずる相互関係や、内密性が欠如している。文通は、登場人物間に交わされてはいるのであるが、手紙を受け取った人の返答には、相互作用で生まれるものが欠けている。これは、文通者相互の秘密の保持が重視されないこととも関係している。特定の人物に対して宛てられた手紙であるにもかかわらず、特定性よりも、一般性が強く押し出される。手紙には、個人的な感情や想いが吐露され、その秘密を守ることが期待されているのではなくて、知識や道徳的判断を互いに共有していることが示される。他の人には隠している心情を知らせあう心の交流は、個人の枠をもったそれぞれに独立した心の世界があって、その個別の世界を知らせあうための交流を前提としている。セアラ・フィールディングの登場人物の世界は、そのような個々独立して他人にはわからない私的な感情をもっている人々の世界ではない。個性や個人的感情重視の世界ではない。彼らは共同体として存在している。手紙を書く人も、読む人も、個人の境界が前提とされる世界に住んでいるのではなくて、個人の境界を必要としない共有・共鳴の世界にいるのである。人が自分の周囲について思うこと、考えることは、自動的に受信者にも共有される。そこで、手紙の書き手は、他の人には秘密の領域に、特定の選ばれた人を招きいれる必要はないのである。

ここでは、個人的体験や感情の表現を避けようとする傾向が顕著である。登場人物は自分のことを語ることもある。例えば、シンシアからカミラへの最初の手紙では、シンシアは自分の行動を描写する。夫と会話をしてとても幸せなひとときを過ごしたことは書かれている。ところが、どんな会話を交わしたのかについて具体的な描写はない。「どんなに幸福にこの午前中を過ごしたかあなたに話す必要はないでしょう」と言う。冷たく突き放しているのでは勿論ない。ヴァレンタインとともに過ごすシンシアがどんなに幸福であるか、彼らがどんな会話を交わすものであるのか、カミラならわかるであろうということだ（『親しみの手紙』I：50）。そして「この実質を伴う幸福から」「私の思考は意図したわけでもないのに人間のさまざまな追求ごとや無数の不安にまよいこみ」、「一万もの当惑をさそう複雑な迷宮で頭を」悩ませるような諸々のことに彼女はすぐに話題を変えてしまう。それも、彼女自身が悩まされるというのではなくて、「実質を伴う幸福」を知っている彼女とは対照的に、手に入れた途端にさらに心に負担となるようなものを追い求めている人々の哀しい愚かさに思いを馳せるのだ。これに見られるように、手紙の書き手が参加した会話や出来事が、詳細にわたって報告されるということは稀である。書き手は、自分の心の動きに焦点をもってくるのではなくて、周囲の人々の振舞いを追う。書き手が自分の内面を検討するのではなくて、主に周囲の人々の行動に目を向けて、その愚行をスケッチする。書簡体小説によくある、出来事の渦中の人の報告というのはここでは使われない。書き手は、離れたところから冷静に判断を下す観察者である。四人の主人公以外の書き手も同じように出来事から距離を置き、出来事に自分が直接巻き込まれていたのではないということを寿ぐ。クレメンスという人物は、人々が本心を隠して何かを装い人を欺いて行動していることを描写し、自分がその人たちとは違って「その場で役割を演じていない唯一の人間であったことを考えると満足でした」と報告し、演ずる必要を感じないですむ傍観者の立場を喜んでいる（『親しみの手紙』II：66）。

手紙の中で個人の物語が語られるときにも、それは書き手の直接の経験ではなくて、誰か別の人が過去を振り返って書き手を相手に語った人生の物語である。話される出来事は、書き手から遠いところにある。話し手は、冷静になって自分の過去を物語る。書き手は、話に没頭してしまったり、過度に引き込まれてしまったりすることなく、話し手の言葉をそのままに書き取って伝える報告者の位置をとる。例えば、二通目、四通目、六通目でのカミラをみてみよう。彼女は、ここでは出来事の観察者ですらない。自分とは直接何も関係のない出来事を彼女は語り、その出来事に関して何の論評もせず、意見も言わない。イザビンダに話してもらったことを「彼女の言ったままに書いた」のですからと言って、それでおわかりでしょう、と結んでしまう（『親しみの手紙』I：60）。この一言を入れることによって、彼女は手紙を書きながら、語り手のイザビンダの陰に隠れ、語り手イザビンダの真の言葉こそ重要であるという立場をとる。出来事は、経験した人が過去を振り返って構築し、その構築物はそのまま伝えられなくてはならないのである。カミラがそれに手を加えること、それに解釈を与えること、それに対する感情を述べることは、避けるべきことであるという認識がある。

傍観

セアラ・フィールディングの「親しみの手紙」では、時間的に距離をおき、出来事から距離をおいた観察者の視点が貫かれている。手紙の書き手は、他人の行動をスケッチし、あるいは他人が語った物語をそのままの形で伝えることを目標としている。書き手は、個人的体験や感情を語らない。語り手は、物語の渦中で翻弄されているのではなくて、離れたところに陣取っていて、しかも結末を知っている。一人称で語られる物語もあるが、それは語り手が語った通りに書き手が書いていることを示すに過ぎない。この点で、書き手は、主観性から自由になり、パミラのような体験の記録者ではなくて、他者が語ることを記録する書記のようなものである。書き手は、書かれる事項と直接のかかわりをもつことなく、それによって心を揺さぶられる様子を書き留めることもなく、常に自分に対するコントロールを失わない観察者となる。書き手と書かれるトピックの間の関係のつくり方が、書簡体小説のそれと非常に異なっているということがわかる。

一八世紀の書簡及び書簡体小説分析にあたって、エリザベス・マカーサーはその特質を、組み合わせ、動き、不安定、不確定、混乱、開放性、欲望に見出し、「換喩」的と呼んでいる。収束ではなくて結果が不確定な開放、意味づけや満たされることよりも追い求める途上の臨場感を表し、それが評価されるのが書簡体であり、書簡集や書簡体文学ではこういった特質を評価すべきであるとしている。そしてそれと対比されるのが、「隠喩」性であり、ここでは選択、安定性、閉塞、終結、意味づけが特質となる。[36] この二分を採用するとしたら、セアラ・フィールディングの親しみの手紙は明らかに後者であり、秩序、終結、意味づけへの志向が強い。自分に今起こっている事態をトピックにするのではなくて、過去に起こったことを語る話し手は、結果を知っており、その話を聞き終わってから手紙に記す書き手も顚末を知って、そこから学び取るべきなにかを念頭においた上で書いている。また、個々の人の経験にある特殊性を強調するのではなくて、「すべの人類は互いに角を突き合わせることなく悲惨に続く道を旅することができる」とか「人が自分のせいで破滅することほど一般的によくあることはない」など、しばしば一般化された警告や風刺や道徳論となる（『親しみの手紙』I：200, 199）。個人の経験が語られるときには、必ずこうしたコメントや意味づけがおこなわれて締めくくられなければならないのだ。話題上は完結性、閉塞性をもちながら、話題が共有される人の範囲を考えると、私的な親しい人のみに語られる、あるいはそのように語られていると想定されるものを覗き見る楽しみを与える書簡とは違って、特定の個人を対象とするのではない一般性をもち、発話の対象に開放性をもった作品である。こうしてみると、彼女の『親しみの手紙』は、開放性を志向したとみられる一八世紀半ばの書簡の傾向のなかで、終結性を求めたということになる。彼女は親しい仲で交わされる告白的な、他の人には秘密の心情を綴った手紙を追い求めることなく、別の基準をもって手紙集を書いていた。

4　相互理解と理想の世界

ホラチウス風

自分の行動や内的葛藤に文通相手を（少なくとも想定上は）排他的に誘い入れることが主眼となっているような書簡体小説の規範に彼女の作品は沿っていない。一見、迷い子のような『親しみの手紙』の目指すものを理解するためには彼女にとっての「親しみ」を再考する必要がありそうだ。この手紙集の登場人物たちの間の関係を詳しくみてみよう。読者との間の適切な関係の構築に腐心した彼女は、ここでも登場人物の間での観察や考えたことの伝え合いに注意を払い、会話を尊び互いの思いやアイディアを伝え合うことの重要性を強調している。その際に、彼らは秘密のことや恋愛感情よりも、道徳観、人間観に関心をよせる。彼女の登場人物は、秘密の受け渡しをするのではなくて、観察と意見を交換し、互いの考察を刺激しあい、しかも共通の価値観をもっていることの安心感を互いに確かめ合う。

モデルのヒントはヘンリー・フィールディングが掲げている。前書きと提供した書簡のなかにあり、親しみの手紙とはどういうものであるかを論じている部分である。重要なモデルは、紀行書簡だ。前書きでヘンリーは、ジョージ・リトルトンの「ペルシャ人からの手紙」を挙げている。彼が特に注目しているのは、リトルトンの

「倫理、政治、哲学の最重要課題」の扱い方であり、構成上の特色では、「二、三のノヴェル」をはめ込んでいることである（『親しみの手紙』I：xi）。つまり、話題としてとりあげるのは、社会で知的な関心を集める事柄であり、その巧みな取り扱いは、適切に挟まれるフィクションで効果が高められるという点に注目している。紀行書簡とはいっても、旅行案内や各地の観光地の美しさを伝える、あるいはそれを見た旅人の旅情を読むものではない。冷静な傍観者の立場に立つことが出来る異邦人の設定を使った社会観察、風刺を目的とするものである。セアラ・フィールディングの登場人物たちも、描写される事態に巻き込まれることなく、周囲に起こっている事件や取り巻いている人々の行動を少し距離をとって観察している傍観者である。

そして例えば第四一通目、これには、「フランス人紳士からパリの友人に宛てた手紙―ホラチウス、アディソン、その他の紀行書簡作者に倣って」という題名がついており、ここでは、かなり重い話題について取り扱い、精妙な風刺を利かせた、洗練されて計算され尽くした文体、そしてしかも気取りがなく流れるような、気安く感じられるようなスタイルが目標とされている。文体や会話のスタイルを熱心に学ぼうと心がけていたダドリー・ライダー（一六？―一七五六）は、「文章や会話について上流社会に相応しい方法を学ぶのに、ホラチウスほど適した書物はないと私は信じている」と言うくらいホラチウスは賞賛されていた。[37] ヘンリー・フィールディングの蔵書及び作品中の言及で、古典作家の中で最も頻繁に登場するのはホラチウスである。[38] セアラも同じ書物の恩恵を受け、同様の影響を受けていたことは十分考えられる。実際、ホラチウスに関しては、『クライ』の中では二〇回、『デルウィン』では一度言及がある。[39] アディソンは、倣うべきスタイルの見本だった。ジョンソンは、「親しみをこめた、けれども粗野でなく、優雅な、でもこれ見よがしではない英語の文体を身につけたいと思う人はだれでも、日夜アディソンの書物に親しむべきである」と書いた。[40] 親しみの手紙の見本は、ホラチウスやアディソンのように、一八世紀の人々が高く評価した抑制のきいた風刺を伴う質の高い文章だった。

そのアディソンと、スティールが主に執筆した『スペクテイター』誌の六一八号（一七一四）が、書簡について論じている。書簡は、主にオヴィディウス風恋愛書簡とホラチウス風「親しみをこめた、批評的道徳的」書簡に二分できるとして、ホラチウス風の特色を、社会の事柄に対する男性的な洞察力と言語運用能力に優れた秀逸な文章とまとめ、次のように主張する。

書き手は、……強い男性的な感覚を十分にたくわえていることが必要だ。これに加えて、人間に関する完璧な知識と実務と時代の優勢な気性についての眼識がなくてはならない。彼は道徳の最も素晴らしい教えに精通した頭をもち、人間の生き方の明暗両面について精妙な考察で満たされているべきだ。洗練された嘲笑が上手く、会話の妙と愚の両方を理解する。活発な機知に恵まれ、気負わない簡潔な表現をする。言うことはすべて自由で、束縛されていない。(41)

この後ここで論じられているのは、韻文に関してであって、散文に陥ってしまわないように「普通以上の配慮」が必要であるし、「下賤な言葉」を使わないようにするべきであると展開していくのであるが、韻文と散文の違いはあっても、まるでこの文章が頭にあったかのように、ヘンリーはセアラのこの作品を弁護しようとする。まず彼がとりあげてことわりがきを入れておかなければならないと判断したのは、著者が女性であることと、実務に通じていないということだった。まず、「著者が女性であるということに対する反対はほとんど返答を必要としない」と言ってまず男性的作品に女性が乗り出すことへの反対を封ずる。その理由として挙げられているのは、そこに現れた観察の鋭さである。「このような観察は、普通は人間に接してきた長い経験と人間に関する豊富な知識の結果であると想定されようが、それを女性の作品に発見して多くの人がおそらく驚くだろう。しかも、よく使われる表現を使うとしたら、世慣れていない女性の作品だ」と言って、実際の活動範囲が広いわけではない人物の作品であることを明かす（『親しみの手紙』I, xv, xiv）。

ホラチウス風の会話や書簡については、その洗練を受け入れ、称揚し模倣の手本としながら、警戒もしばしば示された。『親しみの手紙』の中での率直で頭の良さを感じさせるシンシアの態度をみてみよう。ヴァレンタインが訪問者を数名連れてきて、彼らは洗練された会話を交わし、「堅苦しくなく」かといって決して「無礼」にはならない、その都会的で気取らない雰囲気をシンシアは大いに賞賛する（『親しみの手紙』、I 95-6）。しかし、その中の一人の態度がどうも気になった。彼は、「機知に富み」、「娯楽のネタ」をもっていて、会話は「考える暇があるのかしらと思うほど活発であると同時に、あらゆる思考は最も慎重な熟考から生じているに違いないと思わせるほど堅実で賢明」だった。見事な会話の達人といってよかった。ところが、それにも関わらず、シンシアはこの人を全面的に賞賛することができない。なぜなら、彼の冷笑が彼女からみれば不快感を与えるのだ。この冷笑でシンシアが思い出すのは、ペルシウス（A.D. 34-62）によるホラチウスの描写であり、彼女は手紙の中で「彼は群集を冷笑したが、とても優雅に冷笑したので／紛れもなく無邪気で何の含みも顔に表れていないと思われた」という箇所を引用している（『親しみの手紙』I : 96）。彼の笑いに隠された必ずしも穏やかでない意図と深い軽蔑を読み取って、彼女は不愉快だ。この冷笑さえなければ、この人との会話は知的刺激に富み、楽しくこの上なく素晴らしいと彼女は思っている。彼女がシンシアに引用させた同じ部分を同じヘンリー・ユースター訳で、まずラテン語で、そして英語でという違いはあるが、ヘンリーは「会話についての小論」で引用している。(42)

同じ詩句を挙げながら、ヘンリーのそこでの目的はセアラの狙いとはまったく違う。彼はまず、良き振舞いについて考え始め、良き会話を論じ、冷笑についての考察に及ぶ。上手い冷笑を勧め、冷笑を弁護する。「冷笑を試みるわが育ちの良い人に、ペルシウスにより挙げられているホラチウスの秀逸な人柄をお勧めしよう」と言って彼は、冷笑をいかに行うかの手本がホラチウスであるとしている。ホラチウス風の冷笑は会話を刺激的にして、面白く味のあるものにし、これは人を喜ばす術であり、「術を心得た機知のある人にかかればという条件があるが、冷笑は、場にいる人全員に、罪のないばかりでなく気が晴れる娯楽を提供するものである」[43]。シンシアは困惑して、ホラチウス風な洗練への警戒を示す。たとえ冷笑がその人自身の欠点ではなくて、冷笑を誘うようなことをしてしまう人々の愚かさに起因するものだと認めたとしても、彼女にとって、これは「低俗なあざけりを喜ぶこと」であって、受け入れがたい（『親しみの手紙』I：98）。

どんな会話をする人か

それではセアラ・フィールディングの世界の理想は何か。鋭い観察眼をもった人々の洞察力ある見解のやりとりで、しかもあざけりや冷笑に頼らない楽しみを共有することだ。シンシアとヴァレンタインは「相互に互いの考えを偽りなく、巧妙に隠すこともなく伝え合って、大いに楽しい」時を過ごす（『親しみの手紙』I, p. 54）。このように、『親しみの手紙』では理想的な会話がシンシア、カミラ、ヴァレンタイン、デイヴィッドの間で行われていることが示唆される。けれども問題は、示唆されるだけで具体的に示されないことだ。『親しみの手紙』の親しみの大きな特徴はこれである。何を話題にしたのか、実際にどんな言葉が交わされたのかということがわからない。これは非常に不十分に思われ、読者としては不満が残る。単に具体的会話を記す能力に欠けているということではないと思われるので、輪郭だけを強調して、中味を示さないことの理由を考えていこう。

会話を交わすときの話し方、態度、話題から、親しい間柄は何によって作られていくものか、人との関係をどのように作っていくか、もっと一般的には、人は何を求める存在であるのか、これらの問題は、『親しみの手紙』で常に問われている。新しい登場人物が現れる度に、その人は、どこの誰の子息で、令嬢で、どれだけの収入があって、どんな容姿をしているかという小説でのお決まりの関心事よりも、どんな会話をその場にもたらす人物であるかを描写すること、より正確には、書き手がその人の会話をどう評価するかによって紹介される。シルビアへのオーレリアからの手紙でクレオラは「この人の会話はいつも私にとって気持ちの良いものです」と紹介され、ある女性について「この人の会話を私はとても快く思っている」のでこの女性の身の上をお話ししたいとカミラはシンシアに伝える（『親しみの手紙』II：67, 124）。また、会話をまともに交わすことができない人々の惨めな状態が度々描かれる。「周囲のなにも愛することも憎むこともせず」、自分自身の利己的側面を満足させること以外に「人類と関係をもつことを考えることができない」人、人の話を聞けず、人が言っていることを理解できないで、それがまるで話している人の責任であるかのように「互いに凝視しあう」女たちが登場する。また、「我こそは当該問題にたいへん深く関わっているとあらゆる人が思っているので、他の人が言っていることなど聞く余裕をもたない」、そんな集団がおり、「多くの会話の動機は、自分自身の情熱を正当化するか、あるいは自分の状況を勝ち誇る、あるいは自分の才能をみせびらかす欲望に他ならない」という観察が述べられる。「すべての分別を自分が独占していると考えて、他の人が、自分がとっている以外の方法や程度で聞いたり見たりすることを許さない」。自分以外に注意関心を向けるべき価値のある人間はいないと思っている人々の集団なのだ（『親しみの手紙』I：160, 55-8, 140；II：45；I：175）。このような人たちは盛んに会話をしているようでいながら、集まって大きな声で発話しているだけで、実は一方通行の言い放ちだけが繰り返されていて、自分の言っていることが聞かれているかいないかもお構いなしで、周囲の人が言うことには耳を貸さず、互いに一方通行の会話にならない会話だ。誰かが何か言ってもそれはその場の集団にただ音が加わるだけで、聞いているはずの人の発言や思考になんら影響しない。すべて虚空に向かった叫び同然で、向けられている人がいるとしたら、発話者その人自身のみ、そして本人が満足することのみを目的にした「会話」である。しかも会話をしているという幻想を彼らはもっている。手紙の書き手たちはこういう自己欺瞞を察知し、暴いていく。恋におちたように見える者たちも、相手に愛情に満ちた視線を投げかけたり、甘い言葉をささやいたりしているのではない。「話しかけている対象を快く思っているのではなくて、自分のスピーチに酔っているだけのことだ」。愛情を注いでいるように見える人も、愛されているように見える人も、双方自分で自分を騙しているだけだ。ある人は「自分のたくさんの崇拝者を同じ数だけの鏡と思っていた。この鏡は、彼女の魅力を最大限に良く見せて彼女を上機嫌に保つためのものだ。」崇拝する方もする方で、熱烈な恋人の役割を演じて悦に入っている（『親しみの手紙』I：92）。

ここでまたヘンリーからヒントをもらおう。彼は会話をどのように捉えているのか。「会話についての小論」で、人間は会話をすることによって真実を知ると述べ、会話は人間の活動の中でも人間を人間たらしめるきわめて重要な活動と位置づけている。会話によって人が得るものは、洞察力と他の人々と共有することができる知見という巨大な構築物への参加であり、会話は「知識への唯一の周到なガイド」だと主張し、会話での遣り取りについて次のように述べる。

この語［会話］の根源的及び字義通りの意味は、一、緒、に、回、るということだと理解している。もっとふくらませた用法では、見解の相互交換を意味し、それによって、真実が検証され、ものごとがいわば回覧されて、厳密に検討され、私たちの知識すべてが互いに伝達される。(44)

会話はこのように、知識を共有するための仕組みであり、そしてただ交換するだけではなくて、知識の吟味と検討が行われる人間の知的営みの中枢をなすものである。会話によって成り立つ人間の社交性は、個人と集団の知的向上と、満足、感情的充実をもたらすものである。ここでヘンリーが強調している意見交換と知的鍛錬と社交性、それによる幸福の図式をセアラは共有している。それで、一方通行の発話のみで、それぞれが自己欺瞞で閉じた世界を作りながら、会話をしているという幻想を抱く人々をしばしば登場させて批判する。どんなに賑やかに話が盛り上がっているように見えようとも、どんなに互いに親しくしているように傍からは見えようとも、そして本人自身もそう思っていようとも、それぞれ孤立している。

喜びをもたらす会話

偽会話者の自己欺瞞は、一時的であれ喜びと満足をもたらす。そして、「自分を騙して得るこのような幸せは、真実を知ろうと努力することを難しくするほどのものだと私たちは感ずる」（『親しみの手紙』I：171）。幻想の危険はどこにでも誰にでもある。それが幻想に過ぎないということは、それを暴く冷静な傍観者の存在があることによって明らかであるが、人は幻想に弱く、はじめは余りにもばかげているようにしか思われないドン・キホーテの幻想も、「人が公正に自分を検証したら」自分が浸っている幻想とたいしてかわらないとシンシアは考察する（『親しみの手紙』I：171）。

実際、主要登場人物たちの間の完璧な相互理解は、自己欺瞞者たちの偽会話とどうちがうのか。相互理解は理想化されて、この理想的な友人たちの間では、現実のコミュニケーションが不要になるくらいである。シンシアとカミラの間の関係をみてみよう。二人はそれぞれロンドンとバースに別れているが、シンシアはまるでカミラが側にいるように感じている。それも、会話の代替物としての手紙を介してという普通の手段によってではない。シンシアは、カミラとの間に会話を想定して、カミラの存在を感ずる。

互いに考えを伝達しあうことは、友人関係の大きな喜びの中の一つです。……あなたがどう考えるか、何と言うか思案して、私はあらゆる新しいアイディアや観察の新たな対象を二重に楽しみます。
そうして、私の小部屋で、一〇〇マイルを隔てて、予めあなたの答えを頭の中で形作ってあなたと会話します。私はあなたの考え方をとてもよく知っているので、あなたがここにいたら、私が空想の中であなたのかわりに言う言葉をあなたはだいたいしゃべるだろうと自惚れています。こんなふうに私はできる限りの手段を尽くして私たちが離れていることの埋め合わせをしています（『親しみの手紙』II：94-5）。

相互理解はあまりにも完璧なので、相互の意志伝達をするための行為を必要としない。相手がいなくても、相手に手紙を書く前でも、相互理解が成り立っていると思うことができる。デイヴィッドとカミラと父親の間で行われた会話の内容を手紙の中で省くときにも、「さあ、シンシア、私が聞いたすべてのことをあなたにお伝えしました。あなたと会った後、私に楽しみを与えてくれている父とカミラが言ったことを除いたすべてを。」（傍点著者）デイヴィッドは、自分以外の人が言ったことに注意を払って書きとめているので、自分の意見を書くのを差し控えている。その上、楽しみを与えてくれていると言いつつも、父とカミラが何を話題にし、何と言ったのかは手紙から省くと言うのだ。「あなたは友達のすべての知覚を分かち合」うし、「私は自分の心からあなたの心を推測します」というわけで、共有されていて言わなくてもわかっているから言わないのだ（『親しみの手紙』I：190）。この人たちの間では、互いに価値観が共有されて、すでに通じているという自信と信頼があって、ただ単に他の人の言うことを聞いていない偽会話者たちとは違うということだ。

親しい友達の間には無言でも相互理解があるという想定は、意志伝達の究極の理想化であるが、一方でコミュニケーションを妨げるものでもある。相互理解は常にあって、それぞれの人の胸のうちにしまわれているものではないので、手紙の中で文通相手にだけ明かそうという気になるものではない。意志疎通不能な偽会話者たちがそれぞれ自己満足に浸って幸せそうにしているのを観察していると、人というものは他の人との間で本当に意志伝達をすることができるものであるのかどうか、偽会話者たちを批判的に観察している傍観者もやはり同じ幻想をもっているのではないかと、懐疑的にならざるを得ないだろう。[45] セアラ・フィールディングは、認識の対象を「孤独な人のただの欺瞞が作った捏造物」と考えるその直前まで行きながら、懐疑的になることを懸命に避けようとしている。過剰とも思われるほどの沈黙による相互理解への絶対的信頼は、人の認識の問題への彼女の答えである。友人同士の間には、こちらには内なる友、友のところには外なる我を想定している。こういう友人関係には、手紙による心情の告白は必要ない。告白や感情を示す言葉のやりとりで結ばれる親しさではないのだ。

そして、完全相互理解は、理解力がある読者も想定する。どのように考え、どのように振舞うのが適切であるか、教えてもらわなければならないような読者ではなくて、すでに道徳観、価値観を共有している人々を読者として設定している。そこで示さなければならないのは、人間の曲がりくねった迷宮のような複雑な心の観察の鋭さであり、観察した事件の成り行きや原因、人物の言動の理由の謎を解きほぐして説明していく手腕である。ヘンリーが前書きで、この書物はすでに「秘密を共有している」特別な読者のためのものであると言ったのも理解できよう。

第四章　学校物語

——同朋を育てる——

1　子どもをターゲットに

市場の拡大

一八世紀には、教育を目的とすると銘打った書物が非常に多く出版された。教化するというのはただ娯楽面とバランスをとるために名ばかりに謳われている回想録やフィクションも勿論あったが、練習帳のようなもの、身のこなしや服装まで細かに指導するガイドブック、処世本、マニュアル本、教育パンフレット、教育論文、そしてフィクションにいたるまで、伝えるべき情報・知識・人間観・原理を明確にもった教化本も数多い。書物市場についてみれば、市場の拡大は、子どもや若い人々もだんだんと読者ターゲットとして巻き込んでいったのである。(1) 子どもを読者とする書物、児童書は、「英文学の主たる分野とはいえないが確実に一画を占めるもの」として一八世紀半ばに成立したと言われている。その興隆の目印になるのは、進取の気性に富むジョン・ニューベリー（一七一三―六七）の画期的なおまけつき『小さなご本』（*A Little Pretty Pocket-Book*）が出版された一七四四年である。(2) 青少年文学はやがて分野として確立し、一八世紀末には文壇で活躍する主要な著作家たちの間でも重要な分野とみなされた。(3) 一八世紀半ばから一九世紀初めに、子ども向けの書物は際立った発展を遂げたが、ジャンルとしての拡大・成長は、目的や質の変化を伴った。初期の著者たちは一九世紀初めの著者たちと、スタイルも目的も異なっている。この差異を生んだのは、単に黎明期の未発達状態から成熟期の完成ということではない。青少年文学をどのようにとらえるか、子どもというものをどう考えるか、ターゲットとする読者は誰か、そして最終的には、著作家はどんな立場をとるべきものと考えるか、これらすべてについて、両者には相違がある。

一八世紀末には、青少年向けの文学の世界では、ニューベリーのような市場の要請に敏感に対応する企業家よりも、堅実な使命感を帯びた福音主義者が目立つようになる。その中には、貧しい子供たちに基本的な読み書きの能力を授けて敬虔なキリスト教徒を育てることを目的とした「日曜学校推進モラリスト」の教育家たち、セアラ・トリマー（一七四一－一八一〇）、ハナ・モア（一七四五－一八三三）、メアリ・マーサ・シャーウッド（一七七五－一八五一）などがおり、彼女たちは子どもの教育のための書物に多大な関心を示して、たくさんの本を書いている。彼女たちがとった教育者としての態度は、一八世紀半ばの子どものための本を書いた人々とはまったく異なっており、圧倒的な権威をもって君臨するものである。そこに描かれる指導者は道徳的に優れて、教えを受ける者の上に立ち、彼女たちの作者としての立場も、読者に対し威圧的である。このような関係の作り方は、彼女たちの宗教上の使命感からきており、また、フランス革命とその後の政治的・社会的変化に対応する時代の要請によるものである。この間に、女性作家たちは、作家としての立場の向上を達成した。ジェイン・スペンサーは、一八世紀の母親の権威の考え方に基づいた女性作家の権威を論じている。この権威は、父親の権威との関係でみると、父権体制に服従すると共にそれを転覆するという二面性をもっていることをスペンサーは指摘し、この母権をモデルにして、女性作家は作家としてのスタンスを形成したと論じている。(4)

人間性への信頼

一八世紀半ばの著述家たちの教育観とそこからくる指導の組み立ては、「日曜学校推進モラリスト」たちの教育観・指導法と相違が大きい。その流れのなかに、セアラ・フィールディングを置いてみよう。一八世紀半ばから一九世紀始めの教育書の文脈の中で、彼女の『ガヴァネス』（一七四九）が占める位置を明らかにするのがこの章の目的である。(5) ここで「ガヴァネス」について注意しておこう。一九世紀のブロンテの『ジェイン・エア』の中で知られ、あるいは一八世紀末のメアリ・ウルストンクラフトが自分自身もそれとして働いたので、「ガヴァネス」は住み込み家庭教師であるというのはよく知られており、ジェイン・オースティンの『エマ』に登場するミス・テイラーのように家庭の中で尊敬と信頼と愛情を享受したガヴァネスよりも、一家の中で主人の家族とも召使の一団とも立場を異にして、良質の教育を受けながら自分の家庭と自分の子どもをもって一家の女主人となるのではなくて、他人の家の雇われ人となっている者の悲哀と孤独を体現する存在として登場する。一八世紀半ばにはその意味でも使われるのであるが、セアラ・フィールディングがここで使っている「ガヴァネス」の意味は少々異なっている。彼女はこれを「治める者」の女性形として使い、その女性は家庭で雇われた教育責任者ではなく、家庭を離れて集まってきている子たちがつくる小社会を治める教育責任者ということだ。(6) 子どもの教育を担当する女性という点では住み込みの「ガヴァネス」と同じであるが、違っているのは、彼女が、自分で経営する学校を治める女主人であることだ。また、ここでは長いタイトルを繰り返すことを避けて、単に『ガヴァネス』と呼んでしまうが、表紙には『ガヴァネス―あるいは小さな女子アカデミー。ミセス・ティーチャムと九人の女の子のお話。若い女性の教育にあたり楽しみと指導となるように配慮された九日間のお楽しみ。デイヴィッド・シンプルの作者による』とあって、シェイクスピアからの引用を掲げてある。本文が始まるページには

『ガヴァネス』の表示はなく、『ティーチャム先生と九人の生徒たちのお話し』とあり、ページ上のヘッダーとしては『ミセス・ティーチャムらのお話』となっている。『ガヴァネス』よりも『小さな女子アカデミー』あるいは『ティーチャム先生と九人の生徒たちのお話し』が最もその内容に沿った題名であると考えられることはこの後詳しく述べていくが、タイトルの冒頭に挙がっている『ガヴァネス』を使用する慣例に従って書名を『ガヴァネス』で統一しておこう。

『ガヴァネス』は、それ以前のアドバイス本の形式を継承して、権威的でも命令口調でもない。その底流には、啓蒙の時代の教育や人間の理性の力の可能性を信ずる楽観的な人間性への信頼がある。セアラ・フィールディングは『ガヴァネス』以外でも良き人となるためには、幼少年期の正しい教育が必要であることを作品に織り込んでいる。『クライ』では、注意深く配慮された教育を受けたポーシアと、才知に恵まれながらもその才能を伸ばす方向を誤ったサイリンダを対照させ、『デルウィン』では、道徳観念をしっかりと植え付けられたビルソン夫人の子どもたちと、脆い基盤しかもたないレイディ・デルウィンを描く。ここに挙げたどの人物を描くにあたっても、人生の早い時期に受けた心のケアを含めた教育のあり方が、その人の幸不幸を左右していることを示唆する。

学校を舞台にした物語を書くということは、彼女の著作家としての幅を拡げることでもあった。これは、風刺ではなく、直接に純粋な理想を描くことができ、そしてまたその理想を読者に伝えていくことができる場である。『デイヴィッド・シンプル』のスパッターや『親しみの手紙』の「ある夢」の傍観者で彼女が陥ったような風刺家のジレンマを、若い子の教育の場を舞台としたこの作品は心配することはない。若く柔軟な子供たちを登場させ、外部の世界から守られた学校という場を設けることで、社会的地位や財産の差異から生ずる不安や、デイヴィッド・シンプルが巻き込まれた裁判沙汰のような大人の懸念から自由な、理想的共同体を使って、彼女が求めてやまない、価値観を共有することができる社会の基本的な形を読者に提示している。

フィールディングのこの学校物語の特徴は、もう一冊の書物と比較することで一層明確になる。比較の対象は、同じ『ガヴァネス』。シャーウッドがセアラ・フィールディングの『ガヴァネス』を書き直して一九世紀はじめに再出版しているのだ。ふたつの『ガヴァネス』は、一八世紀半ばと一九世紀はじめの間に際立った差異があることを如実に表している。それは、物語の中で行われている教育の差異であり、読書という行為が果たすべき役割の違い、あるいは「著者」というものの概念の差異である。教育の場で道徳の守り手としての女性の重要性が強調されるのと、女性作家の地位が確固としたものになるのは並行して進んでいる。教育と出版の場での女性の権威の向上は、女性に自信を与えるとともに、女性の活動領域を狭く規定することにもなった。

一方で、一八世紀半ばの女性たちの相対的に低調なスタンスのとりかたは、決して自信のなさを表すものではない。セアラ・フィールディングの『ガヴァネス』を動かしているのは、平等な者同士の仲間の意識であり、その長所・可能性がある。次節では、『ガヴァネス』で示されている教育プログラムの特徴を調べてみよう。

2　女子アカデミー

最初の学園もの

セアラ・フィールディングの『ガヴァネス』は、かなり先駆的な試みで、子どもの世界に作家が目を向け、相当な創作能力をそこに注ぎ始めたことを示す。グレイがこの作品の復刻版を一九六八年に出版したときに示したように、この作品は、以後確固とした伝統を築き、子どもたちや青少年にも圧倒的に人気のある作品を生む「学園もの」の最初で、多くの模倣作品を生んだ。[7] グレイによれば、この作品はパイオニア的存在で、「子どものために書かれた最初の小説」、「独創的作品」、「『児童文学』の概念がやっと出来上がってくるころに書かれたにも関わらず、以後最も好まれ最も模倣されることになる本のひとつ」であるとみなしてよい。[8]

この『ガヴァネス』は非常に好評だった。グレイは一八世紀の末までに出版された二二版を含め、二八の版が出版されたことを示している。グレイが示している版の他に一七七〇年、一七七九年、一七八六年にも出版されている。[9] 『ガヴァネス』への言及も随所にみられる。マライア・エッジワースの父、教育者であったR・L・エッジワース（一七四四―一八一七）が言うには、「私が子どものころには、ニューベリーの本とミセス・ティーチャムくらいしかなかった。[10]」「『ガヴァネス』の洗練された著者の優雅な意見」に敬意を払う著者もいた。[11]

女性たちのつながり

フィールディングのたどった生涯と学校物語の関わりをみてみよう。ヘンリー・フィールディングの妻の病気（シャーロットは一七四四年に死去）から彼が再婚する（一七四七年）までの間、セアラ・フィールディングが子どもたちの世話をしたことが彼女の教育への関心を高め、直接的に教育書著述へのきっかけを作ったと考えられる。女の子の集団に注目したのは、時をさかのぼってソールズベリー時代にミセス・ルックスの寄宿学校で学んだ自分自身の経験に基づくものであろう。フィールディング一家は、セアラが七歳のとき（一七一八年）に彼女たちの母親セアラが亡くなり、一七一九年に父親が再婚するにあたり、子どもたちの親権と母セアラが一家にもたらした財産の処遇をめぐって、母方の祖母レイディ・グールドが訴訟をおこすという事態に直面していた。この一家の混沌の時期に、女の子たちは家を離れ、「ジェントルウーマンとして養育されるように」寄宿学校に送られたのである。(12)

セアラ・フィールディングの子ども時代に、彼女を含め姉妹は、常に影響力のある女性を身近にもっていた。それも、さまざまなタイプの養育教育の担い手だった。母親が亡くなる前の比較的安定した時期には、一家にはフランス人のガヴァネス、アン・ドゥラボルドがおり女の子たちの教育にあたっていた。母親の晩年には、大叔母のミセス・コッティントンと子守のフランセス・バーバーがいた。母の死後は寄宿学校の先生を知り、また祖母の保護を受けた。一七三三年に祖母のレイディ・グールドが死去するが、その後もしばらくの間はソールズベリーのグールド家にとどまった。セアラは姉妹たちの中でもヘンリーに近い存在であったし、アーサー・コリエにギリシャ語、ラテン語を習うなど、男性が重要な役割を果たしていることは忘れてはならないが、発育期の人格形成にとって重要な時期に母と家庭の安定を失い、その後の一家の運営を潤滑にすることができなかった父にかわって祖母やミセス・ルックスのケアのもとに育ったことは、大きな意味がある。

その上、このような喪失・混乱・交代のなかで、彼女にとって一貫して頼れる屋台骨となっていたのは、常に一緒に過ごした姉妹のキャサリン、アーシュラ、ベアトリスで、彼女たちは困難なときを共有した。彼女たちはいずれも一生を独身で通し、従って成長してからも互いに一緒に過ごすことが多かった。『ガヴァネス』執筆時も姉妹は共に暮らしている。(13) それにまた、ソールズベリー時代には、知的関心を共有することができるコリエ家の同年代の女の子の友達をもつことができた。なかでもジェイン・コリエはセアラ・フィールディングと親しかった。

このように、彼女の幼少時代をみてみると、女の先生のもとにある女の子の集団に着目することが納得できるであろう。ブリジット・ヒルが述べているように、教育の場として、及び「駆け込み寺」のように何らかのものから逃れて保護を求めることができるような、カトリックの修道院と類似した役割を果たすことができる組織を求める声は度々あがっていて、理想の一類型をなしていた。フィールディングが描く女の子のアカデミーも、その流れに位置づけることが出来る。(14)

献　呈

『ガヴァネス』が献呈されたのも女性であった。ミセス・ポインツに捧げられている。ポインツは、スティーヴン・ポインツとの結婚前はジョージ二世の妻クイーン・キャロラインの侍女を務めた美貌の誉れ高い女性で、結婚後も宮廷とのつながりを絶やすことなく、また娘のマーガレット・ジョージアナがスペンサー（後にスペンサー伯。故ダイアナ妃の祖先である）と結婚すると、一層華やかな生活を楽しんだ。(15) セアラ・フィールディングの献辞では、派手な生活はさておき、家庭での美徳が称えられている。教育に関わることで言えば、夫人よりもスティーヴンの方が繋がりが深かった。彼は、タウンゼンド卿の息子のチューターを勤め、王室でもジョージ2世の息子の一人、ウィリアム（後のカンバーランド公）の教育を担当した。献辞は夫人宛てであるが、「このような類の試みをミセス・ポインツは受け入れてくださるであろう。なぜなら、この企画は、いってみればポインツ氏が指揮したものであるから」（『ガヴァネス』v-vi）と、彼の導きがあったことを記している。英語の文法研究で名高かったエリザベス・エルストップが王室からの経済的援助を受けられるように尽力したのも彼であり、才能ある女性の活躍をここでも彼は促したのである。ジョン・ホードリー、ジョージ・リトルトン、サミュエル・リチャードソンらを共通の知人としてもっていたので、この繋がりから、セアラ・フィールディングはポインツ夫妻と出会い、彼の勧めで取り組んだ企画をその妻に捧げたものと思われる。

ポインツ氏が実際どのような指示を彼女に与えたのかは現在知られている資料からはわからないが、出版された『ガヴァネス』は、次のような特徴をもっていた。まず、このアカデミーでは、ヴィクトリア時代のディケンズの小説から私たちが知っているような、痛みや脅しを使って生徒を恐怖に陥れながら自らの権威をふるう教師はいない。教えはきっぱりとした態度で伝えられるが、生徒たちの積極的な参加が促され、楽しみを得られる素材が与えられて、生徒たちは楽しみながら、よき習慣や思考を身につけていく。そこで非常に重要な役割を担うのが物語、ナラティヴである。生徒たちはさまざまな物語を聞き、そして自分でも話すことにより成長していく。全体を仕切る作者の語り口も、読者を楽しませながら教えるという一八世紀の著者たちの多くが心がけた方針を最大限に実現できるように、工夫が凝らされて、幅広い年代の女性たちへの訴えかけを含む。

評判

出版当初の読者からの反応をみてみよう。テレジア・コンスタンシア・フィリップス（一七〇九－六五）は、次のように激賞している。

イングランドで育つすべての女の子が最初に手にとる本は、最近出版された優れた書物、『ガヴァネス』であってほしい。女の子の教育のはじめの一歩及びさらなる改善を提供する書物がいかに待ち望まれたことか。慎重さと美徳が大事だということはお説教くさく教えてもだめなのだ。心地よく楽しく学び、若いときに教えられたことはどれもそうなるように、自然で習慣的に実践することができるようになる。この本について、

一〇歳から五〇歳の女性の知性の向上に役立つことが書かれていると言ってよいであろう。(16)

フィリップスのこの書物は、スキャンダラスな回想録で、フィリップスは必ずしも全面的に頼れる評者ではないが、神妙な姿勢をとって回想を述べていることを示すために『ガヴァネス』の名を借り、自分ももっと早くからこの子たちのような教育を受けてさえいたら、過ちを犯すこと少ない人生を送ることができたであろうにと述べている。

メアリ・ディレイニー（一七〇〇―八八）の妹のアン・グランヴィル・デュース（一七〇七―六一）は、『ガヴァネス』を読んで、作者の姿勢を評価し、そしてアカデミーの教師ミセス・ティーチャムの方針にいたく感心して、作者と架空の教師ミセス・ティーチャムを重ね合わせるコメントをリチャードソンに書き送った。「フィールディングさんと知り合う機会を得ました。いい方ですね。冬のつれづれをご一緒することができたら楽しく過ごせそうです。うちのメアリのミセス・ティーチャムになってくださらないかしら。」彼女のこのコメントは、単に賛辞というだけでなく、その内容に注目しよう。現実のセアラ・フィールディングと書物への評価、そして書物の中の彼女が創造した人物、ミセス・ティーチャムを渾然一体化させており、読者の反応の中で、書物の中の教師と生徒との関係と、書物の作者と読者との関係、そして現実の人間関係が重なりあっていることを示す好例だからである。

ミセス・ティーチャム

ミセス・ティーチャムの紹介をもって『ガヴァネス』は始まる。彼女は小規模な女子学校の校長であって、ジェントルウーマンである。彼女の教育の第一の目的は、女の子たちに有益な知識を与えて知性を磨くこと、年長者には尊敬を払えるよう、同年代の間では互いに優しくなれるようにすることであるが、きちんとした態度・服装・身のこなしも教えると記されている。知的教育がまず最初にあがって、それに続いて述べられていることが、人々の社会で生きていくために必要なこと、人間関係を潤滑にするための諸要素であることに注意しておこう。

こうしてまず学校の基本方針を示したすぐ後で、彼女がこの仕事を始めるに至った事情が説明される。能力もないのにでしゃばる女教師や金目当ての冷たい経営者であるかのような印象を与えないよう、ミセス・ティーチャムの背景は注意深く語られる。彼女は、牧師の妻であったが夫に先立たれた。夫の生前、二人は子どもふたりの教育に惜しまぬ努力を傾けた。彼女が教育において優れた人物となったのは、教養を備えた牧師である夫の教えのおかげである。夫は臨終に臨み、彼女にならう子どもたちの教育を任せられると太鼓判を押す。しかし、夫の死後一年も経たないうちに流行病で二人の子どもを失うとともに、財産を管理していた銀行が破綻して蓄えを失うという憂き目をみた。そして友人の勧めに従って始めたのがこの学校である。教職に就くのに資格などない時代、教える資格があるということを、このように賢明な牧師であった夫と過ごした九年間、そしてその夫からの是認、実子の教育の経験で正当化する。そしてまた、その夫を蔑ろにしてでもなく、実子の教育を怠ってでもなく、他人の子の教育を始めたということを彼らの死で説明している。学校を始めた理由にはまた、経済的な思わぬ災難、自分のせいではない災難に見舞われて財産を失ったことが挙げられ、そして自分から進んでこの道を選んだというのではなくて、彼女の才能と人柄を無駄にするのはもったい無いと思った知人の勧めにより始めるという、完璧なしつらえのお膳立てである。

ミセス・ティーチャムという人物をこんなふうにとても注意深く導入しておきながら、この後ミセス・ティーチャム自身の出番は非常に少なく、九人の女の子の間で物語は展開する。九人は、おとぎ話、戯曲、手紙を読み、互いに自分のことを話して九日間を過ごす。多種に及ぶナラティヴのテーマは、主に友情と心の平安の大切さである。読書は、部屋の片隅でひとりでこっそり行われるものではなくて、彼女たちが時間と知識を共有する場になっている。読み物を共有しているので、彼女たちの間で、あるいはミセス・ティーチャムと子どもたちの間で、読んだものに関する意見交換が行われる。この仕組みを用意することで、お話から何を読み取ることができるのかを作者は読者にはっきりと示すことができる。さらには、女の子たちが物語を通じて自分自身を理解し、自分の言動に役立てていく過程を描くことにより、作者は読書の現実生活への応用の例を示すことができる。

おとぎ話や戯曲は必ずしも教育の場で歓迎されたものではないが、フィールディングは、これらを教育の場から排除しない。批判があることは了解しているということを示しながら、どのように読むことができるのかということを示す材料を提供するものとして扱っている。自律的な鑑識眼のある読者を育てるために、そして面白いものを排除しないために、彼女は多様な話を導入し、例えばおとぎ話を導入するときには、大げさな言葉の使い方や超自然的な不思議なできごとに呑み込まれてしまわないようにと注意を与えながら、そして生徒の一人ジェニー・ピースを通して皆の反応を確かめながら進めていく。彼女が強調したいのは、何を読むかではなく、どのように読むかであり、生徒たちの読むものを選ぶ自由を妨げない。

ジェニー・ピースは次のようにアドバイスを与える。「読書を自分にとって意味のあるものにするためには、他人事と思うことなく、読んだことを自分に当てはめてみることが必要なのよ」（『ガヴァネス』73）。読書は、楽しみを伴って行われ、一般的な道徳も教えてくれるかもしれないが、大事なのは自己を理解し反省を促す機会を作り、自分の生活に活用することができるようになることだ。共同で行われる読書によって子どもたちは、自分を客観的に観察する契機を与えられ、そして共同体の中に共通の価値観が育まれていく。

『ガヴァネス』の中心は、ミセス・ティーチャムが何を教えるかではなくて、どのように彼女が指揮をとって、生徒たちの判断力を養っていくかにある。ミセス・ティーチャムの立場は実はとても難しい。ここでミセス・ティーチャムは威厳と品位があって生徒たちを導くが、命令したり強制したりするのではなくて、生徒たちが自ら自分の欠点を察知していける道を用意する。ミセス・ティーチャムは重要な柱ではあるのだが、少なくとも物語の表面上は登場機会が少ない。初めのうちは、遊ぶときには彼女はわざと遠くに離れている。しばらくして生徒たちの間に共通の意識が生まれてくると、生徒たちの成長を称えるかのように彼女は生徒たちの仲間になって休み時間を過ごすようになる。彼女は威厳ある先生としての立場を確保していないわけではない。ただ、その振舞いをする時期のミセス・ティーチャムは物語の前面に登場せず背景に隠れている。物語の中でスポットライトを浴びるのは彼女が子どもたちと共に笑ったり親しく話したりするときであり、そんな時には、タテの関係ではなくて、仲間意識が強調される。

親しい友人のジェイン・コリエは、セアラ・フィールディングがこの書物で示したかったのは、社会の中で互いに人間として尊重しあう調和を大切にした関係のつくりかたであり、「女の子たちに、互いにどのように振舞うのか、また先生にはどのように振舞うのか」を教えることであると述べている。作者の「若い読者のみなさんへ」でも人間関係に焦点があることがはっきりと言われている。

この書物の意図は、プライド、頑固、悪意、嫉妬など邪悪な心の持ち方が、私たちがもつことができるものの中で最も愚かしいものであることを示すことです。互いの愛と優しい気持ちはどんな社会においても幸福をもたらすことは確かです。もし幸せになりたいのであれば、私たちは自分の心の中に愛と優しい気持ちをこそ育まなければなりません。(『ガヴァネス』xiii)

3　ソシアビリティと友情

優雅な振舞いとたしなみを良き人間関係のために

人間同士の関係はどうあるべきかという問いに対して、一八世紀は個人の思考、感情、感受性に答えを見出そうとしたとジョン・マランは分析している。その中で文学、特に感傷小説は、社会の中で人間の絆を形成していくことの困難に人々が感じていた不安に的確にアピールしたのである。[17] リチャードソンのような、手紙によって心の対話を探るのとは違うやり方であるが、セアラ・フィールディングも同じ問題に取り組んでいた。彼女は『親しみの手紙』では、一般社会はわかってくれなくとも、互いに理解することのできる共同体があると示してこの不安に応えた。『ガヴァネス』では、互いの理解と価値観の共有を拡げていくことができる可能性でその不安に対処している。そしてここで彼女が使ったのは、個人に焦点を絞った感情的な絆ではなくて、社会の中での個人の位置づけと共通の価値観の形成を重んずるソシアビリティ(社会的な関係を築くことが出来る生物としての人間の能力)である。この節では、彼女がどのようにソシアビリティを考えているのか、同時代の他の教育関連の書物を参照しながら考える。

彼女が重視するのは、洗練された社会で人はどうしたらよく生きられるかという問いである。書物の冒頭で、行い、みかけ、振舞い、身のこなしといった表面的・外面的なことに触れているのもそのためである。これらを単なるうわべであるといって退けるようなことを彼女はしない。人間関係の構築にとって、表面にあらわれる態度は大事なのだ。一八世紀の末になると、盛んに攻撃される女性の技芸についても、卑しい俗な人間が懸命になる浅薄な装飾物という見方はしていない。それは、都会的洗練の世界に入るための切符である。ブルーストッキングズの一人で、教育書でも影響力のあったヘスター・シャポン（一七二七－一八〇一）も洗練と技芸は重要であることを示すのに書物の一章を割いている。シャポンもフィールディングと同様、振舞いに注意を払う。「私は愛しい子に優雅な魅力やたしなみを追求するのを怠けてもらいたくない。これらは子の美徳を最もよいかたちで見せるのに役立ち、振舞いを美しくし、理解力を伸ばすものであり」、彼女を「周囲の人たちにとって有益にし、喜びを与える存在となす」と。[18] 内面の美徳と外面に現れる洗練やたしなみ・技芸がここでは密接な繋がりをもっている。

「ポーシア」による『洗練された淑女《レイディ》』（一七六〇）をみてみよう。この書物は、母から娘への手紙と銘打ち、著者は「ポーシア」と名乗っているが、チャールズ・アレンの作であると言われている。この書物では教育の目的は、疑問の余地もなく、上流社会の洗練された技芸を学ぶことである。洗練のために必要だといえば、他のどんな正当化も言い訳も必要としない。作者に単なる見かけしか見えていないということではない。内面と外面は切り離すことができないからである。「洗練とよい振舞いを良く学び実践することを勧めます。なぜならそれは善良さに直接拠っており、美徳が人為的に集約されたものであるからである。」「ポーシア」が言うには、良識と善良さが欠けている場合、「女性は形式ばって型を正確にこなすことはできるであろうが、決して真に洗練されているとは言えないのである。」「ポーシア」が想定する女性の領域は、家庭に限らず、家族や親しい友人のサークルを越えた社会であるので、女性は社会の中で良く生きるための技を必要とする。

「ポーシア」と同様に、セアラ・フィールディングが想定する教育も、内面と外面の改善は密接に関わっている。そして、人間的な完成は、宗教や道徳の教え込みを前面に押し出すことによって達成されるとは考えない。ひとりで内向的に精神的鍛錬をする人間は彼らの理想ではないのだ。孤立した人間はいかに他の点で内面が優れていようが決定的に欠落しているものがある。互いの愛と優しい気持ちを的確に示すことができるようなソシアビリティを磨くことによって人々の調和が生まれ、調和のとれた共同体は個々の構成員に幸福と満足をあたえるので、ソシアビリティを磨いてよき共同体を作ることをまず念頭においていればいいとポーシアたちは考える。

友達

人と人との関わりの中で生きる洗練された人間の理想は、友情論を伴うことがしばしばであり、友情に関する論考は、教育書の中で必須であるかのように取り上げられた。教育書を開くと、友達を選ぶにあたってのアドバイス、友達には何を期待すべきかについて詳細に述べられている。社会の基礎ユニットは家族でも夫婦でもなく、友達関係である。「友情と友好関係に基づく状態は、社会一般の幸福にとってまず必要である。[19]」

友達に求める資質とは何か。これも教育書でたいへん熱心に論じられている。なかでも、判断力と守秘は特に重点をおいて語られる。秘密を守れる人であるかどうかについて慎重に検討することが必要なのは、

友達関係の重要な目的は、悲しみを分かちあって支えあい、喜びを分かち合って倍にすることにあるからである。そのためには各々の事情を忌憚なく伝え合わねばならない。その事情の中には、他の人には知られたくないことも含まれているであろう。そこで、この点をしっかりさせておかないと、多くの緊急事態を乗り

越えるのに足る友達らしい忠告や援助が得られないままに、憤慨と失望ばかり味わって、自分の信じやすさの犠牲になって誰にも同情されないということになる。(20)

秘密を分かちあうことは、友達の特権である。「ポーシア」の助言においては、友人を定義する重要な要素として挙げられる。「友達とは何か？　遠慮なく心の内を曝け出すことができる相手である。裏切られる心配など微塵もなく、晒しものになることなどまったく心配せず、他の人には打ち明けない考え、望み、意図を話すことができる人だ。(21)」一方で、教育書は、裏切られること、裏切るような人を信用してしまうことへの警戒心を植え付けることにも余念がない。「情に任せた極度の親しみは、常に終わりがくるものであるが、終わりがきてしまうと、大騒動になる。秘密の袋の口が開けられ、秘密は鳥かごから放たれた鳥のように世間を舞い、街のもの笑いの種だ。(22)」「教養があって感じの良い友人を得て私は有頂天だった。……彼女に私のすべての秘密を教えてしまうまで落ち着かなかった。……そんなふうにすっかり信用しきってしまった人物によって私の内奥の魂の秘密が世間周知のものとなった。(23)」

『ガヴァネス』の生徒たちも自分の過ちや弱点を打ち明けるのに一生懸命だ。ただし、彼女たちは、一人の腹心の友に打ち明けるのではなくて、スクールメイトである八人の友達皆に話をする。友達になったことの証しに自分の過去を語るのだ。彼女たちは、排他的な秘密によってではなくて、共同体の成員皆に自分の過誤と過誤を認知した自分をわかってもらって絆を作っていく。友達関係の排他性については、他の著者も注目し、次のように述べている。

たいていの作者はこの結びつきを二人の間、あるいは多くても三人の間に限定して考えている。しかし私の考えでは、こうして人数を小さな数に限定するのは、友人関係の精髄における欠点によるのではなくて、人間の本性の堕落が一般化していることによる。(24)

このように人と人との繋がりを重視することは、人への懐疑の裏返しであって、そのどちらも教育書は熱心に論じている。

教育書のなかで、特別な位置を与えられている友人関係がある。それは親と子の間の友情だ。そこには特別な教える側と教えられる側の間の関係がある。『友情について』の作者は、特に女性の友達関係に重点をおいて論じているが、中でも母親の役割について、この「女性のためを願う者」と名乗る作者が言っていることは印象的である。母親は、最も親しくそして信頼のおける友達であるべきなのであるが、「多くの母親は、子どもが最も教えと矯正を受け易い時期に、子どもをおもちゃにしてしまう。」そして、母親と娘との間に親しい友人同士のような関係が欠落している場合には、若い女性は、「母親と秘密を分け合い親しくするのが道理であるような時期に、母親との自由な会話や率直な振舞いを楽しむことができないような不幸な立場にある場合には」おべっか使いや虚偽の友人の罠にはまるものである。(25)ミセス・ティーチャムが徐々に厳しさを弱め、親しくなっていったように、教育の基盤が構築されると母親も子どものよき友となることが理想とされる。

母親たちが自分の役割の大切さを認識して、なすべきようにこの時点で義務を果たすことができれば、そのすばらしい結果をまもなく見ることになる。……この良い基盤にそれに続く上部構造が応えるとき、幸福な親がガヴァネス（教育担当者）の厳格さを放棄して、母親が十分な資格を与えた娘をまったくの友達のように親しくあつかうこと以上に道理にかなっていて自然なことがあるだろうか。(26)

ここでは母親の役割は、友達関係を大事にすること、人と人との間の関係のとり方を重視する文脈で焦点を当てられている。時代が進むと母親の役割に重点をおくことは、女性の教育改善の重要な基盤になっていき、家庭内での母親の役割が重視されていくが、この時点では家庭内での役割ではなくて、母親が娘との関係を通して果たす社会的な役割が強調されている。

夫と妻の関係の理想も友人関係で語られる。家庭の幸福は、世間から切り離された狭い家庭に拠るのではなくて、社会的な幸福から得られるものと考えられている。互いの意志伝達の喜びが友人関係において強調され、その究極の形が夫婦の間の友人関係であると定義される。「私はいつも婚姻関係の幸福のためには完璧な友人関係が根本的に必要であると思っている」と『友情についての論考』の作者は述べ、別の作者は、社会的な喜びを家庭にもってくる。ウイルクスによると家庭の幸福は、社会の喜びの濃縮された完璧な形である。

人間の生活の中で喜びとなるものは何でも、婚姻関係においてはより完璧な形に近づく。良い教育を受け、正直な方針をもち、高い才能をもっている二人の人が同じ興味や愛着だけでなく、同じ喜びを得、同じ欲望を抱き、同じ娯楽を求めて、人生を味わうことにおいて結びつきを得たら、そのときに家庭生活の楽しみを人は知ることができる。このようなことがおこったとき、結婚は、友人関係のあらゆる喜び、理性の優美、良識の楽しみ、生が与えるあらゆる甘美なるものを得るのである。(27)

4　教育書著者の姿勢

アドバイス・ブック

一八世紀末以前の教育書で目立つのは、アドバイス・ブックで、これは、教育的な内容を、指導される人に直接語りかける形式である。このような教育書を書いた人々は、教えの中で友人関係について熱を入れて触れるだけでなく、読者に対して友人のように話しかける姿勢をもっている。書物の中の理想的な登場人物が、自分の生徒に対して近づきやすく仲間として喜んで迎えるように、著者も同様の態度をとるのである。読者の教育の担い手としての著者は、絶対的な権威をもった司令官としてではなくて、友達の立場に立って読者にメッセイジを送る。

教育書が書かれた事情が一つの説明となるであろう。自分の子どもあるいは親戚の子に向けてしばしば教育書が書かれた。ヘスター・シャポンは「あなたの心あたたかい友達」の立場で姪に宛てて書いているという形式をとる。[28] 一七二九年に英訳されたランベール公爵夫人の教育書では、「これは母の権威を借りた無味乾燥な講義ではありません。友達からの忠告であり、心からの贈り物であるという長所をもっています」と真摯な忠告は親よりも友からというのがまるで常識のようである。この部分の書き方は別の書物にそのまま踏襲されて、ランベール侯爵夫人の態度が受け入れられていたことを示す。[29] ここには、年齢・身分・立場の上下関係に拠って発言しようとするのではなく、授けるべき知恵は備えている立場からの忠告ではあるが、基本的には仲間として聞いてもらいたいという姿勢がある。親や年長の親戚は、権威に拠って語るのではなくて、成長しつつあって潜在的には同等の者としての子どもに話しかける。そこで、話を始めるときも、よく聞け！　と命令口調で仕切るのではなくて、優しく注意を喚起する。「私が最高の愛情をこめてあなたを尊重していることの証として」「あなたを完璧な人間にすることに努力をはらう優しさをもった友達から」この本を受け取ってほしいと姪に訴える叔母、「父が父の権威を放棄して、優しさだけであなたを説得しようとしているのに、もしもあなたがそれを深刻に受け止めないとしたら、あなたを善良へと導くものは何もないであろう」と告げる父親、自分が教育書を書いたのは、「私がいかにあなたに対して優しいかということを示すためであり、あなたの幸福をどんなに私が気にかけているかを示すためだ」と言う父親。「私は、大いなる愛情と関心に動かされて、あなたにとって適切であり有益であると私が思っていることを書きとめようとしているのです」と書いているのも、父親が自分の子どもに対してだ。(30) 友達のような親切な思いやりを示すためにと述べることが、書き記し、そしてただ書くだけではなくて、それを出版して公にするという試みを正当化する理由となっている。そして逆に教育書を出版するということが、自分がどんなに優しくて美徳を備えた思いやりある人間であるかということを示す機会を与えている。アドバイスブックの著者となるためには、真摯で愛情に満ちた関心を読者の幸福に向けているという立場をとることが必要だったのである。それは、そんな書物を書く資格があるのかとか、名声を求めるために書いているのだとかいう批判が起こるのを防ぐための予防策でもあった。

このような友の親身のアドバイスを掲げる書物では、読者の理性にうったえる説得が重要である。命令調ではなくて、著者たちはアドバイスを伝えることで受け手の理性的な思考を促したり、詳細にわたって事情を設定してその状況ではどんな風に考えることが幸福を導くのかということを示したり、時には読者には理性的な思考をする能力が備わっているのであるからそれを活用することを願ったりする。ある教育書の著者は、「私は独断的で強い態度を避けるべきで、神と人の本質と人生における義務を認識することを助けて、学び手の理性を導くのがいいと思っています」と言って、上からの押し付けではなくて、学ぶ本人の自主的な理性の活用を助ける方針を確認している。(31)「ポーシア」も「あなたは理性をもった存在ですから、私はそういうものとしていつもあなたを扱ってきたのです」と子どもの理性を強調する。(32)教育養育において、大事なのは、子どもの中に理性的思考の可能性をみて、その可能性を伸ばそうと努めることであるという前提に立った人の議論を一八世紀半ばの教育書にまとめてもらおう。

子どもを扱う本当に正しい方法は、子どもに理性的に話しかけることである。子どもは理性をもった存在として扱われることを好むものである。人間として扱えば、彼らは人間として振舞うようになる。私たちを理性的存在にしているのは、扱われ方と慣れであり、自然はそのための種を私たちに授けてくれている。(33)

このように書いている著者は、註の中でセアラ・フィールディングの『ガヴァネス』を引いており、教育観、子ども観を共有していることを明示している。(34)

セアラ・フィールディングは、作品の中の子どもたちも、彼女の書物の読者も、理性的な自律性を持った存在として扱っている。ガイドラインは提供しても、何をすべきかについてをこと細かに規定することがないのもそのためである。読者の判断を信頼することは、時には、明確な答えや決定を与えないということも意味した。例えば、学校物語と聞いたら、どんな科目を教えることを想定したのかということを知りたくなるが、彼女はカリキュラムは示さない。彼女自身は備えていた古典の教養について彼女がこの学校で授けることを想定したかどうかという点についてなど、現代の読者としては気になるところであるが、そんなことは一切触れていない。『ガヴァネス』の描写の中心は、カリキュラム外の活動にある。ミセス・ティーチャム自身が教える科目以外では、学校を書き方の先生とダンスの先生が訪問することは示されているので、文章表現とダンスを専門の先生から生徒たちが学んでいることはわかるのであるが、著者は私たちを授業時間中の教室に連れて行ってくれない。具体的に何を授業でとりあげるのかについては、読者と現場の教師に委ねられている。

実際のカリキュラムを示さない方針は、著者が男性であろうと女性であろうとこの時代の教育書によくみられるものである。特に親によって書かれた教育書は科目に触れない。「私の発言は短く簡潔にしておこう。この件に関してはあなたのチューターの指示に従いなさい」と言う父親の例からもわかるように、現場の専門家の判断を尊重するのだ。一方で、チューター自身も本を出版するときには少なくとも独断的にならないように注意を払っている。「一家庭に雇われたチューターが、まるで自分の生徒以外の生徒に対して指示を与える権利があるかのように、自分の指導を公のものにするのは節操がないと思われるかもしれません。生徒はそれぞれ自分のチューターの指導を受けられるようにしておくのがいいのです。[35]」それぞれが責任を放棄したり、自信がなくてこのように言っているのではなく、これも独断的で専横な態度を避けて読者と読者の周囲の人々を尊重することの一環である。セアラ・フィールディングの態度も、この伝統に則っている。

意図された沈黙

そしてまた、この姿勢は、伝統に従うだけでなく、著者の意識的な戦略でもある。女の子に対する古典の教育、宗教教育、体罰など、意見の分かれる件についての沈黙は、意図された沈黙である。物語の中で、リンゴをめぐる争いの後に子どもたちがミセス・ティーチャムからどんな罰を受けたのか特定すべきではないかとリチャードソンは、指摘したが、それへの返答に明示されているのは、その欠如が不備ではなくて、戦略であることだ。リチャードソンにその態度を明らかにするための手紙を書いたのは、ジェイン・コリエである。誰の立場も非難せず、出来る限り多くの読者を得るための戦略としてこの態度は適切であると彼女はフィールディングの立場を弁護している。体罰に関して、生徒の立場、教師の立場、あるいは教師の中でもさまざまな立場の違いによって、考え方に差異があり、ここは沈黙して、読者に委ねるのが著者として賢明であるというのが彼女の判断である。手紙の中では、フィールディングがリチャードソン同様、体罰に反対であることを明確にした上で、ジェイン・コリエは次のように議論を展開する。体罰に関わる反論だけではなくて、セアラ・フィールディングが読者を獲得するための作戦を立てた上で判断した記述であることを明示する非常に重要な証拠であるので、長い引用をしよう。

ミセス・フィールディングの原稿のあなたがおっしゃる箇所のことをさらに考えました。ミセス・ティーチャムの生徒たちの罰し方についてです。あなたのご提案といえども、そこに変更を加えるよりも、セアラ・フィールディングが書いたそのままにしておく方が良いと考える理由を述べさせていただいていいでしょうか。

この本は、生徒たちの指導をする女性教育担当者を教えるために書かれたというよりも（注意して読めば、そのように書かれたことを仄めかしているところも多々あるのですが）、女の子たち仲間の中で互いにどう振舞うのか、あるいは先生たちに対してどのような態度をとるのかを教えることを意図して書かれていますので、女の子たち（つまり読者たち）はミセス・ティーチャムが科す罰がどんなものであるのか知らないのがいいのです。読んだときに、彼女たちは自分が罰を受けるようなことをしてしまったときに受けた罰と同じだろうと思えばいいのです。ミス・フィールディングは（あなたと同じように）、体罰に反対ですが、彼女たちが受けている罰が間違っていると教えるような場ではありえません。教育担当者のみがその教えを受けるべきで、彼女は教育を論じた別の本でこのことについて扱うでしょう。そんなわけで、彼女の小さな読者たち向けには、このままにしておくのがいいのです。

年長の読者については、今後取り組む教育論があるという理由で、このままがいいのです。

子どもに与える罰については、人々の意見は二分しているとあなたもご存知でしょう。他のことでもよくみられるように、この件に関して人々は非常にきっぱりしています。小さな暗示でミス・フィールディングが体罰に反対であるとわかってしまったら、トゥワカムみたいな人々（ミスター・フィールディングならそう呼ぶような人たち）は、自分たちが正しい躾だと思っていることに反対していることをすでに示しているのだから、彼女の教育観は読むに値しないことは確かだと言うでしょう。そうなると、読者の半分に公正に読んでもらう機会を失ってしまうのです。一方、彼女が書いたままにしておけば、こういうトゥワカムらは、彼女が書いた「厳しい罰」をという文をみて、「著者は厳しさについて正しい観念をもっているのであるから、この教育書は読むに値する。」と言うでしょう。勿論彼らはそれが体罰を意味するととるのです。今後取り組む教育書で反対のことが主張されているのを見たときには、その理由も添えられていますから、説得されることもあり得ます。

さて、反対の立場の人々ですが、鞭打ちのことを言っていないということは、鞭打ちはないということだと容易に推論し、そうすると彼らももう一冊の本も好意的に読むのです。

この件について、いつものように長々と述べましたが、あなたが最良であると思われるようにやってください。ミセス・フィールディングはあなたに決めていただきたいのです。もし、これでもまだ変更したほうがいいとお思いになるなら、適当なものを入れていただけますでしょうか。そうすればミス・フィールディングはすっかり満足しますし、あなたが正しいに違いないということがわかるだろうと私自身に答えておきます。(36)

表紙には、「著者のために印刷。A. Millar により販売」とあり、印刷業者の名前は入っていないが、印刷を執り行ったのはリチャードソンであった。それで彼は出版前の原稿を読む機会を得たのである。アーシュラ・フィールディングは、ジョン・バーカーの夫人に宛てた手紙の中で、「ミセス・ティーチャムがお伺いしていい頃なのですが、外套仕立て屋さんから服が届かないのでお訪ねできません。私のいわんとしていることはわかっていただけますよね。賢人への一言です」と、発行の遅延に触れており、リチャードソンからの変更の提案とそれへの返答、そして決定に時間がかかったことを裏付けている。(37) セアラ・フィールディングは、彼に決定を委ね、結局彼は変更を加えなかった。ここで挙げられている別に出版する予定の教育論は、教育論としての出版に至ることはなかった。彼女からの直接の手紙ではなくて、ジェイン・コリエが書いているが、二人の間で熱心に注意深く検討して、その内容だけでなく、どちらが手紙を書くのが適切であるかということもよく考えてリチャードソンに返答したに違いなく、この二人の女性たちは、書物市場をわたっていく知恵を発達させていたのである。

ミセス・ティーチャムについては、饒舌にあらゆる反論の可能性にあらかじめ答えを用意した設定をした。資格はあるのか、夫を差し置いて教育するのか、自分の子どもは世話しないのか、といった考えることが可能な限りの言いがかりをかいくぐって成立するように計算されており、これも女子アカデミーの本を書くという企画を損なうことなく、「公正に読んでもらう機会」を確保する戦略であった。反対に沈黙の戦略も使った。特定しないこと、沈黙は、「女性らしい」慎みではなくて、著者としての当然の工夫であった。こうして彼女が提供したテクストは、異なった意見をもった人々でも集うことができる場となり、彼女は、人と人との間の関係に注目しただけでなく、読む書物を共有させることを通じて人と人との間の仲介を行っている。

5　もうひとつの『ガヴァネス』

思ったよりたくさんの変更

一八世紀の末にかけては、教育に関する書物を書く人々の間で、特定の立場を強く押し出した、管理・統制に熱心になる傾向が強くなった。一八世紀末に活躍した有名な教育家セアラ・トリマーは、セアラ・フィールディングの『ガヴァネス』を『マザー・グース』やイソップの寓話と並べて「私たちの子ども時代の喜び」であったと回想するが、このような楽しい読み物は、教育の目的にかなっていないことがわかってきたと判断を下した。「こういうものは、想像力を楽しませることだけを意図しており、心の教育にも理解力を育てるにも不適」であるからだと言う。(38) 教育者の間で、セアラ・フィールディングの『ガヴァネス』は、もはや適切な書物ではなくなってきていたのである。それでも読者の間では人気を確保していたので、好意的でない評価を下すだけでは足りなかった。気にいらない部分を赤字で修正してもとの書物を覆い隠すようなことをした人がいる。メアリ・マーサ・シャーウッドである。彼女に悪気があったわけではない。ただ、一八世紀末から一九世紀始めの教育者の目からみると、不適切で放っておくことができず、セアラ・フィールディングのように、読者の判断に委ねるようなことも許せなかったのである。シャーウッドは、『ガヴァネス』がノスタルジックな魅力をもっていて、年長者の間で人気が高く、また祖母や曾祖母が受けた教育を見せてくれているようで懐かしい気分に浸れるが、欠点も多いと述べる。[39] そこで新版を試みた。改訂のためによく読んでみると、フィールディングの教育に関する考え方は受け入れ難く、「思ったよりたくさんの変更を加えなければならなかった。」[40]「喜び」や「楽しみ」を題名から削除したことから始まって、彼女は事実上原作をほとんど書き直した。学校物語の枠組みと、子どもたちの名前だけ踏襲して、まったく新しい作品を書いたのである。ハナ・モアが、安価で普及しつつあったチャップブックの形式を真似て自分の作品を書き、チャップブック読者層をコントロールしようとしたのと同じように、シャーウッドは好ましくないと思われる書物の題名と枠組みを借りて原作を抑制しようとした。[41]

その主な「改善点」は、「空想もの」の削除である。寓話も、おとぎ話も、戯曲も削除された。あたかもセアラ・フィールディングが不注意にもいれてしまったものを正しい判断をもって適切に処置するような扱いだ。原作には、「おとぎ話が偶然にもはいってしまっているが、この類の空想物語は一般に有用になり得ないので、削除するのが適切であると考えられた」と彼女は変更の理由を述べている。かわりに「若年者を教化するのに貢献すると最も思われる適切な話」を採用した。[42] 告白するかのように「空想もの」を一つは残したと述べるが、それもフィールディングの原作にあったものではなく、シャーウッドが挿入した話で、しかもおとぎ話がいかに役に立たないものであるかを示す目的で語る物語である。

シャーウッドのミセス・ティーチャムは、おとぎ話を「くだらないもの」と規定し、そのかわりに彼女がいれたのは、「よりよいもの」つまり、聖書からの引用とキリスト教にまつわる物語で、「人間の本性が堕落していること、救済者が必要であること、それに聖書で教えられているその他の重要な真実」である。「人間は神の助けなしには良いことを考え付くことはないのだという重要な真実を子どもは常に指摘されなくてはならない。」(43)シャーウッドは、常に「神への感謝」の必要性を強調し、「神の恩寵」を察知することを勧める。もとの『ガヴァネス』では、ティーチャム氏は、「賢明な」教えをミセス・ティーチャムに授けたが、新『ガヴァネス』では、「真に敬虔な人」の教えを彼女は受けた。フィールディングのミセス・ティーチャムは「賢明な母親」であったが、シャーウッドのミセス・ティーチャムが発揮した「キリスト教徒の強靱さ」でさえも、シャーウッドの目には不適と映り、彼女が不幸を乗り越えたのは個人の強さではなく神の恩寵のおかげであった。それぞれの人間の長所は、神の恩寵と書き換えられ、人間の努力の結果は最小限に縮小された。

ソシアビリティやジェンティリティは排除された。振舞いに重点をおくことも、生徒たちの間の仲間意識も打ち捨てられた。セアラ・フィールディングがミセス・ティーチャムの教育の目標を明らかにしていた節は削除された。洗練がシャーウッドの新『ガヴァネス』で言及される場合には、これは「聖霊の最も美しい影響のひとつであり」、文明化された人間の美徳ではない。人間の自律的な努力などというものは存在せず、努力や理性の働きを大事だと考えるのは、不敬の「悪しき傾向」である。

ガヴァネスの権威

ガヴァネスの役割は徹底的に強化されている。旧『ガヴァネス』では、けんかの後でジェニー・ピースが理性的に考えるように皆を説得して、皆の仲直りを実現する。生徒の一人であるジェニーが重要な役割を果たしていた。[44] 新『ガヴァネス』では、ジェニーは努力をするのであるが、結局事態を収拾するのは、人間の堕落と女の子たちの罪深い行いについて説教をたれるミセス・ティーチャムである。ミセス・ティーチャムのキリスト教の教義解釈が何ページにもわたって長々と述べられる。生徒たちの間での平等な関係の構築にはもはや何の関心も払われず、正しいキリスト教徒としての立場に裏打ちされた教育者の権威が大きくとりあげられる。子どもたちが何を読むべきであるかについても、新『ガヴァネス』では、ミセス・ティーチャムが決定し、書物を与える。新ミセス・ティーチャムは、何か読みたいときには、「よくある類の面白いお話などよりも優れたお話」を選んであげるから、自分のところに何を読むべきか聞きにくるように、ジェニー・ピースに指示を与える。彼女は勝手な読書を許さない。生徒たちが自分で判断することは、不敬であり、邪悪なことでさえある。宗教の強調、生徒の理性の重要性の否定とともに、宗教を教える教育者の役割は重要性を増し、ミセス・ティーチャムは、判断し、命令し、圧倒する司令官である。そして彼女と生徒たちそれぞれの間には上下関係があり、生徒たち同士の関係は関心外であって、生徒たちは常に自分が劣った存在であることを認識しなくてはならない。

一八世紀半ばの作者たちは、宗教を蔑ろにしたわけではなく、宗教は重要な教えであると考えているが、人間への信頼を重視した。子どもたちは、自分で考え、自分を成長させて、大人の仲間入りをして平等な関係を形成していく。「道徳の偉大な法則は、実は私たちの心に書き込まれていて、理性でみつければよいのです」とシャポンが人に植えつけられている道徳心と理性の働きを信頼しているように、フィールディングのティーチャムも主体的な思考と理性の働きを信じている。セアラ・トリマーは、シャポンの指示は「欠陥がある。なぜなら、若い女性の信仰を確固たる安定した原理の上に築き上げようとしないからである」と評した。[45] 自己と理性への信頼は、信仰にその座を譲ろうとしていた。それに伴って、子どもたちは互いの関係を形成していくことよりも、導き手との間の縦の関係をそれぞれ作っていくことが重視されるようになる。数人の子どもが一緒に登場して会話をしていることを期待させる『ティーテーブルでの会話』（一七九六）においてでさえ、子どもたちは順番にひとりずつピックアップされて、そのそれぞれが先生と話すという設定になっている。[46] メアリ・ウルストンクラフトの『実生活からの物語集』でも同様に、二人の女の子が登場するが、それぞれが先生と話すだけで子ども同士の関係は記されない。二人とも欲しいと思った鳥をとりあって争い、鳥が死んでしまったあとでさえも、二人の仲直りは描写されない。[47]

セアラ・フィールディングは、子どもたちの互いの関係に重点をおき、導き手や理想も、少し上を向けばよいところに置いた。理想は手の届くところにあった。ジェニー・ピースは、良い手本を示すが、彼女も小さいときには喧嘩の大騒ぎに加わった子たちと同じだったことを話し、最も小さなポリーを含めて誰もがジェニーのような子になることができると言って、理想に近づこうとする努力は報われると励ます。そして作品中でも子どもたちの向上が記される。リンゴ争奪戦の直後に聞いた話については、子どもたちはそれぞれ好き勝手なコメントを述べるのみであるが、二つ目のおとぎ話のあとには、「互いに話をする態度」が良くなり、ジェニーは「誠実な喜びで心が満たされる[48]」。ジェニーが芝居を読んだときには、仲間が自分と同じ価値観を持ち始めていることに気づく。「仲間と自分の間に同じ心情を見出してとても嬉しかった。仲間の多くが、彼女がその芝居を以前に読んだときに感動したのと同じ部分で、同じように、感動した。[49]」このように、一緒に過ごし、同じ読み物を共有していくうちに、我がままで、乱暴ですらあった子どもたちが、理想的な子どもジェニーに近づいていることが示される。ミセス・ティーチャムにしても、初めのうちは近寄り難い威厳をもって接する指導者として登場したが、生徒たちの変化につれて、ギャップが埋まっていく。

ペダスンによるハナ・モアの研究で示されたように、モアはチャップブックに対して、単に抑制するのではなくて、類似の、しかしコントロールを利かせた代替品を提供することによって、その自律的伝統を封じ込める策をとった。道徳的改善に社会の下層を巻き込み、共通の道徳的価値観をもつことが目的であるが、一方で、これは社会のエリートとそれ以外の人々の間の溝を維持し鮮明にする策だった。[50] 彼女は、「書物を書くことが、怠け者や無学者が常に自由に駆使できる唯一の確実な手段であると今では考えられているようだ」と言って、特別な技量や資格を必要とせず、著者を簡単に作ってしまうような印象を世間に広めた元凶として一般に出回っている小説に反対したことがあった。[51] 彼女にとって読書は、圧倒的に知的に優位な立場に立つ著者と自分の知性の未熟さを思い知る読者の間の隔絶を確認するものだ。それと同様に、教育者と生徒の間にも知的・道徳的地位に距離がある。教育の目的は、その距離を縮めることではなくて、身のほどを知ることにある。また、彼女にとって子どもを無垢な存在ととらえることは間違っており、「私たちの堕落」を思いおこし、その堕落した本性を抑制するために厳格な態度が教育者には要請される。そして生徒たちは「自分の判断を信用しないように導かれる」べきである。[52] モアやシャーウッドの時代の教育書では、人間の堕落と過ちと、受動的な姿勢の大切さが強調されて、権威の後ろ盾を備えた道徳的に優れた教育者に服従することが最も大切なことだった。

セアラ・フィールディングの『ガヴァネス』は、ヴィクトリア時代の堅固な厳しい学校と違って、洗練された進歩性があると言われることがある。子どものための文学の「厳しい教えから楽しい教えへ」という流れは、二つの『ガヴァネス』を比べる限りでは逆転しているようで、セアラ・フィールディングが時代を先取りしているかのようにみえる。しかし、これは彼女が先見の明をもっていたというただその理由によるものではなく、彼女の時代の道徳哲学の課題でもあり、一般の人々の関心でもあったソシアビリティをとりこんだためである。彼女が新しいことをしたとしたら、それは共生と調和の技を子どもの世界に持ち込み、そして作家としての態度にもそれを適用したことである。そしてまた、女性作家が活躍する場面を押し広げたということも功績である。先見の明であるかのように思える要素は、子どもと人間の能力及び人間関係の構築に関する啓蒙時代の楽観主義の表れである。そして、慎重な遠慮を表すかのように思える著者の立場は、実は積極的な計算の結果である。

第五章　古　典
——自己陶冶——

1　目のつけどころ

イギリス女性にふさわしい理性的娯楽

一八世紀の出版物の増加はよく知られており、「小説の勃興」は一八世紀の出版界に起こった大きな特徴でもある。それに比べれば看過されがちであるが、古典翻訳出版の躍進は目を引くものがある。これは一七世紀末からすでに始まっていた傾向でフランスでの流行に影響された。一八世紀前半が「オーガスタン・エイジ」「新古典主義の時代」と呼ばれるほどに、古代の文芸隆盛期に自らの時代をなぞらえるのを意識したことと、読者層が拡大したことから考えれば、古典作品が好まれ、しかもそれを原典で読むわけではない読者の翻訳への需要があったことは驚くにあたらない。ただし、このことが起こるためには、翻訳文化を受容する風土が必要だった。翻訳は「原典の代替品としてお粗末この上ない」ものであり、古典語を学ぶに際して、単に言葉を習得するだけでなくて、そこに知的鍛錬の場としての価値を見出し、時間をかけて古典語を学び、身につけた言語能力を駆使してこそ古典は読まれるべきであるという立場と、ジョン・クラーク（一六八七―一七三四）が「ラテン語を簡単に素早く修得するために、逐語訳であろうと翻案であろうと古典作品の翻訳が有益であることに関する論文」で示したように、翻訳の助けを借りてなるべく手軽に古典を学ぶことを奨励する立場、その双方の議論が一八世紀を通して戦わされた。(1) しかしこの論争の焦点は主に学校でラテン語を教える際の方法に関わるものであって、すでに学んだ人あるいは学ぶことなく大人になった人が翻訳を楽しむことを妨げはしなかった。実際、翻訳を「原典の代替品としてお粗末この上ない」ものであると言ったノックス（一七五二—一八二一）も、エピクテトスを引く際に、エリザベス・カーターによる翻訳を添えている。(2)

古典の翻訳は新たな読者層を開拓した。それまで古典作家を知らなかった人々のために翻訳を用意するということは、その人たちの世界を広げることでもあり、書物の新しい市場を開拓することでもあった。「私はホメロスを知らない人、つまり多くの人のために書いています」とダシエ（一六五一／五四?—一七二〇）は『イリアッド』翻訳の序文に記した。(3) 翻訳者たちが新しい読者層として特に意識していたのは、教養はあっても古典語の教育を受けていない女性たちだった。ジョンソンは翻訳を大いに賞賛するものの、「淑女の皆さんへの呼びかけが過ぎる」ようだと指摘するほどポープは女性読者を念頭において書いているとジョンソンの目には映った。エリザベス・カーターは、多くの女性が予約販売のリストに名を連ねていることを受けて、「淑女たちが丁重な扱いをするのを知って……エピクテトスも慰めを得ているに違いありません」と手紙に書いた。(4) セアラ・フィールディングのクセノフォンの翻訳には、男性三三三人に対して、二七八人の女性が予約した。

文学の嗜みについて美しき女性たちが今のように目立つ時代はこれまでなかったのではないか。……学問が淑女たちの間でたいへん流行しているので、紳士は女性のいる集まりに出掛けていくときにはギリシャ・ラテンの古典を携帯していくのが良い。(5)

女性が古典語を学ぶこと、女の子に古典を学ばせることには、抵抗がないわけではなかったが、それにこの描写にも若干の揶揄が感じられはするが、このように古典学問への関心を示すことは、当世風であるという意識があった。そして、ギリシャ・ラテンの古典教育は一般的には女性には行われていなかったので、関心と流行の間には翻訳が必要だった。

語学習得という知的鍛錬を女性にも施すことを推奨するのは珍しかったが、古典を翻訳で読むことは女性に相応しいものとして勧められた。「若い女性には良い翻訳でギリシャ・ラテンの物語を読むよう仕向けるのがよい」、なぜならそこには「勇気と忠実さと寛容」を尊重することと「私利私欲への軽蔑」がわかりやすく示されており、よき市民としての道徳教育になるからである。(6) ロバート・ポッターはエウリピデスの悲劇の翻訳を出版するにあたって、「古代の雄々しい質朴の美徳を復活させる努力は」男性であろうが女性であろうが誰にとっても有益であると言って、古典から学ぶことができる男性的美徳は普遍的価値をもつことを述べ、翻訳は「好ましい理性的な娯楽をイギリス女性に与えるであろう」と推奨した。(7) 男性の特権的な教養たる古典を女性が手にすることが相応しいかどうかという議論はここではひとまずしないことにして、翻訳者と出版者の市場開拓の論理が勝り、そこでは古典の普遍的価値が生み出す優れた知的娯楽の恩恵をうけた賢い女性像が打ち出される。

この伸長しつつある市場に目をつけることができた人々の中の一人がセアラ・フィールディングである。読者が何を求めているのか、何が販売する書物として成立するのかについて敏感であった彼女の挑戦は、翻訳へと向かった。古典語の翻訳は、経済的報酬、学究者としての満足、著者としての充実を与えてくれる可能性のある分野であり、そのどれもが彼女には魅力的に映った。そして彼女が選んだ素材はクセノフォンのソクラテスだった。古典翻訳を擁護した人々がその道徳性を理由としたことからわかるように、古典全般が肯定の対象であったわけではなく、アリストファネスやルキアノスはその基準に照らして勧められず、クセノフォンやエピクテトスは適切というようにかなり選択が働いた。[8] クセノフォンの「蜜のように甘美に流れる文体」でありながら「気取らない威厳と純粋さ」をもったスタイルが推奨された。[9] また、古典テキストの中でも、伝記的なものは特に有益であると言われていた。たとえば、「歴史は例示によって教え導く哲学である。……活動的生活においてあるいは観想的生活において非常に傑出した個人の正確かつ真正の記述を用いることは、人のように模倣する動物にとって最適の指導方法であると思われる」と、ノックスは書いており、哲学が例示の具体的なかたちをとったものが歴史であり、傑出した人物の伝記は具体例を示して模倣を促す最良の人生教本であると述べた。[10] さらに、ソクラテスについては、悪徳を暴き出すことと若者を教え導く点で特に優れていたことが度々指摘されていた。[11] 一八世紀には、ソクラテスの生涯に関する記述の中でクセノフォンのこの書は際立って信頼されていた。[12] こうしてみると、内容と形式、それに文章の整った豊かさの点で、『ソクラテスの思い出』は格好のテキストということになる。実際、これは翻訳出版を試みる人々の関心を集め、一八世紀前半にはビッシュによるシャルペンチエの仏語訳経由の翻訳とクーパーの翻訳が出版され、これらは版を重ねていた。

彼女の企画は書物市場の利用を可能にしただけではない。彼女はこのプロジェクトを手掛けることによって、自分が身につけてきた学問を肯定することができた。彼女は、女性にも古典を学ぶ権利を与えろとか、男性だけに限られているのは不当であるとか、そのような主張をするわけではない。ただ優れた成果を示して自分の知的鍛錬の足跡を静かに読者に認めさせるという方策をとった。例えばエリザベス・モンタギュはそれまでのセアラ・フィールディングのフィクションをさほど評価しておらず、翻訳出版のことを知ったときにもこれが流行に乗った軽々しい企画かもしれないという印象が強かったらしくて冷ややかであるが、実物を手にした後は素直にフィールディングの能力を賞賛した。その能力を無駄にしないよう、浮ついた恋愛物ではなくて、こうした堅実な学問的関心を究めてほしいものだと述べたくらいだ。モンタギュが妹に宛てた手紙の中から引用しよう。

優れた書物を書いたフィールディングさんに特別の賛辞を送っておいてください。異教ギリシャ語はまったく知りませんが、彼女の翻訳のソクラテスはソクラテスらしく話しをしていると思います。……彼女が表したソクラテスの表現の独特の簡潔さ、歯切れのよさ、特徴を認めて、他の翻訳家たちはただ口ごもるばかりでした。彼女よりもずっと貪欲で虚栄心の強い著作家が望むくらいの現実的報酬と空しい賛辞を彼女がこの作品で得ますように。この作品が得た賞賛によって彼女の詩神に生命がふきこまれますように。彼女の才能がフランス恋愛情事ものを翻訳するようなそぞろ歩きをすることなく、古典古代の学究的世界へと向けられていますように。(13)

「現実的報酬（お金）と空しい賛辞」と言っているのは、「空しい」に皮肉がこめられているというよりも、フィールディングのこのころの窮状を知っていて生活の援助をしていたモンタギュが、この作品によってフィールディングの生活に安定がもたらされることを願ったものだと思われる。また、「空しい賛辞」には、著作の世界の達成と金銭的報酬との間の必ずしも合致するとは限らない関係、価値を認める人々の現実の無力に対するもどかしさがこめられ、また、フィールディングが理想化された文芸の世界に留まろうとする「ベル・エスプリ」で、上手く現実的利益を求めることをしない事態への歯痒さがこめられていると読んでよいであろう。

2　大成功か？

鳥に混じった梟

リチャードソンの文通相手の一人、トマス・エドワーズは女性の学問について次のように書いている。

> この世の中が改められるまでは、女性は（ハリエットが言っているように）「鳥の中に混じったフクロウ」と見なされないように、そして少数の人から勝ちうる信頼よりも多くの人の信頼を失うのではないかと恐れるのも当然だろう。学問を身につけた妻（衒学から自由で、女性として相応しい義務を学問のために怠ることのないような人のことをいっている）に対する偏見は馬鹿げた非理性的なものであって、しばしば嫉みから生じている。しかしそのような偏見は強く、根深く、非常に一般的である。[14]

学のある女性、特に妻という立場に立つ学問好きの女性に対して世の風潮として「馬鹿げた非理性的な」偏見が深く広く定着していることと、そのような女性たちが自分の特異な位置を理解していることをエドワーズは指摘し、世の不条理を憂い、二重に賢い女性たちに静かな賛辞を送る。また女性の能力を正当に認める「少数派」が存在することも彼はここで述べている。実際、『ジェントルマンズ・マガジン』で展開された論調も、サミュエル・ジョンソンの女性著述家知識人に対する庇護もそうした認識の例である。[15]また、レイディ・メアリー・ワートレー・モンタギュが女性の学問は警戒を要することを手紙の中で述べたことは有名である。そこで彼女は、女性が学問をすることそれ自体について論ずるのではなくて、公私の場の問題として取り上げる。彼女によれば、孫娘の教育で「絶対に最も必要なこと」は、「彼女が身につけるどんな学問であっても隠すことです。(16)」一方で同じレイディ・メアリーは次のことも言っている。「学問は女性の幸福のために必要なものです。道徳に関しても振舞いに関しても過誤のもとになっているのは無知なのです。(17)」彼女にとって学問は、個人の私的領域にとどまる限り、幸福な精神生活の基礎を築くものである。自分の孫娘についても私的領域で学ぶことは警戒するどころか、当然の了解事項であり、推奨すべき活動である。彼女が警戒するのは、それが世間に知られることであり、そしてそれが結婚の選択肢に影響することである。エドワーズも一般に女性ではなくて「妻」とことさらに区別して取り上げていたことを思い出そう。

エリザベス・カーターもセアラ・フィールディングも、古典の中でも特に「男性的」とみなされたギリシャ語からの翻訳を出版し、公の場に学識を示す行動に乗り出した。ここで、彼女たちが周囲の反対を押し切って翻訳出版をしたようにはみえない。出版時カーターもフィールディングも四〇歳を超えており、独身だったことは障害を少なくしたかもしれない。彼女たちの学問を大事にし尊重する姿勢は、周囲の学識ある人々の励ましと支えとアドバイスを受けて出版という形をとった。彼女たちは自分たちの学識で、後押ししてくれる助言者をかちとったのだ。学識あるそして理解ある人々が作るネットワークに守られて、女性の学問に難色を示すような批判に直面せずにすんだ。

彼女たちにとっての課題は、身に付けた学問をどのような形で公に示すかという問題だった。書物の出版ではカーターよりもフィールディングの方が場数を踏んで経験豊富だった。フィールディングは小作品以外に、八作品の著者となっていた。内容は多彩、さまざまな出版形態も試していたし、兄が雑誌、小説、戯曲、翻訳の仕事をこなすのも身近な生活の一部だった。カーターは、すでに一七三八年の詩集出版の後、ジョンソンの信任を得て雑誌『ランブラー』の記事も書いていた。彼女の活躍の場はフィクションには及んでおらず、どちらかといえば読者のニーズに敏感になる必要を感じていなかった。そもそも翻訳を始めたときでも、彼女にとっては自分で自分の学問を楽しみ、周囲の読もうという意図がある人に結果を楽しんでもらえばよかった。未知の読者を巻き込む出版プロジェクトになったときにも彼女のその姿勢はそのまま継続するかにみえた。しかし、ここで彼女が得ることになったアドバイザーが転機をもたらした。出版プロジェクトの指南役となったのは、キャサリン・トルボットとトマス・セッカー（一六九三―一七六八）だった。この二人の一方が一般読者の代表として、そしてもう一方が学識ある読者を代表し、翻訳及び出版の事情に特に明るいとは言えない、そしてたいしてそのようなことに詳しくなろうという意図を持たないカーターを支え、プロジェクトを成功に導き、ひいてはカーターの学者としての名声を築きあげた。富裕であるがために、サロンでの行動や慈善の施し方をはじめ社会的に注目される立場にあったモンタギュの在り方と比較して、カーターは、莫大な富をもたないことにより社会的に目立たない場を確保することができて、私的な陰の場に留まっていることが可能で、その名声に対処するのも比較的単純であったとゲストは述べている。[18] しかし、出版という表舞台に作品を出すにあたっては、カーターは二人の導き手を必要とした。この二人が、翻訳のスタイルとキリスト教文化の中での古典古代の文化の扱い方について方向性を決定し、この計画に重要な役割を果たした。カーターはアドバイスを得て、社会の公の場で効果的に学識を魅力あるものにしていくことに成功した。

一方、セアラ・フィールディングの場合は残念ながらそれほど成功したというわけではなかった。彼女の訳が非常に正確であったことは、同時代の人々の反応をみても、二〇世紀になってからの版に彼女の訳が採用されていることからみても疑いがない。(19) ところが、カーターが翻訳から得た報酬で安楽な生活を確保することができたのにたいして、フィールディングは晩年経済的苦境に陥った。しかも、カーターが学識豊かな知識人としての名声を得たのにたいして、フィールディングが古典的教養で名声を得ることはなかった。詩人としての圧倒的な才能と抜け目なくビジネスをやりこなす才を兼ね備えたポープや、友人たちの助言を受け入れながら長い時間をかけたカーターのような学者としての名声を得ることなく、フィールディングは経済的にも成功をおさめることができなかった。これは彼女が自分の勉強部屋での鍛錬を好む傾向を、一般の人々に開いた書物に転換することができなかったことが理由であると考える。フィクションを書くとき、彼女はいつも自分の才能や嗜好と書物市場の要求を考慮して、戦略を考案し、新しい手法に挑戦することができた。一方、翻訳においては読者の需要への嗅覚を働かせることを休止した。彼女が目指した方向は、ある程度の予約購読者は確保できてもそれ以上にはアピールしなかったのだ。結果、彼女が得たものは、自分の研鑽を示したことによる満足と、正確確実な学者仕事を評価してくれる少数の人々からの支持だった。この満足と支持は非常に意味のあるもので、これらを得ることこそ彼女の翻訳プロジェクトの目的であったとも言えるだろう。小説の中で彼女がみせる、価値観を共有した人々の間での高い評価への志向が十分に満たされた。この意味では大成功だ。しかし、晩年の彼女の生活及び評判をみると、学識の活かし方に別の道を選び、別の満足感を得ることを考えれば、安楽で、豊かな交流のある生活を送ることができたであろうにと考えざるを得ない。

カーターとフィールディングがそれぞれに方針を決定するにあたって、女性であるがゆえの障壁・難問があったとすれば、それは学問する女性に対する過酷な批判ではなくて、女性学者が翻訳出版する際の規範やスタイル上の手本の欠如だった。教養ある男性にとっての古典は、教育の根幹の重要な部分であり、それを社会的にどのように示すのか、出版はどのような立場に立つ人が行うのか、どんなスタイルで出版するのか、手本は数多あった。ところが、彼女たちには、フランスのダシエの実績は勿論あったが、国も時代も違うしかも孤立した例であって、流れは自分たちで作っていかなければならなかった。自分で好きなことに没頭できる守られたネットワークから飛び出して、書物市場に本を差し出し、自分の学問を社会の目に晒そうとしたとき、その時代、その社会の風潮に適合するスタイルを手探りで見つけていかなければならないことは並大抵のことではなかった。そこで採用した方針の相違が、カーターとフィールディングの評価及び報酬の差異に出た。言い換えれば、学識の社会的使用方策の相違だ。個人的空間での学識の取得及び使用方法がどうであれ、彼女たちはその社会的使用方法が異なった。高い知的水準を市場で扱う商品に還元して、社会で評価を得るためには戦略を必要とした。

3　学識ある女性

知と徳を備えた女性讃美

飾らぬ心をもった人ここにひとり
自然の恵みと人の手による洗練を授かり、
喜んで優れた才能を家事に使い、
学問に励む安らぎの合間に人を気遣い、
時のみを要する文筆仕事に喜びを見出した。

訪問、トランプ、噂話に明け暮れる人もいるというのに。[20]

敬虔で独創的なこの著者は前書きでこの作品を手掛ける理由を挙げています。このような回想は、現代の女性たちに、女性の学問と信仰の例がしばしば同じところにみつかるということを示すでしょう。偉大な自然の才能は、高い程度まで身につけた知識とあいまって、〔バラード〕が知る限りでは）男性は頻繁に間違った使い方をしてきていますが、優れた女性が、邪悪な理念を増殖させたりそれを擁護したりするなど誤用したことはありません。[21]

一八世紀半ばには、ジョン・ダンコム（一七二九―八六）やジョージ・バラード（一七〇六―五五）が学問に優れた女性たちを賛美する書物を出版した。[22] 学識豊かな女性の存在は、文化の成熟を表すものであって、イギリスの国民意識の誇りを感ずるために、女性学者たちの生涯を記し、分ち合うことが必要であったとゲストは論じている。[23] そのような伝記で賞賛されているのは、知と徳を兼備した女性たちの驚くべき功績である。理想像としては何も女性に限ったものではなくて、一八世紀は特に高い文学的名声をもった人々が居間やサロン的な場で、その会話で人を魅了する、あるいは手紙の名手として知られるというように、多面的才能が要求されるという一面があったが、日常生活と知的探究生活の双方に優れた女性の姿はあまりにも栄光に満ちて、特殊な超人間的オーラを放つほどである。そしてこれは、そこにとりあげられている女性たちへの賞賛であるとともに、一般女性への規制であって、従うべき行動規範としての役割をもつように計算されている。日常生活や道徳上の美徳を実践できないで学問にふけることへの牽制だ。学問に優れた女性は、優美と洗練は身につけても、間違っても学識があるからといって鼻にかけたりわざとらしい態度をとることなく、「飾らぬ心」をもって、義務を怠ることなく、家の仕事や人との付き合い、さまざまなケアを見事に行い、愚かなものたちが集うカード・ゲームや噂話に時間を浪費することなく過ごすものであると描かれる。そういう女性は、書斎、家庭、社会、それぞれの場で優れているものなのだ。

エピクテトスとプディング

セアラ・フィールディングのフィクション『クライ』に次のような描写がある。主人公ポーシアがケントに行く途中で耳にする会話のなかで、空威張りの男と無知蒙昧の女がそれぞれ自分の能力の欠如と偏見を露にするという場面で、彼らの欠点を暴きだす端緒にミス・Cが使われる。会話しているのはジョンとベティで、ある紳士に仕えた男の息子がジョン、ベティはその紳士のメイドという設定である。ジョンは期待されて学校にやられたが、望んだ成果を挙げないので学校をやめて大工になった。彼はベティの前では学校に行っていたことが自慢で、学問を称え、学問は男性だけが占有すべきであると主張する。ベティは読み書きできず、字を識っている女性を妬んでいる。学識ある女性は、憎悪の対象でさえある。彼女が言うには、「Cさんの父さんは主婦として娘を育てれば結婚相手もみつかっただろうに。ご立派な学問があるのでまだみつからないの。それも不思議はないわ。だらしない女に困らされたい男がいるもんですか。」それに対してジョンは言う。「本当にそうだ。妻がラテン語の片言を理解して、針仕事や夫の食事を用意することよりもそれを大事なことだと思って、……家庭のことが顧みられないのを紳士が望むとは僕は思えない。」こんな会話を聞いているポーシアは、ジョンとベティの会話に割ってはいることはしないが、話題にあがっているミス・Cと親しくしているので、ベティの言っている落度は

「家族が必要とすることを知っている。彼女の学問が「片言」どころではなく、「真の学問に造詣が深く」、「家族が必要とすることを怠ってそれを身につけているのではなく、勤勉精励により時間を作っている」ことを知っているると裁判官のような役柄のウナと傍観者の聴衆に告げた。[24] ジョンソンは、「男性は、妻がギリシャ語を話すよりも、食卓に美味しい食事が用意されている方が嬉しいのが普通だ」と言って、二者択一であるならば一般的には、対等の知的水準をもつ伴侶ではなくて、選択されるのは家庭的安楽の提供者としての役割を果たす人であるとしている。エリザベス・カーターについては、そのジョンソンが「エピクテトスを訳するのと同じくらい上手くプディングを作ることができるし、詩作と同じくらいハンカチの針仕事が上手くできる」と言って賞賛したのが有名だ。レイディ・ハートフォードは次のように多方面の徳に支えられたカーターの学識を賞賛した。

彼女がギリシャ・ラテンをこなす学者であることはよく知っています。フランス語やイタリア語と同様、ギリシャ語・ラテン語も、素晴らしく優雅に書けるのです。でも彼女について驚くべきは、こういう学問があるからといって、道理をわきまえない女性にもなっていないし、義務を果たさない娘になったり、不愉快で忠義心のない友人になったりしないことです。[25]

学問する女性一般への偏見を基調にしながら、彼女はカーターがその偏見にあたらないことを示す。『エピクテトス』が出版された当初の書評では、本そのものを褒めもしたが、人物評に至る。

たいへん機知に富んだ女性はたくさんいる。たいへん学識のある女性はいくらかいる。けれども、哲学の纏綿を解きほぐすに足る鋭い知性と堅実な判断が、このように技芸と結合しているのを今日まで私たちは見たことがなかった。(26)

人の集まりでさほど目立つ人物とは言えず、恥ずかしがりやだったといわれており、社交的人格は隠されていたかもしれないが、人徳は知られ、知性の輝きと飄逸な見解は友人への手紙に残され、しかも出版された。そしてまた、カーターは、道徳的美徳を称える伝記作者までもつことになった。モンタギュ・ペニントンは、「素晴らしいキリスト教徒としてのそして女性としての美徳を」備えた「学識深い高雅な学者」としてのカーター像を確固たるものとした。(27) こうしてカーターは、日常生活や対人関係など学識以外の点でも優れ、信頼に足る人物であることを書き記しておいてくれる人に恵まれた。

学者で酒飲み

一方、セアラ・フィールディングの場合はどうか。作品の中では彼女は会話や人との接し方に非常に興味をもち、重視しているが、残されている記録によれば彼女自身は社交的ではなく、人づきあいの得意な人間ではなかったようだ。彼女が善良な人であることを示している記録はある。エリザベス・モンタギュによれば、「善良な人である」、「徳の高い女性だ」。リチャードソンは「頭も心も良い淑女だ」と言い、トルボットは、「善良な心と繊細な心情を持っているので知り合って幸いと思わせる人」だとカーターに伝えた。(28) けれどもそれ以上に踏み込んで日常生活や交友関係での彼女の様子は語られない。知人たちが記録を残さなかっただけでなく、実際、人から距離をおくことが多かったようだ。彼女の兄ヘンリー・フィールディングとの会話を楽しんだジョゼフ・ウォートンの記録が象徴的だ。「フィールディングとデイヴィッド・シンプルを書いた妹と共に私は一晩を過ごした。想像がつくと思うが、たいへん楽しかった。妹さんは実際にはかなり早い時間にひきさがってしまったのだけれどね。」[29]ひっこみ思案の傾向は別の折にも発揮された。レイディ・ブラッドショーと会う機会に恵まれながらも自分がデイヴィッド・シンプルの著者のセアラ・フィールディングであると名乗らなかった彼女を、リチャードソンはたしなめた。彼女はせっかくの文学愛好者との親交の機会をこうやってみすみす逃していた。[30]エリザベス・モンタギュは、妹セアラ・スコットが共に楽しい時間を過ごす相手として適任とは思わなかった。[31]セアラ・フィールディングは親交の場で自分を魅力的な人物とする努力をほとんどしなかったようだ。しかも、書簡の章で述べたように、面白い手紙を書く能力で相手を魅了したという証拠も残っていない。少なくとも彼女は文学的自己投影の道具として手紙を使わなかった。以上のように、フィールディングは対人関係でも書簡を介した関係でも、自分のイメージを積極的に育て示すことをせず、かわりにそれをやってくれる身近な人もいなかった。

それどころか、フィールディングにとってはあまりありがたくないコメントを残している人がいる。ヘスター・スレイルは、セアラ・フィールディングは「ラテン語とギリシャ語両方で有能な学者である」と言いつつも、彼女の作品だと判断した詩が月並みで文法的に不正確であることをあげつらう。古典語ができることを褒めながら、それが詩の出来が悪いことの理由になるとでも、あるいはまるで古典語ができるからといって自国語を粗末にしているかのような言い方をする。[32]スレイル自身は、古典を知らないわけではなく、「スレイル夫人たら馬鹿げていて、ホイストをやりながらカードゲームには注意を払っていないふりをしてラテン語を話して詩句を引用していました」と学者を気取って滑稽な姿を晒していたことを指摘されたのであるが、自分が論評するときは矛先をフィールディングに向けた。[33]スレイルは、フィールディング姉妹の中でベアトリスとセアラを比べ、ベアトリスについては女性らしい技芸をとりたてて褒め「ハープシコードの名手で、その他の技芸にも優れている」のにたいして、「一方サリー［セアラ］は学者で、ジョンソン氏に聞いたのですが、彼女は酒飲みだと非難されたそうです」と記した。[34] この女性学者と酒の結合は、レイディ・ブラッドショーの「男勝りの女学者」と連想を共有する。ブラッドショーは、リチャードソンへの手紙の中で次のように述べた。

私は女性が大いに学問をすることは認めません。……女性の口からラテン語を聞くのは嫌なのです。何か男性的なものがあるように私には思われます。そういう人は、ペチコートをはくのにうんざりしていて、お酒を飲みながら話すものだと想像しています。[35]

スレイルによるコメントはジョンソン経由であることに注目しよう。ジョンソンが、ヘンリー・フィールディングをあまり高く評価していなかったことは有名であるが、もう一人のセアラにとっての重要人物、ジェイムズ・ハリスについてはさらに厳しい批判をしている。同じくスレイルによれば、ジョンソンはハリスに敵意を示し、彼の学識にも批判的だった。「ジェイムズ・ハリスは学者だとある人が言うと、ジョンソンが答えるには、そういう人の手に学問を預けてはならない。麻痺患者に剣を託すようなものだ。[36]」スレイルはまた、ハリスの代表作である『ヘルメス』の文法的間違いを「［ハリスの献辞である］たったの十四行の中に六つも文法的に間違ったところがある」とジョンソンが指摘したことを記した。[37] こうしてみると、セアラ・フィールディングについてのコメントは、彼女に関するというよりも、それぞれの発言者について多くを語る。それらは、ジョンソンとヘンリーやハリスとの関係や、スレイルの自分の学識に関する複雑な認識の影を帯びている。

さらにスレイルはコリエの発言として、ヘンリーがセアラの学識についてもっていた認識のことも書きとめた。それによれば、ヘンリーはセアラの古典語の才能を嫉妬し、その嫉妬はセアラの言動に問題があるためである。ヘンリーの狭隘さとセアラの非常識、この両方を槍玉にあげている。

［コリエ博士］は、ハリー・フィールディングの彼女に対する態度を狭隘さを示す憂鬱な例だと言うのが常でした。彼女が英語の書物を読むだけで、英語の詩を書いている間は、彼女の性向をもてはやし、才能を奨励していましたが、彼女がヴェルギリウスを読むと知るやいなや、慈しみよさようなら、作家としての嫉妬心が兄としての愛情に勝り、彼女の文学における進展を喜ばないばかりか、痛みを感じながら見ていました。[38]

そして別の手紙ではさらに兄妹の関係の悪化を記した。一見、知的独立を求める女性の奮闘にやるせない同情を示し、見識の狭い男性を批判するような調子であるが、実際はどうか。

ミス・フィールディングは著作の際にお兄さんにまったく助けてもらいませんでした。以前は二人はとても仲良く暮らしていたのですが、彼女が共通の知り合いの助けを借りて、ヴェルギリウスの［アエネーイス］第六巻を易々と解釈できるほどの有能な学者になった後は、トム・ジョーンズの作者は彼女を女流文学者だといってからかったり嘲弄したりし始め、ついには彼女が勉学を唯一の楽しみとして、そのセンスとギリシャ語の知識とで正当にも秀でるようになると、兄は礼儀をわきまえた態度をもって彼女と一緒にいることも我慢ならなくなったとコリエ博士がしばしば言っているのを知っているからです。おかしなことに、

このエピソードをマーフィー氏による伝記で読んだとは記憶していません。疑問の余地なく本当のことですが。(39)

一七六八年に亡くなったセアラ・フィールディングについて、一七九五年になって手紙に記していること、事実に反することが含まれている——著作に際して助けを借りていないと書かれているが、彼の助けを得ていることは彼女の作品中に記されている——こと、彼女の古典語学識が知られるようになったのは彼の死後であること、これらを考えあわせると、この記述はセアラ・フィールディングやヘンリーとセアラの関係について書いているようでいながら、実はスレイル自身の偏見や問題を示唆する。にも関わらず、表面上は頑固に学者となる決意を貫き、自分の兄とさえうまくやっていけないセアラ・フィールディングを強調する。

目的は違うが、ヘンリー・フィールディングの伝記作家たちもセアラ・フィールディングの扱いにおいては学者気取り女のステレオタイプを採用した。一八一〇年のマドフォードの伝記では、

フィールディングが［セアラ］に女性の学問の結果と普通考えられている有害な帰結をみていたのだか、一般的観察から得たものであるのか、よくわからないが、すべての作品で彼は女性に好意的でない描き方をするときはいつもその女性を博識にした。(40)

W・L・クロスはさらに具体的イメージを使って描く。

［マドフォード］はセアラに「女性の学問」の「有害な帰結」をヘンリー・フィールディングがみていたのだろうと推測したが、セアラは自分の本を仕上げるために彼の靴下を繕うのを怠り、食事も用意しないままにしていたと私は想定する。[41]

クロスは、マドフォードの描写も靴下や食事が看過されるのを見てきたかのような自分の図も、推測や想定であることを明らかにしている。証拠があるわけでもないのにこのように書くのは、ヘンリーが時折見せる女性への少々冷たい態度の理由をセアラ・フィールディングの落度に認めたかったからだ。[42] 以上のように、セアラ・フィールディングと学問については好意的でないコメントが見られるが、これらは実際のセアラ・フィールディングを観察した記録に基づいているというよりも、間接に入手した情報に記録者それぞれがそれぞれの理由をもって、いけすかない女学者像を投影しているということがわかる。

彼女がフィクションで登場させた中で、『クレオパトラとオクタヴィア』のオクタヴィアは学識ある女性の一つの理想像だ。オクタヴィアは、学者であるばかりでなくて、優しく、優雅でしかも確固たる意志をもって勇敢であり、美徳の鑑でもある。学問好きのオクタヴィアは、知的、女性的、社交的、市民的美徳を併せ持つ人物として描かれている（『クレオパトラとオクタヴィア』xxvix）。

4　カーターの戦略と成功

古典派と近代派の合戦

スウィフトの『書物戦争』で痛烈に風刺された古典派と近代派の争いは、古典文学と近代文学の優劣の問題というよりも、レヴァインが主張しているように、異なった歴史観や学問様式の論争であり、文学や学問を探求する方法の差異が存在することを明らかにした。レヴァインによれば、古典派は「紳士的」と要約され、古典作家から学んだレトリックを重視し、いかに上手く説得力ある文章を書くかを重んずる。近代派は、古物研究や文献学研究における秩序立った科学的ともいえるような分析による厳密な真実性や正確さを追求した。[43] そして古典派と近代派の争いは引き分けに終わり、ある種の帰結を「あり得ないようではあるが、学究の道と紳士的生活を巧みに結合した」ギボン（一七三七―九四）に見る。[44] ハリスの伝記を書いたプロービンが一点集中の深い学識以上に、さまざまな文化的業績と調和をもったそれらの統合を語るのも、同じ理由によると考えられる。[45] レヴァインのギボンと同じように、プロービンのハリスは、どういう学派や傾向に与するかということではなくて、一八世紀後半の古典派・近代派を含めた諸系統の特質の総合を試みる。

カーターもフィールディングも、一八世紀半ばに翻訳で活躍し、この合戦のどちらの陣営に身を寄せるかということは問題にならなかったが、彼女たちはこの闘いを経た時期に生きた。そしてこの場合、文化や学問全体の傾向とともに、翻訳出版の傾向の文脈に彼女たちをのせる必要がある。一七世紀末から一八世紀の翻訳出版の場合は、古典派の傾向が強い。レヴァインによる古典派と近代派の対照にのせたダシエの翻訳の特徴分析をみてみよう。

マダム・ダシエは文献学や古代趣味で読者の興味をそらしてしまう意図をもたなかった。意図的に典型的古典注釈を避けた。それで、彼女は真の学識があるにも関わらず、テンプルやスイフトやボアローや彼女の夫が認める意味において真の「古典派」だった。それまでに行われてきた様式を彼女は大方知っていたが、引用やあからさまな博学を示すことは少なかった。むしろ、彼女はホメロス弁護に集中し、過去から現在のホメロス批判に対してホメロス擁護を行なった。……精細なところまで、逐一、つまり、『イリアス』の形式と文体における完璧さ、あらゆることに関するホメロスの叡智、人生の導き手としての詩の有益性、聖書との一貫性について、序文の議論を念入りに運ぶことができた。時折、テキストの難しい点を説明したり、今ではなじみの薄い英雄時代の習慣を説明したりするが、多くの場合、彼女は、彼女の翻訳の読者たちが十分に理解できるよう「この詩の主要な美を明らかにすること」という主たる目的に徹した。[46]

カーターを助ける

カーターの文壇での活躍に大きな役割を果たした人々の中には、彼女に教育をほどこした父ニコラス・カーター、父の友人であり『ジェントルマンズ・マガジン』の出版者エドワード・ケイヴ（一六九一－一七五四）、サミュエル・ジョンソン、ロイヤル・ソサエティの書記官でアルガロッティ翻訳を彼女に勧めたトマス・バーチ（一七〇五－六六）、キャサリン・トルボット、トマス・セッカーなどがいる。

カーターの『エピクテトス』はリチャードソンの印刷で一七五八年に出版され、皇太子、チェスターフィールド伯爵、ポートランド公爵夫人、リトルトン卿、レイディ・ブラッドショー、サミュエル・リチャードソン、バーチ博士、ジェイムズ・ハリス、ハイモア、マルソ、セッカー、トルボットなど社会的・文化的著名人や大学図書館が予約購読者のリストに名を連ねた。(47)

この翻訳出版を行うにあたりまずトルボットが重要な役割を果たした。カーターとトルボットの友人関係及び文通は一七四一年に始まった。文通では、双方の幅広い読書の様子が語られ、ポープ、リチャードソン、ヘンリー・フィールディング、「私たちが大好きな」セアラ・フィールディングなどの新刊書物について忌憚のない意見が交わされている。(48)一七四九年のロンドン滞在中にトルボットと母親が自分たちのためにエピクテトスを訳してくれるように頼んだらしい。トルボットは「こんなに貴重で優れた作品にあなたが最初に取り組んだのは私への親切が理由だったと思うと密かな満足感をおぼえるでしょう」と、きっかけを作ったことを自負している。(49)カーターが時折「断片」を同封し、トルボットが自分と母親のために書き写した。翻訳は、はじめのうちは母娘のためだけに行われた。そしてトルボットがこれを翻訳出版プロジェクトにしていく立場の人間となっていき、彼女はそれを的確にこなした。熱心な翻訳読者であるので、読者が何を求めて翻訳を購入し、読むのか彼女にはわかっていた。ポープの『オデュセイア』を読んで彼女は次のように手紙に書いた。

ホメロスについてあなたはひどいことをおっしゃいますが、あなたをたしなめるためにもっと深刻な言葉を使いますよ。オデュセイアに関するあなたの考えに私はまったく同意できません。だって私がずっと大好きな詩ですから。無知であることの恩恵をごらんなさい！　ポープ氏のもの以外はオデュセイアを読んだことがなかったとしたら、あなたもそれが好きになるでしょう。とても気持ちの良い人たちと一緒に昨年読んだ

のですけれど、たいへん楽しませてもらいました。(50)

このように反論されてカーターは「オデュセイアを正当に扱わなかったこと、心から恥じています。私の唯一の言い訳は、ポープ氏のをまだ読んでいないということです」と答えた。(51)この場合、トルボットは原典で読むことができないという不便を、翻訳をそれ自体文学として楽しむという特典に変換している。エピクテトスの場合は、同じ不便をカーターが彼女のために翻訳する機会に、そして結局はカーターに恩恵をもたらす出版を促す立場を占めるという特典に変えた。そしてまた、トルボットは作品の文学的価値を求めるだけでなく、同じように古典に触れる機会を求めている一般読者が何を望んでいるのかをカーターに伝える立場に立って、熱心に計画をおしすすめた。このような読者、特に翻訳書の読者として書物の購入者の位置に身を置くことができる人物を計画推進者としてもったことはカーターの強味になった。(52)

まもなくトマス・セッカーがもうひとりの助言者としてチームに加わった。カーターの試訳を読み、自分の見本を送って、カーターが彼女自身の文体を弁護するのに耳を傾けた後、一七四九年九月一三日付けの手紙で彼は翻訳方針に関する助言をした。(53)一七五一年六月までにトルボットは翻訳の一部をセッカーに渡し、本格的に翻訳出版準備が始まった。カーターに返送された試訳には、セッカーの「優れた所感とハリス氏の意見も」添えられて、出版に乗り出すように熱意を込めてトルボットが勧めた。セッカーに労をとらせた以上、それを無駄にしてはいけないとまで言って彼女は計画を推し進めようとした。(54)こうして、トルボットが教養ある一般翻訳読者を代表し、セッカーが学問上の問題と宗教的問題を受け持って、両者連合してカーターの相談に乗った。また、セッカーは世俗の知恵にも欠けておらず、出版界の状況にも目を配り、出版者の「ミラーを通じてありとあらゆる調査をしたが、スコットランドでエピクテトスに関する情報は聞こえてこないので、他にはだれも取り組んでいないと思う」と、競合する計画をもっている人がいないかどうか確認を怠らなかった。(55)
トルボットの役割を詳しくみてみよう。彼女は、セッカーやハリスといった学問上の実力と権威ある人々に意見を求める仲介者としての役割を果たしただけではなかった。そしてカーターの仕事を促す促進者としてだけでもなかった。このプロジェクトのオーガナイザーであり、企画担当者だった。明確に自分の役割を意識して彼女はこのプロジェクトに臨んでおり、この本の内容や体裁にも提案すべき構想を持っていた。「何らかの序文となる論考」をカーターに書くように頼んだのも彼女だった。「古典に通じていない読者」の必要を代表して、そういう読者にエピクテトスの価値を十分に説明する実のある解説を彼女は求めた。

翻訳の主たる部分が終了したら、私たちのような古典に通じていない読者に情報を与えるために、何らかの序文となる論考のことを考える時期でしょう。エピクテトスの生涯と人物やストア学派の考え方を最善に表すような説明を書いてください。その中でもいいし、注でもいいですが、ストア哲学が間違っている点、荒っぽい点、不備な点を明らかにし、ストア哲学と唯一なる真の哲学キリスト教とを比較する良い機会を得ることになるでしょう。(56)

この要請にたいして、カーターは「私の貧弱な頭が許せば、あなたが適切だと考えておられるようなので、ストア哲学について何かちょっとした話をできるように努力します」と返答した。カーターは何とかこの提案を退けようとする。「エピクテトスの生涯を書くのが誰であるにしても、シャツを一ダース作らなければならないことを考えると、その誰かは私であろうはずがないと私は真摯に思います。」勿論、シャツ作りで頭が一杯というのが本当の理由ではない。「私はそのことを真剣に考えたことがありますが、この主題に関して詳細はほとんどわかっていないのです。そしてわかっているわずかなことは皆が知っていることなので、まったく不必要だと思います。」彼女は著作家として、素材の多寡を検討して、敢えて論考を書く材料がみあたらないという理由を挙げた。ところが、「皆が知っている」の皆の範囲のとり方がトルボットとカーターでは違っていた。(57) こうやって手をかえ品をかえ、抵抗したが、カーターは結局はトルボットの要求をのんだ。「エピクテトスに関するごく少ない詳細とそれよりさらに少ないアリアヌスに関することを集めるべきであると本当に主教さま［セッカー］とあなたがお考えであるのなら、できるだけのことをやってみます。(58)」そしてエピクテトスとアリアヌスの小伝が書かれた。(59)

完成に向けてセッカーが熱心に翻訳を確かめた。「オックスフォード主教は一ヶ月近く閉じこもっていて、朝の乗馬と午後の散歩以外は書斎を離れません」と伝えられ、彼自身によれば、「彼女が書いて送ってくるにつれ、私は大いに骨を折ってすべてのページを修正した」と自分の力の投入を記録した。(60) このように出版準備終盤にきての彼の助力は貴重だったが、初期段階の方針に関する助言も同じように重要だった。翻訳スタイルのガイドラインを示し、翻訳の基調を整えさせたのは彼だった。彼はカーターの試訳を見て、優雅に凝り過ぎていると判断した。この指摘に、彼女ははじめ反論し変更に抵抗した。彼女が言うには、古代の人々が書いたものは時折あまりにも唐突なことがあって、そのためそのままでは文意が伝わらないので、手のこんだ説明が必要なので、彼の言う「優雅に凝り過ぎた」文体になってしまうということだ。

ですから、こういう本はむしろ意訳する必要があるのではないでしょうか。……加えて、道徳の書物は、頼るべき神聖な権威を持ちませんから、何らかのちょっとしたテキスト外の援助なしには気に入ってもらうのは困難だとわかるでしょう。(61)

それに対して、セッカーは原典の調子を欺くような装飾的文体にしないよう、そして読みにくくなるような、あるいは議論の流れを妨げるようなあまりに忠実なやりかたも避けるように彼女を説得した。「この老人の善良な心」を表現する最適な文体は、その時代に流行っていた「美々しい賞賛文的」文体に異を唱えるためにエピクテトスがとった簡潔な文体だと彼は勧めた。(62) トルボット経由でも「エピクテトスが飾りつきコートを着ていたと「オックスフォード主教」に対して証明できるのでない限り、飾り立てることを許しません」とセッカーは釘をさした。(63) 彼は「あの熱意があって現実的な精神」を伝えるために適切な文体を考えるように促した。

翻訳者は、原典の作者が原典の言葉で感じられるように、作者を翻訳の言葉で表現するべきである。作者が話す言葉の特異性をそのまま真似るのではないが、それでも本当の雰囲気と特徴を保つことだ。読者に適正に理解してもらうことに反しない限りにおいて。(64)

このような全体の文体についての指導とともに、細かな技術的忠告も行われた。

彼の哲学用語が今ではわかりにくくなっている場合、あるいは彼の時代や国の風習が私たちの国や時代の風習に適さなくなっているところについては、翻訳本文でも、なお結構なのは短い注でも、適切な程度、疑問を解き、表現を和らげていいでしょう。部分によっては、例えば論理学上の細かな事項に脱線しているようなところでは、これがどういう性格のものであるのか全般的ことわり書きをいれておけば、そういう箇所は省略してもいいと思います。[65]

これに従って、カーターは試訳を改めた。改訂版の翻訳を読んだトルボットは熱狂的に新しい方針を支持した。彼が優先事項としているのは、読者が原作者を「適正に理解する」ことであり、それは学者たちだけが興味をもつような詳細な議論、緻密であることそれ自体に価値があるような解釈や注ではなかった。彼は翻訳というものを博識を示すテキストの分析ではなくて、読み応えのあるそして読みやすい独立の物語と捉えた。

エピクテトスを毎日ますます崇拝します。特にこのコウノトリの巣についての最後の章です。際立った簡潔さがあって気品があります。思想の優越と簡潔な表現、そのせいで母も私ももっと読みたいと思います。[66]なんという力、なんという活気、なんという強さ、そして表現の短いこと！　なんと優れた所感！　理性と常識のなんという威厳と権威！　なんと優れた意見と教えを正直で率直な老人が私に与えてくれていることでしょう（訳してくださって、本当にお礼の申し上げようもありません。[67]）

こうしてカーターのもともとの計画では「ちょっとしたテキスト外の援助」をつけるはずであったが、協力者たちの強力なプッシュで別のかたちになった。テキストに添える前書きは、解説として大部のものになった。前書きをそれ自体価値ある論考にするべきであるという考えがセッカーから出たのか、トルボットから提案されたのか明らかでないが、トルボットがカーターに言い伝えた。トルボットは、古典に親しんでいない読者が求めるのは、まずキリスト教徒としての視点に立って「異教徒」哲学者の言っていることをわからせるための解説だった。彼女は、「適切な注と批評で十分に警戒しない場合、このように優れた点と過ちが混在した書物がこの不信心な時代にどんな影響をもたらすか考えると……恐ろしいです」と不安を述べた。カーターは、「とても善良なキリスト教徒以外のだれにも」読まれる心配はないので、そのような用心は不要と当初考えた。トルボットとセッカーは、幅広い読者を想定していたので、カーターの言っていることを受け入れなかった。するとカーターは、そのような警告が必要であるならば、エピクテトスをそもそも翻訳しないのが正しいと考えるようになった。そして彼女は、翻訳というもの一般に関しても懐疑的になった。

主教さまはこの翻訳がわるさをするかもしれないというお考えのようです。それについてはすこし危険を感じ、怖くならざるをえません。翻訳でいかによく注意しても、主教さまがおっしゃるような不幸な人たちにはエピクテトスはごくごくわずかの善しかもたらさないだろうと思います。それならば、ギリシャ語に彼を埋めておいたほうがいいのではないでしょうか。それならとびきり小さな害しかそういう人たちにもたらさないと思っていられるでしょう。本当のところ、私はこの本が、そのような助けを全く必要としない人以外の人たちにとっては役に立たないものになるだろうという意見をいつももっていました。けれどもだれかに害を与えるだろうとは思ってもみませんでした。害を与えるなんてそんなことがあってたまるものですか！[68]

トルボットは、前書きに何を書くのがいいかという議論にもっていきたかった。自殺について及び人間的完璧についてのトピックをいれて欲しいと書いた。カーターはそれに対して、すぐには翻訳不要論を撤回せず、自分のその意向には疑問をもたなかったが、協力者たちの粘り強さに何を問題にして何を検討するべきであるのか疑問をもち、そして自分が正しいと信じていることをそのように考えるのは、エピクテトスに対する考え方がそもそも間違っていることに気づいていないせいではないだろうかと懸念するに至った。

> 適切な注と批評をつければ、翻訳は素晴らしい作品になるだろうと確かにあなたはおっしゃいます。けれども、解毒剤の力を試すために毒を投与するというのは間違いなく危険な実験です。私にとっては、現在の立派な紳士がただなんでもないことと考える上流社会の悪徳をも非難するこんなに厳格な道徳を命ずる著者が、こんなに深い宗教感覚を示している著者が、邪悪な人々の思惟の対象になるなどまったく懸念していませんでした。また、もし彼を学ぶにしても、異教徒になることにより、多くを失うでしょうし何も得るものはないという確信を与える以外に影響があろうとは。今のところ何を考えたらよいのかわかりません。オックスフォード主教さまとあなたが私のために考えてくださればいいと思います[69]。
>
> 長いことエピクテトスと親しくしているうちに、道理に合わない愛着に至るような好意を彼に対してもってしまったのではないかと密かに思っています[70]。

トルボットたちが提案した解説をつけるという形のキリスト教とエピクテトスの問題解決対処法は、カーターを問題の根本深慮に誘い込み、カーターとしては全撤収が最善と考えるようになって、その上カーターは自分自身の価値判断基準が誤っているのではないかと思うまでになった。協力者たちにとってみれば、読者層の拡大に伴う未熟な読者へのガイドで応じられる、そして応じるべき問題であったが、カーターはその時流の中で自分が果たすべき役割を見出すことができなかった。最終的には、カーターは自分の意見に自信をもつことができなくなり、協力者が提案するがままに動いていくということになった。

トルボットは自信をもって提案していた。彼女は翻訳文学の読者として、原典と違った魅力を翻訳に見出すことに慣れており、「私が提案した注意書きを添えれば、ギリシャ語エピクテトスに対してどのような反論を唱えようとも、英語エピクテトスは非常に優れた書物となるでしょう」と言って、エピクテトスも彼女たちの時代の新たなエピクテトスであるべきだと思っていた。[71] このようにカーターは翻訳の文体や語句の扱い方などの技術的側面についての忠告だけでなくて、一八世紀イギリスの読者たちの、時代に即した古典哲学理解を促す歴史的及び道徳的・宗教的指針を示すようにという書物出版の目的を与えられて、原典の作者の前に翻訳者が進み出た上で作者の思想を紹介するようにと促されて、それに従った。

トルボットとセッカーの方針は、マダム・ダシエが示した堅実な学者としての仕事を基礎として、読者の要求を把握してそれに応え、古典をそのまま示すのではなく、古典の新しい版を作り上げるという方針と一致していた。ダシエもポープも、そしてカーターもこの方針を採用し、「生きていて活動する」古典とまではいかないかもしれないが「いくらか生気が残っているのではないかと思うくらい生き生きとした色を保った」古典を提供するために、詳しい解説を添えた。[72] 学識を示し、明確な方針をもったその長大な序文が翻訳を成功させる鍵となった。序文は、カーターによれば二人の協力者のおかげで成立したものであり、「オックスフォード主教さまとあなたがありがたくも私に送ってくださった素晴らしいご意見に深く感謝します。それは、本が出版されましたら、最も価値ある部分となるでしょう」とこのころにはカーター自身も詳しい解説の価値を承知している。この序文で述べられているのは、ストア哲学とキリスト教の相違で、たとえば自殺、人間の魂の特質などについてその考え方の違いが論じられ、ストア学派が示すのは、いかに優れていようとも人類の知恵には所詮限界があることだ。ストア学派は、「人間の知恵の不完全性を示す例」と結論付けられる。[73] この大きな序文で彼女がつけた専門用語注はたったひとつだった。博学や文献学的詳細を読者に示すことではなくて、一八世紀のキリスト教徒の視点に立ってストア哲学を評価する目的を達成した序文だった。

一、〇〇〇冊近くの予約購読注文を集めて、四つ折版五七一ページに及ぶエピクテトス翻訳は一七五八年に出版された。予約購読者リストは九〇〇名以上が名前を連ね（女性は一一・五％の一〇五名）、ケンブリッジ大学トリニティ・コレッジなどの図書館も一覧に含まれた。リトルトン卿とエドワード・ヤングは次のように賞賛した。

エピクテトスにつけた我らが友ミス・カーターの前書き（序文のことだ。前書きはついていないから）を最近読み返したが、ますますそれを賞賛する。別の女性（ミセス・シャポン）が書いた詩が添えられていてそれにも感銘を受けた。男性が武器をとって優れているのと同様にイギリスの女性は機知でも学識でもフランス女性に優っていると思えるだろう。［括弧内の補足はペニントンによる[74]］

こんなに見事なしかたで、異教の知恵のなかでも最も輝く宝石のひとつとキリスト教を比較してキリスト教の優越を示し、宝石を彼女が黄金にはめ込んだといって良く、ミス・カーターを私は非常に尊敬します。[75]

知恵の女神

学問に優れた女性を描くとき、古典とキリスト教をどのように扱うかは特に大きな関心事となった。古典から得られる道徳観は、キリスト教の信仰なしには幸福をもたらさないことを明言するのがこういうときの常套手段であり、不可欠の方針だった。シャポンは「ファイデリアの話」で、古典哲学を父に教わり、堕落して、最後には宗教に救われる女性を描いている。ファイデリアの古典の教養自体を非難するのは、「単なる惰性に支えられたキリスト教徒」である叔父である。ファイデリアは厳格な道徳感覚をもって、便宜的な結婚を拒否し、徳高い生活を送る。しかし、「美徳というものに幸福を求めてきたけれども幸福はみつからない。今欲望を否定して得ている不幸よりもさらに不幸せにはなることはあり得ないであろうから、欲望に従ってみるというこれまでとは違った実験をしてみよう」と誘惑に身を任せ、男に捨てられて、絶望のうちに自殺しようとする。それを年老いた牧師が助け、キリスト教の教えに目覚めさせるという内容だ。(76)『クライ』ではファイデリアと同じように古典を学んだ女性としてサイリンダが登場する。サイリンダは衒学的で、自分を「知恵の女神」と思っていた。彼女は父親に教えられて一六歳までには「比類なく優れたラテン語学者となり、ギリシャ語についてもかなり進んでいた。」父親には信仰心がなく、彼女も「定まった理念をもつことなく、想像の赴くままに何の統制も受けていない諸々のものの山のなかをさまよい遊んだ」(『クライ』I：256, 254, 258)。彼女は徳の生活を古典から学び、厳格に実践する。古典の教養が彼女の誇りだった。

私はキリスト教も他のどんな宗教も、無学な大衆に畏敬の念を抱かせるために考案された知略に過ぎないと思っていた。旧約及び新約聖書の教義を知ることよりも、ホメロスやヴェルギリウス、ホラチウスの詩句やプラトンの所感を覚えていることに誇りをもっていた（『クライ』II：101–02）。

しかし疑問をもったときには、生活の方針を転換して「結婚の罠にはまる」ことなく欲望と悦楽の日々を送る。「私は自慢の哲学をもってしても対処できず、野蛮な肉欲を満足させるために、狂ったような嫉妬心から言いようのない苦痛を味わい」、彼女に変化を与えるのは、数多の恋人の中の一人の敬虔な妻からの手紙だった。手紙に触発されて、自分の行動を後悔しているサイリンダの告白を受けて、もう一人の学識を備えた女性、ポーシアが彼女に救いの手を差し伸べる。そしてポーシアは自分が受けた教育について話し出す。

私は得られる限りの学識を備えました。それもとてもかわった理由からです。それはつまり、まるで雲の上にある何かであるような、真の知恵の中心であるかのような、途方もない賞賛をこめて学識を崇めないようにというものです。世俗の束の間の長所をあまりにも賞賛しないように私を説き伏せることは、傑出した異教の著者、エピクテトスの全体の主旨であるように思えます。それなら、キリスト教徒は救世主が約束した幸福を生み出すものではまったくない、とるに足らない習得にたいしてもっと無関心であるべきでしょう（『クライ』II：107）。

このように、『クライ』の中ではセアラ・フィールディングは、古典哲学をどのような立場に立って扱うか明確に示していた。

最も簡潔な説明

このポーシアがソクラテスが受けた誹謗中傷について語る場面がある。

ソクラテスは神の存在を否定する学派の長であるという偽りの告発を負わされています。……こういう告発は、はじめは劇場での悪ふざけで受け入れられていましたが、公の場で深刻に扱われるようになりました。ですから、あざけりと悪ふざけと茶番劇の力で、（疑いなく人々を面白がらせることが目的です）異教世界に現れた最も偉大な賢人を使って最も善良の人の失墜の真の土台が築かれたのです（『クライ』II：304-06）。

ところが、翻訳では彼女はソクラテスに関してもクセノフォンに関しても、意見や注釈を示そうとしていない。あまりにも良く知られているので序文が必要とは思わなかったのかもしれない。もともとテキストが「回想録」であるので、翻訳者がそれ以上の論説をつける必要を感じなかったのかもしれない。あるいは、予定より遅れていたので単に時間がなくてテキスト以上のものを用意できなかったのかもしれない。ただし、少なくとも彼女はソクラテスに関する解説に手を広げるべきであるかどうかハリスに相談する必要を感じていた。前書きについてどんな方針をとるか問い合わせをしたようだ。返答を得て、彼女は「どんな主題であっても長期にわたる複雑な討論がある場合はそうであるように、ソクラテスの才能について最も簡潔な説明が最善であるというあなたのご意見を得てとても嬉しいです」と書いている。(77) そしてその忠告に従って書かれた前書きでは「ソクラテスの回想が……最も高い尊敬を得ていることはまさに明らかである」として、説明は最小限にとどめ、量は少なく、読者を積極的に導こうという姿勢を示したものではなかった。

ハリスの助言

翻訳準備の際の主たる、あるいはもしかしたら唯一の助言者はジェイムズ・ハリスだった。プロービンが示しているように、「ハリスは自分の発見を分かち合って読者の認識を広げることに熱心な、常に思いやりのある良き師であり」、「一様で普遍的行動原理として古典哲学を復活させることに熱心」であって、博学の師として親切に質問に応じ、古典の仕事をする人々の力になった(78)。セアラ・フィールディングにとっても彼の援助は貴重で、質問を送ると細微にわたる返事を得て、彼女は非常に助かった。指導の手紙を受け取って、「以前はあの一節は難解の薄暗がりに包まれていましたが、微妙な扱い方がはっきりとわかりました」と言って、ハリスに感謝した(79)。また、ハリスは句読法や文章の構成についても彼女に忠告をした。

以前悩まされていた小さな分割に関しての束縛から私を解放してくださいました。ピリオドを使うことなく文章をつなげる必要をしばしば感じていたのですが、それでもこれが私が見た唯一の版なので、ギリシャ語が印刷されている形式を保持するのが必要であるかどうか確信がもてなかったのです(80)。

ハリスは、細部にこだわる学者好みの専門的知識に関する問題について、信頼して頼ることができる良き助言者だった。

けれども、彼は翻訳計画の構想全体に積極的に関与する人ではなかった。セアラ・フィールディングが彼の助けを必要としたとき、彼は国会議員候補者として選挙活動で忙しかったことが一因だったのかもしれない。[81]忙しい中でも、彼が最も力を発揮する語源学的あるいは言語学的質問については真摯に答えるだけの時間を割いた。けれども、彼の影響はそこまでで、翻訳全体の文体や出版の意義についてアドバイスしたわけではなかった。彼女が準備にはいったのは一七五八年九月で、出版が一七六二年一月であるから、カーターの一〇年近く準備に費やした出版とは当然協力者から受ける助言の量や質が違っていた。また、ハリスは、読者へのアピール度や現実的報酬を考える人ではなかった。自分の本で「研究はまったく利益のことなど関係なく行ってきたものであるので、金銭的目的を意図するものではまったくない」とわざわざ明言しているように、彼は非常に裕福な紳士で、出版で儲けようとか生活費を稼ごうとか思いもよらないことだった。[82]

フィールディングはハリスに対して感謝一色であるが、同じようにハリスが援助の手を差し向けたカーターは少々違った受けとめ方をしている。彼女もやはり感謝の気持ちは持っているのであるが、セッカーが「省略してもいい」と言った「論理学上の細かい事項」に彼が注意を払うので、カーターは困惑した。

悲しいことに、主教さまが大いに寛大に免除してくださったあの忌まわしい論理学に満ちた章を訳すようにとハリス氏はしきりにおっしゃるということがわかりました。それならご自分でなさってくださいと説得するのが秀逸な復讐に絶対なりましょう。でもそんなお願いを彼にするにはどうしたらいいのかまったくわかりません。ですから私が出来る限りやってみなくてはなりません。それは、私がはじめに手にとったときと全く同じだけ不可解なままにするだけのことです。ハリス氏にはたいへん感謝しています。主教さまに機会がありましたら、ご親切を感謝していたとお伝えください[83]。

ハリスの研究スタイルは、「資料の科学的に厳密な考察及び論理的厳密さにゆるぎない献身をささげる方法」だった[84]。彼のこの方針は、カーターの協力者チームの方針にそぐわなかったので、カーターは困ったのだ。

実質的有用性と鍛錬

一方、フィールディングの性向はハリスの方針を歓迎した。彼がクセノフォンのフランス語訳を彼女に届けたときにそれを見ないでおくことに決めた理由として彼女が挙げていることをみると、彼女にとっての優先事項がわかる。

> この翻訳では私は二つの目的をもっているので。それは私の状況が必要としている実質的有用性だけでなく、ギリシャ語が上手くなるようにすることです。もしフランス語を目の前に置いたら、労苦を惜しんで、また私の年になると自然なことですが、ギリシャ語辞書をこんなに徹底的には引かなくてもいいように思ってしまうでしょう[85]。

ここで彼女が挙げている二つの目的というのが重要だ。まず、彼女はギリシャ語の鍛錬を望んで、ひとつひとつ自分で調べていくことを選び、フランス語訳を参照しようとしない。勿論、最終的産物として良い翻訳を心がけてはいるが、自分の知的労働を自分で満足することが彼女にとっては重要な課題になっている。そしてもう一つが「実質的有用性」、つまり金銭的報酬である。翻訳で金銭的報酬を得ようという試みは、非現実的なものではなく、前にあげたように文学者としての確固たる評判とともに翻訳はお金ももたらす喜ばしい可能性をもったものだった。ところが、金銭的報酬の見込みは、原稿仕上げ期限という形をとって彼女にプレッシャーを与えた。一七五九年一二月、ハリスに質問をしてもかなり長いこと返事がないことを、ハリスの多忙のせいでも都合のせいでもなく、自分の質問に難があることを明言するのを避ける彼の優しさによるものと認識して、「翻訳というよりも男子生徒の練習」のようなものだったと恥じ、「私の未熟な試訳」など送って申し訳ないと謝罪した。[86]既に出版予告を出してしまっており、計画をやめるわけにはいかなかった。経済的に苦しい状況にあって収入が欲しい物書きは、既に予約購読者を募る広告を出しており、自分の仕事の水準を反省する真面目な学び手との間で葛藤したとしても、進むしかなかった。計画に固執することを、「あれから大いに苦労しましたが、あの私の未熟な試訳で私がどんなに大幅にしばしば間違っていたか知るのに役立ちましたから、いくらかは良くなった証拠であることを願っています」として、自分の仕事の改善を強調することで正当化しようとした。[87]また、同じ手紙の追伸では、計画の遂行を踏みとどまることを考えるどころでなく、予約購読者集めをハリスに依頼している。後にハリス自身も、家族や親類も予約した。こうして、一つの手紙の中で、自分の仕事が十分良質のものではないことを恥じながら、彼女は販売促進の援助を願った。

自分を公の場に出すとき

六一〇名の予約購読者の名が連ねられ、一七六二年になってすぐに翻訳は八つ折版三八二ページで出版され、三月には彼女はハリスに仕事を終えた感想を述べた。[88]

クセノフォンをあなたが認めてくださって本当に心から嬉しいと思っています。自分を公の場に出すとき、名声をあまりに熱心に望むようなことがないようにしていますが、それでも限られた人たち、それに特にその方の判断力を尊敬している友人の好意的な意見が、大きな喜びを与えてくれるのは確かです。ギリシャ語をごらんになったときに、たくさん間違いをみつけられるということがなければ嬉しいのですが。でもいくつかは発見されるでしょう。クセノフォンは概してギリシャ語としてはとても難しいというわけではありませんが、それでもかなり困った箇所がありましたから。(89)

彼女にとって出版は、作品を公にするとともに、「自分を公の場に出す」ことであって、反応がとても気になっている。一方で、仕事をやり遂げた満足感をもち、そして見識をもった学識の高い人々に認められることの幸せを表明しながら、ここには「名声」を求めないよう自戒する作家、多くの人に広くアピールする作品とはならなかったことを認識する、書物市場の勝者とはならなかった人の諦めがある。「限られた人たち」に認められた喜びは、学究者としての彼女にとっては無上の喜びであるが、広い範囲の読者・購読者を得られたわけではない文士は、「実質的有用性」を十分にはもたらさなかったことを認め、野心を鎮めなければならなかった。

六一〇名の予約購読者の中には複数冊、場合によっては五冊以上注文した人もいるので、少ない数字ではない。彼女が予約購読者を募って出版したものには、『クレオパトラとオクタヴィア』（一七五七）があり、このときには四三七名（そのうち女性は三五％の一五三名）の購読者数であったからそれに比べれば急伸した。また、六一〇名のうち女性は四五・二％の二七六名にのぼり、カーターのエピクテトスには、一〇五名の女性であったから二倍以上の女性購買者を集めた古典の翻訳であって、大きな功績といえるであろう。言語に細かい注意を払って学究的性向を満たして満足を得て、しかもこれだけの講読者を得たのであるから、成功と言ってもいいのだ。ところが、彼女は多くの人には訴えることができなかったと思っているし、この仕事は彼女に優秀な学者としての世間の評判をもたらさなかった。これは、出版をするときには読者の必要を捉えてそれに反応して書物を作っていくという彼女がもっている作家としての使命感を、ここでは彼女が抑えて、書斎の精緻な鍛錬をそのまま印刷物にした感覚を持ったからである。世間の評価も、正確で玄人受けする仕事に対する静かな賛評にとどまった。彼女がやらなかったのは、学識ある女性としてのイメージを形成することに対する投資だった。基本的に、古典学問は彼女にとって自己鍛錬であり自己満足であって、内に向いた追求物だった。

ある夢あるいは幻想

『親しみの手紙』に付された「ある夢」で、ナレーターは人々とともに旅に出掛ける。[90]「私」は「ただの見物人」としての参加で他の人々の行動を観察する。人々は行く先々で欲するものを追っていく。「富」に続く道へ。「美徳」へ。「快楽」へ。ところが「私」の目には、「富」への切符は実は「貪欲」へ導き、「美徳」は「自尊心」、「快楽」は「失望」へとつながっていているのが見えている。「自尊心」の宮殿への案内人である「欺瞞」が人の欲望を操作する術を明かす。人は洞察力を欠くがゆえに騙されるのではなく、「影を実体だと思い込む大いなる欲望」をもっていて、「欺瞞」はそれにつけこんで、人の心を支配する。「私」を除いて、旅の参加者は皆が「虚偽」「幻想」「希望」「欺瞞」といった真実を押し隠すものに目を晦まされている。一方、「私」には確固とした真実が見えている。幻惑の世界の旅を終えて「私」は「慈愛」が治める「真の心からの美徳のあらゆる種が栽培され良き利用をされる」土地を訪れた。そこでは「人間に可能なすべての真の幸福が享受され、さらに大きな幸福を味わう希望がもてるため幸福は倍加する」。この世界の案内人は初め「忍耐」で、それから「真実」だ。「私」は「とてもここが気に入って、この世界をずっと見ていたいと思った。」しかし、「ああ！　私は目ざめて、光景はすべて目前から消え去った」（『親しみの手紙』II：392）。

ナレーターは、「ただの見物人」でいる間は、人の心を操っているものを観察し、幻想を暴露することができた。ところが、幸福な共同体を見出し、観察者の立場を捨ててそこに参加したい、当事者となりたいと思った途端に、希求する世界は失せてしまうのだ。冷静な「心の迷宮」観察者がもつ真実が見えているという自信は、悪徳と幻惑の世界でこそ確固としたものになる。観察者の発言は、悪徳と幻惑の世界でどれほどの影響力をもつことができるのか。観察者は、自己欺瞞の魔法に未だかかっていない人々に警告を発することに満足を見出すしかない。あるいは自己鍛錬の世界に逃げこまざるをえないということになるのか。光景全体が夢と消えてしまったように、その満足と自信もまた幻想に過ぎないのだろうかとも思わせる。セアラ・フィールディングが著作することによって提示しているのは、こんな自信と不安の共存だ。そしてその共存が、つまり、単なる自信や満足で終わらない心許無さが彼女の世界を興味深いものにしている。

あとがき

セアラ・フィールディングとの出会いは、ロンドンに留学してすぐのことだったと記憶しています。MA（修士）のコースで、自由に選ぶことができるテーマを一八世紀の女子教育にしたところ、そのリーディング・リストに入っていました。バシュア・メイキンやメアリ・アステルらに続いて読んだわけです。もちろん、『ガヴァネス』は面白かったのでしょう。女子教育考的な書物が多い中、お話満載の学校物語が目立って魅力的に感じられたのでした。セアラ・フィールディングの他の作品も調べてみようと思うほど関心を惹きつけられました。コースの充実ぶりを思い返すと、よく必読題材以外のものに手を出せたものだと思うのですが、それが、不思議なことに可能でした（そのあたりのことはよく覚えていない）。その後、何年にもわたって面白くつきあえる題材に出会うことができたのは実に幸いでした。

そのころは、大英図書館がまだ大英博物館におさまっているときでした。一八世紀の書物は、ドームの下の閲覧室から通路を抜けた北側の妙に暗い閲覧室で読んでいました。あの暗さで、古い書物を読んでいるという気分が必要以上に高まり、大学院生として勉強しているという気分を満喫することができました。あの閲覧室で読んだのはセアラ・フィールディングだけではないし、修士のコースは、ドライデンあり、ロックあり、ポープ、ジョンソン、スターン、スモレット、他にも読むのが間に合わなくて苦しまされた作家は山といるのですが、私にとってとても重要な意味をもっているロンドンも、図書館で過ごす学生生活も、フィールディングと強く結びついています。そのフィールディングを題材にしてこうして一冊の書物という形にすることができたのは、多くの方々のご協力や善意やご指導のおかげです。

一八世紀の女性と教育に関するテーマで一年指導してくださったのは（セアラ・フィールディングが入ったリーディング・リストを作成してくださったのも）、レイディ・メアリ・ワートレー・モンタギュの研究者イゾベル・グランディ先生（Dr Isobel Grundy）でした。彼女は、翌年にはリサーチ・プロフェッサーとして、カナダのアルバータ大学に移っていってしまい、その後Ph.D.コースに進んだ私は、クリス・リード先生（Dr Christopher Reid）の指導を仰ぐことになりました。彼はバークを専門としていましたが、新聞などの資料を使う文化研究も行っていて、資料とのつきあい方も教わりました。彼の辛抱強い指導に本当に感謝しています。学位取得までには長い年月がかかったのですが、丁寧な教えを受けました。クィーン・メアリの英文学の大学院生たちは、残念ながらあまり集まる機会がなく、同じような関心をもつ集まりは外に求めなければならなりませんでした。あまり遠くないところで、Women's Studies Groupというのが活動しており、セミナーに参加して、リンダ・ブリー（Dr Linda Bree）やM・M・ロバーツ（Dr Marie M. Roberts）と会い、大いに刺激を受け、また、発表の機会も与えてもらいました。一八世紀研究が楽しく、面白いと思うようになったのは、夫晃仁の指導教官だったポーター先生（Professor Roy Porter）によるところが大きかったのかもしれません。ポーター先生の思慮深く優しい目と整然として歯切れよくしかもエネルギーに満ちた話し方が懐かしく思い出されます。イギリスでお世話になった方々の豊かな学識とその示し方は、常に理想としてはるか彼方の手も届きそうにないところにあります。

イギリスに行く前の私は、あまり勉強しない学生でした。そのころを知る先生方からみると、私がこうして研究などしているのは、もしかしたら驚きかもしれません。いや、確実に驚きでしょう。勉強の足りない学生を寛恕して見守り、研究者になってからは、いつもあたたかくお励ましくださる中村健二先生、山内久明先生、行方昭夫先生、川西進先生には、怠慢のお詫びとご指導へのお礼を申し上げたく思っています。

専門分野を共有することができる一八世紀イギリス文学・文化研究会、日本ジョンソン協会、日本オースティン協会などの研究会・セミナーから多くを学び知識を深め、また、関心を共有することのできる静岡大学内の学科を越えた研究グループでは、これまた多くを学び知識を広め、深める機会に恵まれています。

本書の刊行は、二〇〇七年度人文学部研究成果刊行費によって可能になり、人文学部研究叢書「一九」として学部の研究成果に加わることになるのをたいへん光栄に思っています。なかなか準備の進まなかった原稿を二〇〇六年度から見てくださり、書物へと導いてくださった知泉書館の小山光夫氏に心をこめて御礼申し上げます。本書の中で、セアラ・フィールディングのテキストを読んでいない人でもわかってくださるところがあるとしたら、それは彼の助言のおかげです。

最後に、晃仁と佳那子にありがとう。セアラ・フィールディングについてWomen's Studies Groupで初めて発表しようというとき、なかなか原稿ができずに困り果てていた私の話を聞いてくれてアドバイスをくれたのは晃仁でした。そこを乗り越えるのを手伝ってもらったら、あとはなんとかなって今日に至り、あれは貴重な決定的自宅チュートリアルだったと思います。また、読んでいる書物や時代にまとともに影響されてみるのも楽しいということ(一種の読書法?)を教えてくれたのも晃仁です。一八世紀の教育冊子の「子どもを扱う本当に正しい方法は、子どもに理性的に話しかけることである。子どもは理性をもった存在として扱われることを好むものである。人間として扱えば、彼らは人間としてふるまうようになる」というのは本当だったと幼かったころの佳那子をみていて思えました。彼女はもうすっかり成長して、みていて楽しい子どもから、頼もしい人になりつつあり、我が家のもう一人の良き理解者になっています。

鈴木実佳

本書は以下の論文をもとにして手を加えたものである。

'The "True Use of Reading": Sarah Fielding and Mid Eighteenth-Century Literary Strategies' (University of London, Ph. D. dissertation, 1998).

'The Little Female Academy and the Governess', *Women's Writing* 1 (1994): 325–39.

'The "Words I in Fancy Say for You": Sarah Fielding's Letters and Epistolary Method', *The Yearbook of English Studies* 28 (1998): 196–211.

'Sarah Fielding and Reading', *The Eighteenth-Century Novel: A Scholarly Annual* ed. Albert J. Rivero, 2 (2002): 91–112.

鈴木 実佳（すずき・みか）

1962年生，東京大学大学院総合文化研究科博士課程単位取得満期退学，Ph.D.（ロンドン大学），静岡大学人文学部助教授。

［業績］‘The “Words I in Fancy Say for You”: Sarah Fielding’s Letters and Epistolary Method’, *The Yearbook of English Studies* 28 (1998), ‘Sarah Fielding and Reading’, *The Eighteenth-Century Novel: A Scholarly Annual* ed. Albert J. Rivero, 2 (2002).「「不運な女」と「堕ちた女」－十八世紀から十九世紀の慈善と売春婦」『身体医文化論3－腐敗と再生』（共著）慶應義塾大学出版会，2004年。A.&I. マクファーレン『茶の帝国－アッサムと日本から歴史の謎を解く』知泉書館，2007年。

静岡大学人文学部研究叢書19

〔セアラ・フィールディングと18世紀流読書術〕　ISBN978-4-86285-030-0

2008年 3 月26日　第1刷印刷
2008年 3 月31日　第1刷発行

著　者　鈴　木　実　佳
発行者　小　山　光　夫
印刷者　藤　原　愛　子

発行所　〒113-0033 東京都文京区本郷1-13-2
電話03(3814)6161　振替00120-6-117170
http://www.chisen.co.jp
株式会社　知泉書館

Printed in Japan　印刷・製本／藤原印刷

索　引

ア　行

アレン, R（Allen, Ralph）　17-18,20
アームストロング（Armstrong, Nancy）　7
アディソン（Addison, Joseph）　78,88,89
アドバイス・ブック　102,118-120
アリアヌス（Arian）　157
アレン，チャールズ（Allen, Charles）　113
イーザー（Iser, Wolfgang）　39-40
イースト・スタウア（East Stour）　13
イソップ寓話　79,125
ヴィカリー，アマンダ（Vickery, Amanda）　10,11
ウィルクス（Wilkes, Wetenhall）　117
ウエストコム，セアラ（Westcomb, Sarah）　54
ヴェルギリウス（Virgil）　149
ウォートン，ジョゼフ（Warton, Joseph）　147
ウッドウォード（Woodward, Carolyn）　32
ウルストンクラフト，メアリ（Wollestonecraft, Mary）　8,129
エッジワース，R. L.（Edgeworth, Richard L.）　104
エドワーズ，トマス（Edwards, Thomas）　138
エピクテトス（Epictetus）　134，136，145,153-163
『エピクテトス』（*All the Works of Epictetus*）　145,153,171
『エマ』（*Emma*）　101
オースティン，ジェイン（Austen, Jane）　101
オールワージ（Allworthy）　17
『オテロ』（*Othello*）　61

カ　行

カーター，エリザベス（Carter, Elizabeth）　69-70,75,134,139,140,144-146,152-163,168
ガヴァネス　101
カリキュラム　120-121
感傷（sensibility）　32
キーマー，トム（Keymer, Tom）　47-48,52,53
ギャラハー，キャサリン（Gallagher, Catherine）　8
教育書　112-120
グールド，サー・ヘンリー（Gould, Sir Henry）　13
グールド，レイディ（Gould, Lady）　13,105
クセノフォン（Xenophon）　xvi，135，136,169
クラーク，ジョン（Clarke, John）　133
グリフィン，ダスティン（Griffin, Dustin）　35
グレイ, G. E.（Grey, Jill E.）　103-104
クロス（Cross, Wilbur Lucius）　150-151
ケイヴ，エドワード（Cave, Edward）　153
ゲスト，ハリエット（Guest, Harriet）　9-10
献呈　19-20,106
古典派と近代派　152
コリエ，アーサー（Collier, Arthur）　14,105,150
コリエ，ジェイン（Collier, Jane）　14,17,28,48,52,73-74,105,111,122-124

サ　行

タ・ナ　行

ハ　行

マ　行

ヤ～ワ　行

文献目録

セアラ・フィールディングの作品

'from Leonora to Horatio' in Henry Fielding's *Joseph Andrews* (1742).

'Anna Boleyn' in Henry Fielding's *Miscellanies* (1743).

The Adventures of David Simple: Containing an Account of his Travels thro' the Cities of London and Westminster, in the Search of a Real Friend. By a Lady. London: A. Millar, 1744.

Familiar Letters between the Principal Characters in David Simple, and Some Others, to which is added A Vision. London: for the Author, 1747.

The Governess; or, Little Female Academy. Being The History of Mrs. Teachum, and Her Nine Girls. With Their Nine Days Amusement. Calculated For the entertainment and Instruction of young Ladies in their Education By the Author of David Simple. London: for the Author, 1749.

Remarks on Clarissa, Addressed to the Author. Occasioned by some critical conversations on the Characters and Conduct of that Work with Some Reflections on the Character and Behaviour of Prior's EMMA. London: J. Robinson, 1749.

The Adventures of David Simple, Volume the Last. London: A. Millar, 1753.

The Cry: A New Dramatic Fable. London: R. and J. Dodsley, 1754.

The Lives of Cleopatra and Octavia By the Author of David Simple. London: for the Author, 1757.

The History of the Countess of Dellwyn. London: A. Millar, 1759.

The History of Ophelia Published by The Author of David Simple. London: R. Baldwin, 1760.

Xenophon's Memoirs of Socrates. With the Defence of Socrates, before His Judges Translated from the Original Greek. By Sarah Fielding. Bath: by C. Pope, 1762.

Manuscripts

Malmesbury Papers, the Earl of Malmesbury, Hampshire Record Office.

Montagu Collection, The Huntington Library, San Marino, California.

Forster Collection, National Art Library, Victoria and Albert Museum.

The Gratz Collection, the Historical Society of Pennsylvania.

Rare and Manuscript Collections, Carl A. Kroch Library, Cornell University Library.

出版された文献

Advice to a Young Lord, Written by His Father, Etc. London: R. Baldwin, 1691.

Advice to a Young Student. With a Method of Study for the Four First Years. [*by Daniel Waterland.*]. London: John Crownfield; sold by Cornelius Crownfield, 1730.

Allen], Portia [Charles. *The Polite Lady: Or, a Course of Female Education. In a Series of Letters, from a Mother to Her Daughter.* Third edition. ed. London: T. Carnan and F. Newbery, Jr., 1775.

Anderson, Howard Peter, Philip B Daghlian, and Irvin Ehrenpreis, eds. *The Familiar Letter in the Eighteenth Century*. Lawrence: University of Kansas Press, 1966.

Anstey, Christopher. *The New Bath Guide*. [1st ed. reprinted]; with an introduction by Kenneth G. Ponting. ed. Bath: Adams & Dart, 1970.

Armstrong, Nancy. *Desire and Domestic Fiction: A Political History of the Novel*. New York; Oxford: Oxford University Press, 1987.

Backscheider, Paula. "Women Writers and the Chain of Identification." *Studies in the Novel* 19 (1987): 245-62.

———. "Women Writers and the Chain of Identification." *Studies in the Novel* 19 (1987): 249-51.

Ballard, George. *Memoirs of Several Ladies of Great Britain, Who Have Been Celebrated for Their Writings or Skill in the Learned Languages, Arts and Sciences*. Oxford: W. Jackson, 1752.

Barbeau, Alfred. *Life and Letters at Bath in the Xviiith Century... With a Preface by Austin Dobson. F. P*. London: illiam Heinemann, 1904.

Batchelor, Jennie, and Megan Hiatt. *The Histories of Some of the Penitents in the Magdalen-House, as Supposed to Be Related by Themselves* (*1760*), Chawton House Library Series. Woman's Novels; No. 1. London: Pickering & Chatto, 2007.

Battestin, Martin C., and Ruthe R. Battestin. *Henry Fielding: A Life*. London: Routledge, 1989.

Beattie, James. "Remarks on the Utility of Classical Learning, Written in the Year 1769." In *Essays. On Poetry and Music, as They Affect the Mind. On Laughter, and Ludicrous Composition. On the Utility of Classical Learning*, 8°. pp. vi. 555. William Creech: Edinburgh; E. & C. Dilly: London, 1776.

Berkeley, George Bishop of Cloyne, and Richard Sir Single Works Steele. *The Ladies Library. Written by a Lady* [*G. Berkeley*] *and Published by Mr. Steele*: 3 vol. London, 1714.

Blunt, Reginald. *Mrs Montagu "Queen of the Blues": Her Letters and Friendships from 1762 to 1800*. London: Constable, no date.

Borsay, Peter. *The English Urban Renaissance*, Oxford Studies in Social History: Clarendon Press, 1991.

Boswell, James. *Boswell's Life of Johnson: Together with Boswell's Journal of a Tour to the Hebrides and Johnson's Diary of a Journey into North Wales*. Edited by George Birkbeck Hill and L. F. Powell. Rev and enl ed. ed. Oxford: Clarendon Press, 1979 [1934].

Boyce, Benjamin. *The Benevolent Man*. Cambridge, Massachusetts: Harvard U. P., 1967.

Brant, Clare. *Eighteenth-Century Letters and British Culture*. Basingstoke: Palgrave Macmillan, 2006.

Bree, Linda. *Sarah Fielding*, Twayne's English Authors Series; No. 522. New York: Twayne Publishers; London: Prentice Hall International, 1996.

Browne, Alice. *The Eighteenth Century Feminist Mind*. Brighton: Harvester, 1987.

Butt, afterwards Sherwood Mary Martha. *The Governess; or, the Little Female Academy. By Mrs. Sherwood. [Recast by Mrs. Sherwood from the Work of the Same Name by Sarah Fielding.*]: F. Houlston & Son: Wellington, Salop, 1820.

Butt, John, and Geoffrey Carnall. *The Age of Johnson: 1740-1789*. Reprinted. ed. Oxford: Clarendon Press, 1979.

Bysshe, Edward. *The Memorable Things of Socrates, Written by X... Translated into English to Which Are Prefix'd the Life of Socrates from the French of Monsieur Charpentier, and the Life of Xenophon, Collected from Several Authours, Etc*: 2 pt. London, 1712.

C. Beasley, Jerry. "Introduction to a Special Issue on Women and Early Fiction." *Studies in the Novel* 19 (1987): 239-44.

Carpenter, Lissette Ferlet. "Sarah Fielding: A Mid-Century Link in Eighteenth-Century Feminist Views." Texas A & M University 1989.

Carter, Elizabeth. *Letters from Mrs. Elizabeth Carter, to Mrs. Montagu, between the Years 1755 and 1800,... Published from the Originals in the Possession of the Rev. Montagu Pennington*. 3 vols. London: F. C. & J. Rivington, 1817.

Carter, Elizabeth, and Gwen Hampshire. *Elizabeth Carter, 1717-1806: An Edition of Some Unpublished Letters*. Newark, Del.: University of Delaware Press, 2005.

Carter, Elizabeth Poetess. *All the Works of Epictetus, Which Are Now Extant;... His Discourses, Preserved by Arrian, in Four Books, the Enchiridion, and Fragments. Translated from the Original Greek, by Elizabeth Carter. With an Introduction, and Notes, by the Translator*. London: A. Millar, 1758.

Carter, Elizabeth Poetess, and Montagu Pennington. *Memoirs of the Life of Mrs. Elizabeth Carter, with a New Edition of Her Poems. To Which Are Added Some Miscellaneous Essays in Prose, Together with Her Notes on the Bible and Answers to Objections Concerning the Christian Religion. By Montagu Pennington. 4th Ed*: London: James Cawthorn, 1825.

Carter, Elizabeth, and Catherine Talbot. *A Series of Letters between Mrs. Elizabeth Carter and Miss Catherine Talbot from the Year 1741 to 1770*. London: F. C. & J. Rivington, 1809.

Castro, J. Paul de. "Fielding and the Collier Family." *Notes and Queries, XII Series* II: 104-6.

Cavendish, Georgiana. *Georgiana. Extracts from the Correspondence of Georgiana, Duchess of Devonshire.* Edited by the Earl of Bessborough. London: John Murray, 1955.

Chapone, Hester. *A Letter to a New-Married Lady.* London: John Sharpe, 1822.

———. *Letters on the Improvement of the Mind.* London, 1773.

———. *Miscellanies in Prose and Verse.* London: E. & C. Dilly; J. Walter, 1775.

Clarke, John *An Introduction to the Making of Latin, Comprising... The Substance of the Latin Syntax... To Which Is Subjoin'd... A Succinct Account of the Affairs of Ancient Greece and Rome... The Thirteenth Edition.* (*a Dissertation Upon the Usefulness of Translations of Classic Authors, Etc.*): pp. xii. 297. C. Hitch & J. Hodges: London, 1742.

Clarke, Martin Lowther. *Greek Studies in England, 1700-1830*. Cambridge: Cambridge Univer. Press, 1945.

Cooper, John Gilbert, Jr. *The Life of Socrates, Collected from the Memorabilia of Xenophon and the Dialogues of Plato...* R. Dodsley: London, 1749.

Correspondence between Frances, Countess of Hertford, (*Afterwards Duchess of Somerset*) *and Henrietta Louisa Countess of Pomfret, between the Years 1738 and 1741.* London: Richard Phillips, 1805.

Cross, Wilbur Lucius. *The History of Henry Fielding*. New Haven: Yale Univ. Press, 1918.

Curtis, S. J., and M. E. A. Boultwood. *A Short History of Educational Ideas*. 5th ed. ed. Slough: University Tutorial Press, 1977.

Darton, F. J. Harvey. *Children's Books in England: Five Centuries of Social Life*. 3rd ed/revised by Brian Alderson. ed: Cambridge University Press, 1982.

Dobson, Austin. *At Prior Park and Other Papers*. London: OUP, 1925.

Dodsley, Robert. *The Correspondence of Robert Dodsley, 1733-1764*. Edited by James E. Tierney. Cambridge: Cambridge University Press, 1988.

Dowling, William C. *The Epistolary Moment: The Poetics of the Eighteenth-Century Verse Epistle*. Princeton, N. J. ; Oxford: Princeton University Press, 1991.

Downs-Miers, Deborah Weatley. "Labyrinths of the Mind: A Study of Sarah Fielding." University of Missouri, 1975.

Duncombe, John. *The Feminiad: A Poem*: London, 1754.

Eaves, Thomas Cary Duncan, and Ben D. Kimpel. *Samuel Richardson: A Biography*.

Oxford: Clarendon Press, 1971.

Education of Children and Young Students in All Its Branches. London: J. Waugh, 1752.

Education of Children and Young Students in All Its Branches, with a Short Catalogue of the Best Books in Polite Learning... The Second Edition. London: J. Waugh, 1752.

Eger, Elizabeth, Charlotte Grant, Clíona Ó Gallchoir, and Penny Warburton, eds. *Women, Writing and the Public Sphere, 1700-1830*. Cambridge: Cambridge University Press, 2001.

Euripides. *The Tragedies of Euripides Translated* [*by R. Potter*]: 2 vol. J. Dodsley: London, 1781.

A Father's Advice to His Son; Laying Down Many Things Which Have a Tendency to Direct and Fix the Mind in Matters of the Greatest Importance. London: for the Author, by J. Roberts, 1736.

Fielding, Henry. *The Covent-Garden Journal and a Plan of the Universal Register-Office*. Edited by Bertrand A. Ed Goldgar. Oxford: Clarendon, 1988.

———. *The Jacobite's Journal and Related Writings*. Edited by William Bradley Coley, (Wesleyan Edition of the Works of Henry Fielding.): Oxford: at the Clarendon Press, 1974.

———. *Miscellanies*. Edited by Henry Knight Miller, The Wesleyan Edition of the Works of Henry Fielding. Oxford: Clarendon Press, 1972.

———. *The True Patriot and Related Writings*. Edited by W. B. Coley. Oxford: Clarendon, 1987.

———. *The Works of Henry Fielding, Esq; with the Life of the Author* [*Signed: Arthur Murphy*]. London: A. Millar, 1762.

Fielding, Henry, and Sarah Fielding. *The Correspondence of Henry and Sarah Fielding*. Edited by Martin Battestin and Clive Probyn. Oxford: Clarendon Press, 1993.

Fielding, Sarah. *The Adventures of David Simple: Containing an Account of His Travels through the Cities of London and Westminster in the Search of a Real Friend*. Edited by M. M. Kelsall. Oxford: Oxford University Press, 1987.

———. *The Adventures of David Simple; and, the Adventures of David Simple, Volume the Last*. Edited by Linda Bree. London: Penguin, 2002.

———. *The Adventures of David Simple and Volume the Last*. Edited by Peter Sabor. Lexington: the University Press of Kentucky 1998.

———. *The Adventures of David Simple, Etc*. London: George Routledge & Sons, 1904.

———. *The Adventures of David Simple: Containing an Account of His Travels*

through the Cities of London and Westminster in the Search of a Real Friend. Edited by Malcolm Miles Kelsall, (Oxford English Novels.): London: Oxford University Press, 1969.

———. *The Cry, (1754): A Facsimile Reproduction.* Delmar, New York: Scholar's Facsimiles & Reprints, 1986.

———. *The Cry: A New Dramatic Fable.* Delmar, New York: Scholar's Facsimiles & Reprints, 1986.

———. *The Governess, or, Little Female Academy*, Mothers of the Novel. London: Pandora, 1987.

———. *The Governess; or the Little Female Academy.* London, 1749.

———. *The Governess; or, Little Female Academy.* Edited by Jill Elizabeth Grey. London: Oxford University Press, 1968.

———. *The History of Ophelia.* Edited by Peter Sabor. Peterborough: Broadview, 2004.

———. *The Lives of Cleopatra and Octavia.* Edited by Christopher D. Johnson. London and Toronto: Associated University Press, 1994.

———. *The Lives of Cleopatra and Octavia.* London: for the Author, 1757.

———. *Remarks on Clarissa.* Edited by Peter Sabor. Los Angeles: William Andrews Clark Memorial Library, University of California, 1985.

———. *Xenophon's Memoirs of Socrates. With the Defence of Socrates, before His Judges. Translated* Bath: C. Pope, 1762.

Gallagher, Catherine. *Nobody's Story: The Vanishing Acts of Women Writers in the Marketplace, 1670-1820.* Oxford: Clarendon, 1994.

Goldsmith, Elizabeth C. "Authority, Authenticity, and the Publication of Letters by Women." In *Writing the Female Voice*, edited by Elizabeth C. Goldsmith, 46-59. Boston: Northeastern University Press, 1989.

Graves, Richard. *The Triflers.* London: Lackington, 1806.

Griffin, Dustin H. *Literary Patronage in England, 1650-1800.* Cambridge: Cambridge University Press, 1996.

Grundy, Isobel. *Lady Mary Wortley Montagu: Comet of the Enlightenment.* New York: Clarendon Press, 1999.

Guest, Harriet. *Small Change: Women, Learning, Patriotism, 1750-1810.* Chicago, IL; London: University of Chicago Press, 2000.

Harris, James. *Hermes: Or a Philosophical Inquiry Concerning Language and Universal Grammar...* pp. xix. 426. J. Nourse; P. Vaillant: London, 1751.

The Histories of Some of the Penitents in the Magdalen House, as Supposed to Be Related by Themselves. London: John Rivington & J. Dodsley: London, 1760.

Homer. *The Iliad of Homer, with Notes. To Which Are Prefix'd, a Large Preface, and*

the Life of Homer, by Madam Dacier. Done from the French [in Prose] by Mr. Ozell, (Mr. Broome, Mr. Oldisworth)... To Which Will Be Made Some Farther Notes ... By Mr. Johnson, Late of Eton.. Translated by William Broome. London: G. James, for Bernard Lintott, 1712.

Homer, William Translator of Homer Broome, Antoine Coypel, and afterwards Dacier Anne Works edited translated or with contributions by this Author Lefe¥0300Vre. *The Iliad of Homer, with Notes. To Which Are Prefix'd, a Large Preface, and the Life of Homer, by Madam Dacier. Done from the French [in Prose] by Mr. Ozell, (Mr. Broome, Mr. Oldisworth)... To Which Will Be Made Some Farther Notes... By Mr. Johnson, Late of Eton... Illustrated with 26 Cuts... Design'd by Coypel*: 5 vol. G. James, for Bernard Lintott: London, 1712.

Hornbeak, Katherine Gee. *The Complete Letter Writer in English, 1568-1800*, [Smith College Studies in Modern Languages. Vol. 15. No. 3/4.]. Northampton, Mass., 1934.

Howard, Susan K. "The Intrusive Audience in Fielding's Amelia." *Journal of Narrative Technique* 17 (1987): 286-95.

Hunter, J. Paul. *Before Novels: The Cultural Contexts of Eighteenth-Century English Fiction*. New York; London: Norton, 1990.

Ingrassia, Catherine. *Authorship, Commerce, and Gender in Early Eighteenth-Century England: A Culture of Paper Credit*. Cambridge: Cambridge University Press, 1998.

Iser, Wolfgang. *The Act of Reading: A Theory of Aesthetic Response*. London: Routledge and Kegan Paul, 1978.

———. *The Implied Reader. Patterns of Communications in Prose Fiction from Bunyan to Beckett*: Baltimore, London: John Hopkins University Press, 1974.

Jensen, Katherine A. "Male Models of Feminien Epistolarity; or, How to Write Like a Woman in Seventeenth-Century France." In *Writing Th Efemale Voice: Essays on Epistolary Literature*, edited by Elizabeth C. Goldsmith, 25-45. Boston: Northeastern University Press, 1989.

Johnson, Samuel. *The Letters of Samuel Johnson*. Edited by Bruce Redford. Hyde edition. ed. Oxford: Clarendon Press, 1992.

———. *Lives of the English Poets*. Edited by George Birkbeck Hill. Vol. II. Oxford: Clarendon Press, 1905.

———. *Lives of the English Poets*. Edited by George Birkbeck Hill. Vol. III. Oxford: Clarendon Press, 1905.

Jones, Vivien, ed. *Women in the Eighteenth Century: Constructions of Femininity*, World and Word Series. London: Routledge, 1990.

Justice, George. *The Manufacturers of Literature: Writing and the Literary Market-*

place in Eighteenth-Century England. Newark, DE: University of Delaware Press; London: Associated University Presses, 2002.

Kauffman, Linda S. *Discourses of Desire: Gender, Genre, and Epistolary Fictions*. Ithaca and London: Cornell University Press, 1986.

Keymer, Tom. "Jane Collier, Reader of Richardson, and the Fire Scene in *Clarissa*." In *New Essays on Samuel Richardson*, edited by Albert J. Rivero, 141-61. London: Macmillan, 1996.

———. *Richardson's Clarissa and the Eighteenth-Century Reader*. Cambridge: Cambridge. U. P., 1992.

Klein, Lawrence. "Liberty, Manners, and Politeness in Early Eighteenth-Century England." *The Historical Journal* 32 (1989): 583-605.

———. "The Third Earl of Shaftsbury and the Progress of Politeness." *Eighteenth-Century Studies* 18 (1984-5): 186-214.

Klein, Lawrence E. "Gender and the Public/Private Distinction in the Eighteenth Century: Some Questions About Evidence and Analytic Procedure." *Eighteenth-Century Studies* 29, no. 1 (1995): 97-109.

Knox, Vicesimus. *Essays, Moral and Literary*.: 2 vol. London, 1778.

———. *Liberal Education: Or, a Practical Treatise on the Methods of Acquiring Useful and Polite Learning... The Second Edition*: London: Charles Dilly, 1781.

Kramnick, Isaac. "Children's Literature and Bourgeois Ideology: Observations on Culture and Industrial Capitalism in the Later Eighteenth Century." In *Culture and Politics from Puritanism to the Eilightenment*, edited by Perez Zagorin. Berkeley: University of California Press, 1980.

Lambert, Anne Thérèse, Marchioness. de *Advice from a Mother to Her Son and Daughter*. Translated by William Hatchett. London: Tho. Worrall, 1729.

Lefanu, Alicia. *Memoirs of the Life and Writings of Mrs. F. Sheridan*. London: F. and W. B. Wittaker, 1824.

Levine, Joseph M. *The Battle of the Books: History and Literature in the Augustan Age*. Ithaca, N. Y.; London: Cornell University Press, 1991.

Lowenthal, Cynthia. *Lady Mary Wortley Montagu and the Eighteenth-Century Familiar Letter*. Athens, Ga. and London: University of Georgia Press, 1994.

MacArthur, Elizabeth J. *Extravagant Narratives: Closure and Dynamics in the Epistolary Form*. Princeton, N. J.; Oxford: Princeton University Press, 1990.

Mace, Nancy A. "Henry Fielding's Classical Learning." *MOdern Philology* 88 (1991): 243-60.

Matthews, William, ed. *The Diary of Dudley Ryder, 1715-1716*. London: Methuen, 1939.

McKeon, Michael. *The Origins of the English Novel 1600-1740*. Baltimore; London:

Johns Hopkins University Press, 1987.

———. *The Secret History of Domesticity: Public, Private, and the Division of Knowledge*. Baltimore, Md.; London: Johns Hopkins University Press, 2005.

———. *Theory of the Novel: A Historical Approach*. Baltimore, MD; London: Johns Hopkins University Press, 2000.

Montagu, Lady Mary Wortley. *The Complete Letters of Lady Mary Wortley Montagu*. Edited by Robert Halsband: Oxford: Clarendon Press, 1965-67.

More, Hannah. *Strictures on the Modern System of Female Education with a View of the Principles and Conduct Prevalent among Women of Rank and Fortune*. London: T. Cadell Jun. & W. Davies, 1799.

Mudford, William. *The British Novelists; Comprising Every Work of Acknowledged Merit Which Is Usually Classed under the Denomination of Novels. Accompanied with Biographical Sketches of the Authors, and a Critical Preface to Each Work*. London: for the Proprietors, 1810.

Muilman, Teresia Constantia. *An Apology for the Conduct of Mrs T. C. Phillips, More Particularly That Part of It Which Relates to Her Marriage with an Eminent Dutch Merchant (H. Muilman), Etc*. Vol. 3 vols. London: for the Author, 1748-49.

Mullan, John. *Sentiment and Sociability: The Language of Feeling in the Eighteenth Century*. Oxford: Clarendon, 1990.

Needham, A. E. "The Life and Works of Sarah Fielding." University of California, 1942.

Needham, Arnold Edwin. "The Life and Works of Sarah Fielding." Thesis., University of California, 1942.

Newbery, John. *John Newbery. A Little Pretty Pocket-Book. A Facsimile with an Introductory Essay and Bibliography by M. F. Thwaite*, (Juvenile Library.). London: Oxford University Press, 1966.

Nichols, John. *Illustrations of the Literary History of the Eighteenth Century: Consisting of Authentic Memoirs and Original Letters of Eminent Persons; and Intended as a Sequel to the Literary Anecdotes*. London: Nichols & Bentley, 1817.

———. *Literary Anecdotes of the Eighteenth Century*. London: Nichols, 1812.

Of Education. London: Tho. Wotton, 1734.

Parrish, Ann Marilyn. "Eight Experiments in Fiction." Boston University Graduate School, 1973.

Paulson, Ronald. *The Life of Henry Fielding: A Critical Biography*, Blackwell Critical Biographies. Oxford: Blackwell, 2000.

Peach, R. E. M. *The Life and Times of Ralph Allen*. London: D. Nutt, 1895.

Pedersen, Susan. "Hannah More Meets Simple Simon: Tracts, Chapbooks, and Popular Culture in Late Eighteenth-Century England." *Journal of British Studies*

25 (1986): 84-113.

Pennington, Montagu. *Memoirs of the Life of Mrs. Elizabeth Carter, with a New Edition of Her Poems. To Which Are Added Some Miscellaneous Essays in Prose, Together with Her Notes on the Bible and Answers to Objections Concerning the Christian Religion. By Montagu Pennington. 4th Ed*: London: James Cawthorn, 1825.

Perry, Ruth. "George Ballard's Biographies of Learned Ladies." In *Biography in the Eighteenth-Century*, edited by J. D. Browning, 85-111. New York: Garland, 1980.

Pierce, Robert. *The History and Memoirs of the Bath; Containing Observations on What Cures Have Been There Wrought... An Account of King Bladud,... With a Philosophical Preface... Of Baths in General, and of These in Particular*: London, 1713.

Pinchbeck, Ivy, and Margaret Hewitt. *Children in English Society: From Tudor Times Ot the Eighteenth Century*, (Studies in Social History.): London: Routledge & Kegan Paul; Toronto: University of Toronto Press, 1969.

Piozzi, Hester Lynch. *The Piozzi Letters: Correspondence of Hester Lynch Piozzi, 1784-1821* (*Formerly Mrs. Thrale*). Edited by Edward A. Bloom and Lillian D. Bloom. Newark: University of Delaware Press; London: Associated University Presses, 1991.

Plumb, J. H. "The New World of Children in Eighteenth-Century England." In *The Birth of a Consumer Society: The Commercialization of Eitheenth-Century England*, edited by Neil McKendrick et al, 286-315. London: Europa Publications, 1982.

Pope, Alexander. *Pastoral Poetry and an Essay on Criticism*. Edited by E. Audra, Aubrey L. Williams and John Butt. Vol. I, The Twickenham Edition of the Poems of Alexander Pope. London: Routledge, 1961.

Poyntz, Anne B. *Je Ne Sais Quoi: Or, a Collection of Letters, Odes, & C., Never before Published. By a Lady* [*Anne B. Poyntz*]. London, 1769.

Probyn, Clive T. *The Sociable Humanist: The Life and Works of James Harris 1709-1780: Provincial and Metropolitan Culture in Eighteenth-Century England*. Oxford: Clarendon, 1991.

R. M. Wiles. "Middle-Class Literacy in Eighteenth-Century England: Fresh Evidence." In *Studies in the Eighteenth Century*, edited by R. F. Brissenden. Canberra: Australian National UP, 1968.

Redford, Bruce. *The Converse of the Pen: Acts of Intimacy in the Eighteenth-Century Familiar Letter*. Chicago: University of Chicago Press, 1986.

The Remarkable and Surprising Adventures of David Simple, Etc. [*an Abridgement of the Adventures of David Simple by Sarah Fielding.*]. London: R. Snagg, 1775.

Richardson, Samual. *Clarissa: Or the History of a Young Lady*, Everyman's Library. London and Melbourne: Dent, 1932.

Richardson, Samuel. *Correspondence of Samuel Richardson*. Edited by A. L. Barbauld. London: Phillips, 1804.

———. *Familiar Letters on Important Occasions* Edited by Brian Westerdale Downs, (the English Library.). London: George Routledge & Sons, 1928.

———. *The History of Sir Charles Grandison. Edited with an Introduction by Jocelyn Harris*, (Oxford English Novels.): London: Oxford University Press, 1972.

———. *Letters Written to and for Particular Friends, on the Most Important Occasions. Directing Not Only the Requisite Style and Forms to Be Observed in Writing Familiar Letters; but How to Think and Act Justly and Prudently, in the Common Concerns of Human Life, Etc.* London: C. Rivington; J. Osborn; Bath: J. Leake, 1741.

Richardson, Samuel, and Jan Stinstra. *The Richardson-Stinstra Correspondence and Stinstra's Prefaces to Clarissa* [*in English*]. Edited by William C. Slattery: Carbondale & Edwardsville: Southern Illinois University Press; London & Amsterdam: Feffer & Simons, 1969.

Rizzo, Betty. *Companion without Vows*. Athens, Georgia: the University of Georgia Press, 1994.

Robinson, Howard. *Britain's Post Office: A History of Development from the Beginnings to the Present Day*. London: Oxford University Press, 1953.

Rowe, Elizabeth. *Letters Moral and Entertaining, in Prose and Verse* London: T. Worrall, 1734.

Sabor, Peter. "Richardson, Henry Fielding, and Sarah Fielding." In *The Cambridge Companion to English Literature 1740-1830*, edited by Thomas Keymer and Jon Mee. Cambridge: Cambridge University Press, 2004.

Salmon, Christine Mary. "Representations of the Female Self in Familiar Letters 1650-1780." University of London, 1991.

———. "Representations of the Female Self in Faminiar Letters 1650-1780." University of London, 1991.

Sanders, Andrew. *The Short Oxford History of English Literature*. 2nd ed. ed. Oxford: Oxford University Press, 2000.

Savile, George, Marquis of Halifax. *The Lady's New Years Gift: Or, Advice to a Daughter*. London: Randal Taylor, 1688.

Scheuermann, Mona. "Woman's Place: Finding and Evaluating Women's Contributions to Literature in English." In *The Age of Johnson: A Scholarly Annal*, edited by Paul J. Korshin, 391-419, 1992.

Schmitz, Robert Morell. *Pope's Essay on Criticism, 1709. A Study of the Bodleian*

Manuscript Text with Facsimiles, Transcripts and Variants. St. Louis: Washington University Press, 1962.

Scott, Mary Miss. *The Female Advocate; a Poem Occasioned by Reading Mr. Duncombe's Feminead*. London: Joseph Johnson, 1774.

Secker, Thomas. *The Autobiography of Thomas Secker Archbishop of Canterbury*. Edited by John S. Macauley and R. W. Greaves. Lawrence: University of Kansas Libraries, 1988.

Sherwood, Mary Martha. *The Governess; or, the Little Female Academy. By Mrs. Sherwood.* [*Recast by Mrs. Sherwood from the Work of the Same Name by Sarah Fielding.*]: F. Houlston & Son: Wellington, Salop, 1820.

Shoemaker, Robert B. *Gender in English Society, 1650-1850: The Emergence of Separate Spheres?*, Themes in British Social History. London: Longman, 1998.

Sketch of the Character of Mrs. Elizabeth Carter, Etc. pp. 19. A. Ballantyne: Kelso, 1806.

Smallwood, Angela J. *Fielding and the Woman Question: The Novels of Henry Fielding and Feminist Debate, 1700-1750*. Hemel Hempstead, Hertfordshire: Harvester Wheatsheaf; New York: St. Martin's Press, 1989.

Socratic Discourses by Plato and Xenophon. Everyman's Library. London: J. M. Dent & Sons, 1910.

Spacks, Patricia Ann Meyer. *Novel Beginnings: Experiments in Eighteenth-Century English Fiction*, Yale Guides to English Literature. New Haven, Conn.; London: Yale University Press, 2006.

Spencer, Jane. ""Of Use to Her Daughter": Maternal Authority and Early Women Novelists'." In *Living by the Pen: Early British Women Writers*, edited by Dale Spender, 201-11. New York & London: Teachers College Press,, 1992.

———. *The Rise of the Woman Novelist: From Aphra Behn to Jane Austen*. Oxford: Blackwell, 1986.

Stone, Lawrence. "Literacy and Education in England 1640-1900." *Past and Present* 42 (1969): 69-139.

———. *Uncertain Unions: Marriage in England 1660-1753*. Oxford: Oxford University Press, 1992.

Suzuki, Mika. "The Little Female Academy and the Governess." *Women's Writing* 1 (1994): 325-39.

———. "Sarah Fielding and Reading." In *The Eighteenth-Century Novel: A Scholarly Annual*, edited by Albert J. Rivero, 91-112. New York: AMS Press, 2002.

———. "The "Words I in Fancy Say for You": Sarah Fielding's Letters and Epistolary Method." *The Yearbook of English Studies* 28 (1998): 196-211.

Tea-Table Dialogues, between a Governess and Mary Sensible, Eliza Thoughtful, Etc. [*with Cuts.*]. London: Darton and Harvey, 1796.

Thoughts on Friendship. By Way of Essay; for the Use and Improvement of the Ladies. By a Well-Wisher to Her Sex. London: J. Roberts, 1725.

Thrale, afterwards Piozzi Hester Lynch. *Thraliana. The Diary of Mrs. Hester Lynch Thrale, Later Mrs. Piozzi, 1776-1809.* Edited by Katharine Canby Balderston. Oxford: Clarendon Press, 1942.

Thrale, Hester Lynch. *Thraliana. The Diary of Mrs. Hester Lynch Thrale, Later Mrs. Piozzi, 1776-1809*. Edited by Katharine C. Balderston. Oxford: Clarendon Press, 1942.

Todd, Janet M. *The Sign of Angellica: Women, Writing and Fiction, 1660-1800*. London: Virago, 1989.

———. *Women's Friendship in Literature.* N. Y: Columbia U. P, 1980.

Townsend, John Rowe. *Written for Children: An Outline of English-Language Children's Literature.* 3rd ed. ed. Harmondsworth: Penguin, 1987.

Trimmer, Sarah. *The Guardian of Education... Conducted by Mrs. Trimmer*. London: J. Hatchard, 1802.

Turner, Cheryl. *Living by the Pen: Women Writers in the Eighteenth Century*: Routledge, 1992.

Vickery, Amanda. *The Gentleman's Daughter: Women's Lives in Georgian England*. New Haven, Conn; London: Yale University Press, 1998.

———. "Golden Age to Separate Spheres? A Review of the Categories and Chronology of English Women's History." *The Historical Journal* 36, no. 2 (1993): 383-414.

Watt, Ian. *The Rise of the Novel: Studies in Defoe, Richardson and Fielding*. London: the Hogarth Press, 1987.

Watt, Ian *The Rise of the Novel. Studies in Defoe, Richardson and Fielding*. London: Hogatth Press, 1987.

Weightman, Mary. *The Polite Reasoner: In Letters Addressed to a Young Lady, at a Boarding School in Hoddesdon, Hartfordshire.* London: W. Bent, 1787.

Weinbrot, Howard D. *Alexander Pope: And the Traditions of Formal Verse Satire.* Princeton, New Jersey: Princeton University Press, 1982.

———. *Eighteenth-Century Satire: Essays on Text and Context from Dryden to Peter Pindar*. Cambridge: Cambridge University Press, 1988.

Werner, H. O. "The Life and Works of Sarah Fielding." Harvard University, 1937.

Wilkes, Wetenhall. *A Letter of Genteel and Moral Advice to a Young Lady... To This Are Subjoined Three Poems, Intitled I. The Month of May... Ii. The Wish... Iii. Rural Felicity Compar'd to Public Life*. London: for the Author, by E. Jones, 1740.

Williams, Carolyn D. "Fielding and Half-Learned Ladies." *Essays in Criticism* 38 (1988): 23-34.

Williams, Ioan, ed. *The Criticism of Henry Fielding*. New York: Barnes & Noble,

1970.
Wollstonecraft, M. *Original Stories from Real Life* London: Henry Frowde, 1906.
Wood, John *A Description of Bath, 1765*: Bath: Kingsmead Reprints, 1969.
Woodward, Carolyn. "Sarah Fielding's Self-Destructing Utopia: *The Adventures of David Simple*." In *Living by the Pen: Early British Women Writers*, edited by Dale Spender, 65-81. New York and London: Teachers College Press, 1992.
———. "Who Wrote *the Cry*?: A Fable for Our Times." *Eighteenth-Century Fiction* 9 (1996): 91-7.
Woodward, Carolyn Jane. "Sarah Fielding and Narrative Power for Women." University of Washington, 1987.
Wuerzbach, Natascha. *The Novel in Letters. Epistolary Fiction in the Early English Novel, 1678-1740*: London: Routledge & Kegan Paul, 1969.
Xenophon. *Conversations of Socrates*. Translated by Hugh Tredennick and Robin Waterfield. London: Penguin, 1990.
Young, Edward. *The Correspondence of Edward Young, 1683-1765*. Edited by Henry Pettit. Oxford: Clarendon Press, 1971.

注

セアラ・フィールディング作品と略称

1) Sarah Fielding, *The Adventures of David Simple: Containing an Account of His Travels through the Cities of London and Westminster in the Search of a Real Friend*, ed. Malcolm Miles Kelsall, (Oxford English Novels.) (London: Oxford University Press, 1969); Sarah Fielding, *The Adventures of David Simple: Containing an Account of His Travels through the Cities of London and Westminster in the Search of a Real Friend*, ed. M. M. Kelsall (Oxford: Oxford University Press, 1987); Sarah Fielding, *The Adventures of David Simple and Volume the Last*, ed. Peter Sabor (Lexington: the University Press of Kentucky 1998); Sarah Fielding, *The Adventures of David Simple; and, the Adventures of David Simple, Volume the Last*, ed. Linda Bree (London: Penguin, 2002).

2) Sarah Fielding, *The Governess; or, Little Female Academy*, ed. Jill Elizabeth Grey (London: Oxford University Press, 1968). Grey による Introduction 及び Bibliography は，『ガヴァネス』を学校物語の最初の作品ととらえて，数多い版及びその類似作品を挙げ，この作品が後世に及ぼした多大な影響についての分析を丁寧に行っている。他に Sarah Fielding, *The Governess, or, Little Female Academy*, Mothers of the Novel (London: Pandora, 1987).

3) Sarah Fielding, *Remarks on Clarissa*, ed. Peter Sabor (Los Angeles: William Andrews Clark Memorial Library, University of California, 1985). 後ろに挙げられている『オフィーリア』の2004年版 Appendix E に『クラリッサについて』が部分的に収められている（pp.297-301）。

4) Fielding, *The Adventures of David Simple and Volume the Last*, Fielding, The *Adventures of David Simple; and, the Adventures of David Simple, Volume the Last*. Volume the Last の前書き（Preface by a Female Friend of the Author）は，ジェイン・コリエが書いたと考えられている。

5) Sarah Fielding, *The Cry: A New Dramatic Fable* (Delmar, New York: Scholar's Facsimiles & Reprints, 1986).『クライ』はセアラ・フィールディングとジェイン・コリエの共同執筆であると言われることがある。概してはっきりものを言うコリエの影響力は大きかったものと考えられるが，共著であることを示す証拠は欠如しており，また議論を進めるにあたり不必要な混乱を避けるためにここではフィールディングを著者として扱う。フィールディング作として扱うことにする理由は以下の３点である。①コリエは『クライ』出版（1754年）の時期に，ハリス宛に自己の創作についてかなり長い手紙を書いているが，とりあげているのは自分の作品『人を巧妙に困らせる方法』*Art*

of Ingeniously Tormenting (1753) についてのみであり，別の作品を用意していることは全く触れておらず，それどころか，1754年にはリチャードソンの作品（『サー・チャールズ・グランディソンン』）が発表される予定であるので，それとは時期をはずしたいので1754年にもちこみたくなかったと記している。(Malmesbury papers, 9M73/B54, 9M73/B59/71)。②出版したドズリーは1753年11月19日付けで『クライ』の版権の半分を52ポンドで買い取っており，支払い先はセアラ・フィールディング単独である。Robert Dodsley, *The Correspondence of Robert Dodsley, 1733-1764*, ed. James E. Tierney (Cambridge: Cambridge University Press, 1988), pp. 31, 514. ③ 同時代の出版事情に詳しい人々がフィールディングの作だと思っている。リチャードソンは「良き頭と心をもっている女性が書いたと聞いています」(「女性」は単数で書かれている）と書き，フィールディング一人の作だと考えている (FM XI, f82; Samuel Richardson, *Correspondence of Samuel Richardson*, ed. A. L. Barbauld (London: Phillips, 1804), II, pp. 108-09. カーターとトルボットも同様である。Elizabeth Carter and Catherine Talbot, *A Series of Letters between Mrs. Elizabeth Carter and Miss Catherine Talbot from the Year 1741 to 1770* (London: F. C. & J. Rivington, 1809), II, pp. 183, 188. *The Monthly Review*, for April 1754, vol. 10, p. 282 では，「『デイヴィッド・シンプル』の作者は『クライ』が自分の作だとはまだ言っていない」と断り書きをいれている。

それでも，Carolyn Woodward が主張しているように，コリエが何らかのかたちで参加したと考えてもよいであろう。(Carolyn Woodward, "Who Wrote *the Cry*?: A Fable for Our Times," *Eighteenth-Century Fiction* 9 (1996): 91-7). コリエがフィールディングの文学上の同盟者であり，影響力のあるアドバイザーであったことは確かである。

6) Sarah Fielding, *The Lives of Cleopatra and Octavia*, ed. Christopher D. Johnson (London and Toronto: Associated University Press, 1994). プルタークを始めとして古典や18世紀までに書かれた歴史書など，フィールディングが参照したと考えられる作品について詳細に注がつけられている。

7) Sarah Fielding, *The History of Ophelia*, ed. Peter Sabor (Peterborough: Broadview, 2004). Sabor による Introduction で，セアラ・フィールディングの生涯と作品『オフィーリア』の特徴が解説される。ゴシック小説の先駆的描写や，ウェールズの牧歌的情景の中で隔絶されて育ったオフィーリアが外部からの観察者として新鮮な驚きをもって社会を見るという設定が特に指摘されている (pp.7-33)。また，J. E. Burrows 及び A. J. Hassall のコンピューター分析を伴った研究で，この作品が実はヘンリーが書き始めてセアラが完成したという説を唱えていると紹介されている (pp.14-15)。

8) Wilbur Lucius Cross, *The History of Henry Fielding* (New Haven: Yale Univ. Press, 1918), II, p. 40. 一方，ウエスリアン版はこの説をとっていない。Henry Fielding, *The True Patriot and Related Writings*, ed. W. B. Coley (Oxford: Clarendon, 1987), p. 245n.

9) Cross, *The History of Henry Fielding* II, p. 92; ウエスリアン版は，セアラ・フィールディングの作説を否定していない。Henry Fielding, *The Jacobite's Journal and Related Writings*, ed. William Bradley Coley (*Wesleyan Edition of the Works of Henry Fielding.*) (Oxford: at the Clarendon Press, 1974), p. 317n.

10) Cross, *The History of Henry Fielding* II, p. 378. ウエスリアン版は，最も可能性が高いのは，両記事ともにジョン・フィールディングによるものとしている。Henry Fielding, *The Covent-Garden Journal and a Plan of the Universal Register-Office*, ed. Bertrand A. Ed Goldgar (Oxford: Clarendon, 1988), pp. 336-42.

11) この出版を手配したのは，バースのレイディ・バーバラ・モンタギュであり，印刷はリチャードソンが行ったことはわかっている（コーネル大学図書館所蔵の1759年１月31日から1760年１月14日の間の Lady Barbara から Richardson への手紙)。同時代のキャサリン・トルボットやエリザベス・モンタギュが，セアラ・フィールディングと作風が似ていると判断したように，フィールディングの作と設定や文体に類似点がみられ，またバースでの交友の事実から考えると（レイディ・バブはセアラ・スコットと非常に親しく，フィールディングはスコットと親しかった。スコットはエリザベス・モンタギュの妹である)，フィールディングが創作に関与した可能性があると考えるのは妥当である。しかし，著者が彼女であると確定することは今のところできない。Chawton House Library Series に入った同書を編集した Batchelor と Hiatt は，リチャードソンを直接知っているフィールディングがレイディ・バブを仲介者とすることは不自然であるとして，フィールディング著者説を否定し，スコットが書いた可能性を示している。Jennie Batchelor and Megan Hiatt, *The Histories of Some of the Penitents in the Magdalen-House, as Supposed to Be Related by Themselves* (*1760*), Chawton House Library Series. Woman's Novels; No. 1 (London: Pickering & Chatto, 2007), xxi-xxiii.

序

1) Linda Bree, *Sarah Fielding*, *Twayne's English Authors Series; No. 522* (New York: Twayne Publishers; London: Prentice Hall International, 1996), vii.

2) Matthew Prior, *Henry and Emma*: A Poem, Upon the Model of *The Nut-Brown Maid* (1709) は，この副題にあるように，それ自体バラッド 'The Nut-Brown Maid' をベースにしている。このプライアの作品にはフィールディングは『クラリッサについて』でも強く関心を示し，副題に採用して，会話の話題としてもとりあげている。

第１章 生　涯

1) George Justice, *The Manufacturers of Literature: Writing and the Literary Marketplace in Eighteenth-Century England* (Newark, DE: University of Delaware Press; London: Associated University Presses, 2002), p. 110.

2) 『デイヴィッド・シンプル』の初版「読者への広告」では作品を「モラル・ロマンス

（あるいは何であれ読者が呼びたいような題目をつけたもの）」,『ガヴァネス』,『デルウィン』,『オフィーリア』の表紙では「物語」,『クレオパトラとオクタヴィア』では「伝記」,『クライ』では「劇的寓話」,『ガヴァネス』の献辞及び前書きでは，単に「印刷物」と呼び，作品の部類名称について流動的であるとともに，枠組みの拡張の意図が見受けられる。

3）Fielding, *The Adventures of David Simple; and, the Adventures of David Simple, Volume the Last* (Bree), xx；彼女が作品の形式において常に実験的試みを行っていたことは，さまざまな論文・研究書で指摘されている。特に，18世紀文学概説では『クライ』の革新性について触れられることが多い。例えば，Ann Marilyn Parrish, "Eight Experiments in Fiction" (Boston University Graduate School, 1973); Patricia Ann Meyer Spacks, *Novel Beginnings: Experiments in Eighteenth-Century English Fiction*, Yale Guides to English Literature (New Haven, Conn.; London: Yale University Press, 2006), pp. 121-26, 129-30.

4）Peter Sabor, "Richardson, Henry Fielding, and Sarah Fielding," in *The Cambridge Companion to English Literature 1740-1830*, ed. Thomas Keymer and Jon Mee (Cambridge: Cambridge University Press, 2004), pp. 139-56.

5）Ronald Paulson, *The Life of Henry Fielding: A Critical Biography*, *Blackwell Critical Biographies* (Oxford: Blackwell, 2000), pp. 10, 197-99.

6）Sarah Fielding, *The Adventures of David Simple, Etc* (London: George Routledge & Sons, 1904) への E. A. ベイカーによる前書き v.

7）Arnold Edwin Needham, "The Life and Works of Sarah Fielding" (University of California, 1942), p. 5.

8）H. O. Werner, "The Life and Works of Sarah Fielding" (Harvard University, 1937).

9）Parrish, "Eight Experiments in Fiction", p. 28.

10）Deborah Weatley Downs-Miers, "Labyrinths of the Mind: A Study of Sarah Fielding" (University of Missouri, 1975), Carolyn Jane Woodward, "Sarah Fielding and Narrative Power for Women" (University of Washington, 1987), Lissette Ferlet Carpenter, "Sarah Fielding: A Mid-Century Link in Eighteenth-Century Feminist Views" (Texas A & M University, 1989).

11）価値観の形成と文学（小説を筆頭に特にフィクション）の関わりを論じた代表的な著作の中では：Ian Watt, *The Rise of the Novel. Studies in Defoe, Richardson and Fielding* (London: Hogatth Press, 1987); Nancy Armstrong, *Desire and Domestic Fiction: A Political History of the Novel* (New York; Oxford: Oxford University Press, 1987); Michael McKeon, *The Origins of the English Novel 1600-1740* (Baltimore; London: Johns Hopkins University Press, 1987); J. Paul Hunter, *Before Novels: The Cultural Contexts of Eighteenth-Century English Fiction* (New York; London: Norton, 1990); Miranda J. Burgess, *British Fiction and the Production of*

Social Order, 1740-1830 (Cambridge; New York: Cambridge University Press, 2000); Michael McKeon, *Theory of the Novel: A Historical Approach* (Baltimore, MD; London: Johns Hopkins University Press, 2000).

12) Watt, *The Rise of the Novel. Studies in Defoe, Richardson and Fielding* pp. 239-89.

13) Armstrong, *Desire and Domestic Fiction: A Political History of the Novel* p. 9.

14) Andrew Sanders, *The Short Oxford History of English Literature*, 2nd ed. (Oxford: Oxford University Press, 2000), p. 314.

15) 18世紀の文学と女性作家の趨勢を広くとり上げた中には例えば次のような研究がある。Jane Spencer, *The Rise of the Woman Novelist: From Aphra Behn to Jane Austen* (Oxford: Blackwell, 1986); Jerry C. Beasley, "Introduction to a Special Issue on Women and Early Fiction," *Studies in the Novel* 19 (1987): 239-44; Janet M. Todd, *The Sign of Angellica: Women, Writing and Fiction, 1660-1800* (London: Virago, 1989); Mona Scheuermann, "Woman's Place: Finding and Evaluating Women's Contributions to Literature in English," in *The Age of Johnson: A Scholarly Annal*, ed. Paul J. Korshin (1992): 391-419; Cheryl Turner, *Living by the Pen: Women Writers in the Eighteenth Century* (Routledge, 1992); Catherine Gallagher, *Nobody's Story: The Vanishing Acts of Women Writers in the Marketplace, 1670-1820* (Oxford: Clarendon, 1994); Catherine Ingrassia, *Authorship, Commerce, and Gender in Early Eighteenth-Century England: A Culture of Paper Credit* (Cambridge: Cambridge University Press, 1998); Elizabeth Eger et al., eds., *Women, Writing and the Public Sphere, 1700-1830* (Cambridge: Cambridge University Press, 2001).

16) Spencer, *The Rise of the Woman Novelist: From Aphra Behn to Jane Austen* pp. 75-103.

17) Ibid. pp. 92-4, 118-22.

18) Gallagher, *Nobody's Story: The Vanishing Acts of Women Writers in the Marketplace, 1670-1820* esp. xviii, 145-202.

19) Harriet Guest, *Small Change: Women, Learning, Patriotism, 1750-1810* (Chicago, IL; London: University of Chicago Press, 2000), pp. 23-24, 31-37, 45, 47-48.

20) Ibid. pp. 23, 47.

21) Ibid. pp. 23, 36.

22) Amanda Vickery, *The Gentleman's Daughter: Women's Lives in Georgian England* (New Haven, Conn; London: Yale University Press, 1998).

23) Eger et al., eds., *Women, Writing and the Public Sphere, 1700-1830*.

24) Amanda Vickery, "Golden Age to Separate Spheres? A Review of the Categories and Chronology of English Women's History," *The Historical Journal* 36, no. 2 (1993) 383-414.

25) Robert B. Shoemaker, *Gender in English Society, 1650-1850: The Emergence of*

Separate Spheres?, Themes in British Social History (London: Longman, 1998)

26) Michael McKeon, *The Secret History of Domesticity: Public, Private, and the Division of Knowledge* (Baltimore, Md.; London: Johns Hopkins University Press, 2005) esp. xviii, xix.

27) Lawrence E. Klein, "Gender and the Public/Private Distinction in the Eighteenth Century: Some Questions About Evidence and Analytic Procedure," *Eighteenth-Century Studies* 29, no. 1 (1995) 97-109: Eger et al., eds., *Women, Writing and the Public Sphere, 1700-1830*.

28) McKeon, *The Secret History of Domesticity: Public, Private, and the Division of Knowledge*, pp. 49-109.

29) Bree, *Sarah Fielding*, esp. p. 149.

30) 祖父ジョン（c.1650-98）は，レイディ・メアリ・ワートレー・モンタギュの祖父第3代デンビ伯爵（1640-85）の弟である。

31) 裁判の詳細は，Martin C. Battestin and Ruthe R. Battestin, *Henry Fielding: A Life* (London: Routledge, 1989), pp. 11-23, 30-37 参照。

32) 1768年4月14日のチャールコム教区記録に埋葬2ポンド2シリングと墓石設置料3ポンド3シリングという記録がある（Grey, p. 35）.

33) Mary Scott, *The Female Advocate; a Poem Occasioned by Reading Mr. Duncombe's Feminead* (London: Joseph Johnson, 1774), pp. 22-23. ここでは故ヘンリー・フィールディングの妹であり，『デイヴィッド・シンプル』の作者として紹介されている。『クライ』の題名の中からの「巧妙な技術」への言及がありながら，作品としては挙げられておらず，『デルウィン』と『オフィーリア』も挙がっていない。

34) 彼は教区牧師を多数の教区で勤めるほか，皇太子家付の牧師でもあって，同じ頃，ジョージ2世の次男の家ではスティーヴン・ポインツが教師及び世話係りを勤めていたので，ポインツ夫妻と知り合うきっかけを作ったのは，ホードリーである可能性もある。

35) Henry Fielding and Sarah Fielding, *The Correspondence of Henry and Sarah Fielding*, ed. Martin Battestin and Clive Probyn (Oxford: Clarendon Press, 1993), p. 159; Hester Lynch Thrale, *Thraliana. The Diary of Mrs. Hester Lynch Thrale, Later Mrs. Piozzi, 1776-1809.*, ed. Katharine Canby Balderston (Oxford: Clarendon Press, 1942), p. 78. アーサーには金銭トラブルがあって，ヘンリーもジェイムズ・ハリスも保証人となっていた裁判の記録があり，また財産持ちの女性との結婚が無効になる裁判も起こされた。J. Paul de Castro, "Fielding and the Collier Family," *Notes and Queries, XII Series* II, 104-6; Lawrence Stone, *Uncertain Unions: Marriage in England 1660-1753* (Oxford: Oxford University Press, 1992), pp. 68-77.

36) ポルトガルでの生活で，マーガレットとフィールディングの一家との間に軋轢が生じ，相互に辛辣なコメントを残している。*Huntington Library Quarterly* 35 (1971): 70; Richardson, *Correspondence of Samuel Richardson*, II, pp. 77-8; Austin Dobson, *At Prior Park and Other Papers* (London: OUP, 1925), pp. 144-45.

37) Betty Rizzo, *Companion without Vows* (Athens, Georgia: the University of Georgia Press, 1994), pp. 41-60.

38) Castro, "Fielding and the Collier Family," 104.

39) MO 5873, 1768年１月１日付け。

40) 祖父の土地の他にも叔父の財産を相続できる見込みがあったが，遺書に異議が唱えられ，叶わなかったらしい（Battestin and Battestin, *Henry Fielding: A Life* pp. 248-49)。

41) Fielding and Fielding, *The Correspondence of Henry and Sarah Fielding*, pp. 127, 128 n1, 149.

42) Ibid. p. 150 and p. 151, n1.

43) バースの歴史を研究したピーチは，アレンと知り合ったのはヘンリーよりもセアラが先だったと書いている。R. E. M. Peach, *Historic House in Bath*, p. 32; R. E. M. Peach, *The Life and Times of Ralph Allen* (London: D. Nutt, 1895), p. 133.

44) Richard Graves, *The Triflers* (London: Lackington, 1806), p. 77. グレイヴス（1715-1804）は聖職者で，*The Spiritual Quixote*（1773）でも知られる。

45) MO 3155, モンタギュからカーターへ。［1765年］10月１日付け。アレンの遺書と彼の彼女への援助については，Peach, *The Life and Times of Ralph Allen* pp. 236, 120; Dobson, *At Prior Park and Other Papers*, p. 28; Benjamin Boyce, *The Benevolent Man* (Cambridge, Massachusetts: Harvard U. P., 1967), pp. 128, 159, 172, 243, 247, 270.

46) 1760年に彼女がウォルコットに移り住む際，サー・ジョンの助けを得たが，彼女の具合が悪くなってきたころには援助していない。「サー・J・フィールディングは支払いのために誰も寄越さない……医者が寛大で費用が助かっているものの，彼女のような状況ではお金がかかるに違いない」(MO 5881)。

47) Dustin H. Griffin, *Literary Patronage in England, 1650-1800* (Cambridge: Cambridge University Press, 1996), pp. 13-44.

48) John Nichols, *Literary Anecdotes of the Eighteenth Century* (London: Nichols, 1812), IV, p. 714.

49) Griffin, *Literary Patronage in England, 1650-1800*, Justice, *The Manufacturers of Literature: Writing and the Literary Marketplace in Eighteenth-Century England*, pp. 105-06, 205-06.

50) James Boswell, *Boswell's Life of Johnson: Together with Boswell's Journal of a Tour to the Hebrides and Johnson's Diary of a Journey into North Wales*, ed. George Birkbeck Hill and L. F. Powell, Rev and enl ed. (Oxford: Clarendon Press, 1979 [1934]), I, pp. 287-88.

51) Battestin and Battestin, *Henry Fielding: A Life* p. 712.

52) Dodsley, *The Correspondence of Robert Dodsley, 1733-1764*, pp. 31, 514.

53) Lady Mary Wortley Montagu, *The Complete Letters of Lady Mary Wortley Montagu*, ed. Robert Halsband (Oxford: Clarendon Press, 1965-67), III, p. 67.

54) Isobel Grundy, *Lady Mary Wortley Montagu: Comet of the Enlightenment* (New York: Clarendon Press, 1999), p. 536.

55) Montagu, *The Complete Letters of Lady Mary Wortley Montagu* III, p. 67. 挙げている 4 作品のうち，『デイヴィッド・シンプル最終巻』のみセアラ・フィールディングによる。

56) The Abbé Prévost, 'Pour et Contre' (1734) no. 38, p. 173, quoted in Alfred Barbeau, *Life and Letters at Bath in the XVIIIth Century... With a Preface by Austin Dobson. F. P* (London: illiam Heinemann, 1904), p. 80.

57) 古来の医学を学んだ学識ある医者たちと新しい療法をもちこもうとする野心的な療法師の医療市場での対峙については，例えば，Peter Elmer, ed., *The Healing Arts: Health, Disease and Society in Europe, 1500-1800* (Manchester: Manchester University Press, 2004), pp. 371-78.

58) バースが満たしたとされる世界文化遺産の用件は以下の 3 点である。「人間の創造的才能を表す傑作である」「ある期間，あるいは世界のある文化圏において，建築物，技術，記念碑，都市計画，景観設計の発展において人類の価値の重要な分流を示していること」「人類の歴史の重要な段階を物語る建築様式，あるいは建築的または技術的な集合体，あるいは景観に関する優れた見本であること」。

Andrea Palladio (1508-1580) はヴェニス近郊のヴィツェンツァで活躍し，彼の古典をベースにしたスタイルは，17世紀にそして18世紀前半にイギリスで大いにもてはやされた。

59) バースが最近また複雑なかたちで注目を集めている。観光客が減っていることを受け，新たなツーリズムを巻き起こそうと大きなプロジェクト New Spa project を立ち上げ，National Lottery からの莫大な資金を得て市民及び旅行者向けの健康増進施設を建設している。ところが，開業予定が実現される前から既に劣化が始まっていると言われている。

60) Elmer, 289.

61) David Harley, "A Sword in a Madman's Hand; Professional Opposition to Popular Consumption in the Waters Literature of Southern England and the Midlands, 1570-1870," in *The Medical History of Waters and Spas*, ed. Roy Porter, *Medical History, Supplement* (London: Wellcome Institute for the History of Medicine, 1990), 48-55.

62) Noel G. Coley, "Physicians, Chemists and the Alalysis of Mineral Waters; 'The Most Difficult Part of Chemistry'" in *The Medical History of Waters and Spas*, ed. Roy Porter, *Medical History, Supplement* (London: Wellcome Institute for the History of Medicine, 1990), 56-66; Christopher Hamlim, "Chemistry, Medicine, and the Legitimization of English Spas, 1740-1840," in *The Medical History of Waters and Spas*, 67-81.

63) Peter Borsay, *The English Urban Renaissance, Oxford Studies in Social History*

(Clarendon Press, 1991).

64) Edward Gregg, *Queen Anne* (New Haven and London: Yale University Press, 2001 [1980]), pp. 56-57, 95-97, 161-62.

65) Robert Pierce, *The History and Memoirs of the Bath; Containing Observations on What Cures Have Been There Wrought... An Account of King Bladud,... With a Philosophical Preface... Of Baths in General, and of These in Particular* (London, 1713).

66) Christopher Anstey, *The New Bath Guide*, [1st ed. reprinted]; with an introduction by Kenneth G. Ponting. ed. (Bath: Adams & Dart, 1970).

67) John Wood, *A Description of Bath, 1765* (Bath: Kingsmead Reprints, 1969).

68) Fielding and Fielding, *The Correspondence of Henry and Sarah Fielding*, p. 144.

69) シェリダンがしばしばセアラを訪ねたことが言及されている。Alicia Lefanu, *Memoirs of the Life and Writings of Mrs. F. Sheridan* (London: F. and W. B. Wittaker, 1824), p. 95.

70) MO 5317, [1765].

71) Fielding and Fielding, *The Correspondence of Henry and Sarah Fielding*, p. 130.

72) Janet M. Todd, *Women's Friendship in Literature* (N. Y: Columbia U. P, 1980), pp. 342-44.

73) MO 5766, 1757年6月9日付け。スコット宛。エリザベス・カーターもセアラ・フィールディングは快活な性質ではないことを認めているが，モンタギュよりは親しみを感じていたようだ。「[スコット] がかわいそうなフィールディングさんを失うであろうことは本当に残念なことです。彼女は，快活な仲間ではないけれども，優しい善良な女性で，こういう性格の人は愛情を込めて惜しまれるものです。」Elizabeth Carter, *Letters from Mrs. Elizabeth Carter, to Mrs. Montagu, between the Years 1755 and 1800,... Published from the Originals in the Possession of the Rev. Montagu Pennington*, 3 vols. (London: F. C. & J. Rivington, 1817), I, p. 369.

74) MO 5766.

75) スコットは，'Mrs Feilding'と綴るのが常だった。

76) MO 5321.

77) MO 5321.

78) MO 5873.

79) MO 5882.

80) Anne B. Poyntz, *Je Ne Sais Quoi: Or, a Collection of Letters, Odes, &C., Never before Published. By a Lady* [*Anne B. Poyntz*] (London: 1769), pp. 27-28. 今日の評価でみると，他の二人とセアラ・フィールディングは性格を異にし，ここに3人が一緒に並べられていることに違和感をおぼえるかもしれないが，ポインツとしてはよく読まれている女性作家を並べたものと思われる。18世紀中葉までは，ベーンが人気作家として評価されていたことについては，Gallagher, *Nobody's Story: The Vanishing Acts of*

Women Writers in the Marketplace, 1670-1820, pp. 1-6) 参照.

81) Carolyn Woodward, "Sarah Fielding's Self-Destructing Utopia: *The Adventures of David Simple*," in *Living by the Pen: Early British Women Writers*, ed. Dale Spender (New York and London: Teachers College Press, 1992), 65-81.

82) Alice Browne, *The Eighteenth Century Feminist Mind* (Brighton: Harvester, 1987), pp. 3-4.

第2章　読者との関係の構築

1) Griffin, *Literary Patronage in England, 1650-1800*.

2) Justice, *The Manufacturers of Literature: Writing and the Literary Marketplace in Eighteenth-Century England*, p. 78.

3) Fielding, *The Cry: A New Dramatic Fable* I, pp. 1-2; I, p. 59; Mika Suzuki, "Sarah Fielding and Reading," in *The Eighteenth-Century Novel: A Scholarly Annual*, ed. Albert J. Rivero (New York: AMS Press, 2002). Clark Lawlor は，社会改革の手段としてのグロテスクの伝統にこの作品を位置づけている。Clark Lawlor, "The grotesque, reform and sensibility in Dryden, Sarah Fielding and Jane Collier", 187-205.

4) Mary Anne Schofield によるファクシミリ復刻版 *The Cry* への序章，pp. 7-10.

5) Paula Backscheider, "Women Writers and the Chain of Identification," *Studies in the Novel* 19 (1987): 245-62; Gallagher, *Nobody's Story: The Vanishing Acts of Women Writers in the Marketplace, 1670-1820*.

6) Hunter, *Before Novels: The Cultural Contexts of Eighteenth-Century English Fiction*, pp. 138-64.

7) Wolfgang Iser, *The Act of Reading: A Theory of Aesthetic Response* (London: Routledge and Kegan Paul, 1978), pp. 152-59, 163-231『行為としての読書』.

8) Wolfgang Iser, *The Implied Reader. Patterns of Communications in Prose Fiction from Bunyan to Beckett* (Baltimore, London: John Hopkins University Press, 1974), pp. 35, 46, 55.

9) Susan K. Howard, "The Intrusive Audience in Fielding's Amelia," *Journal of Narrative Technique* 17 (1987), 287-88, 293-94.

10) Montagu, *The Complete Letters of Lady Mary Wortley Montagu* III, p. 67.

11) *The Remarkable and Surprising Adventures of David Simple, Etc.* [*an Abridgement of the Adventures of David Simple by Sarah Fielding.*], (London: R. Snagg, 1775).

12) サミュエル・ジョンソンが『英語辞典』の「虚心の」の項で示したポープの「批評について」の引用。ポープの原文（1711年，1713年，1717年，1736年，1744年，1751年の各版及び1961年の Twickenham Edition）では，candid ではなくて，perfect が使われており，ジョンソンの記憶違いと思われる。Alexander Pope, *Pastoral Poetry and an Essay on Criticism*, ed. E. Audra, Aubrey L. Williams, and John Butt, vol. I, *The*

Twickenham Edition of the Poems of Alexander Pope (London: Routledge, 1961), p. 266; Robert Morell Schmitz, *Pope's Essay on Criticism, 1709. A Study of the Bodleian Manuscript Text with Facsimiles, Transcripts and Variants* (St. Louis: Washington University Press, 1962), p. 46.

13) FM XI ff 266-67, 268.

14) Iser, *The Implied Reader.* pp. 29-56.

15) Tom Keymer, *Richardson's Clarissa and the Eighteenth-Century Reader* (Cambridge: Cambridge. U. P., 1992).

16) FM XV 24/8, Jane Collier to Richardson, 9 July 1749. ——, "Jane Collier, Reader of Richardson, and the Fire Scene in *Clarissa,*" in *New Essays on Samuel Richardson,* ed. Albert J. Rivero (London: Macmillan, 1996), 141-61 参照。

17) 彼女のリチャードソンへの手紙は Fielding and Fielding, *The Correspondence of Henry and Sarah Fielding*, p. 123.

18) ヘンリー・フィールディングが『ジョゼフ・アンドリュース』の前書きで代表的ロマンスとして挙げている中にもこの『カサンドラ』(1642-5) と『クレリア』(1654-60) が入っている。前者は Gauthier Costes de La Calprenède，後者は Madeleine de Scudéry の作品。

19) Keymer, *Richardson's Clarissa and the Eighteenth-Century Reader*, esp. pp. 239-44.

20) FM XIV ff. 133-34, Westcomb to Richardson, Aug 7 1754.

21) FM XIV ff. 135-56, Richardson to Westcomb, Aug 9 1754; Richardson, *Correspondence of Samuel Richardson* II, 108-09.

22) FM XIV ff. 135-36, Richardson to Westcomb, Aug 9 1754.

23) Hester Lynch Piozzi, *The Piozzi Letters: Correspondence of Hester Lynch Piozzi, 1784-1821 (Formerly Mrs. Thrale)*, ed. Edward A. Bloom and Lillian D. Bloom (Newark: University of Delaware Press; London: Associated University Presses, 1991), II, p. 249.

24) FM XI f. 94, Lady Bradshaigh to Richardson, March 16 1754.

25) FM XVI F16. 'From Anonymous VI Ladies Post Mark Reading'; イーヴスとキンペルはこの手紙は1742年1月から3月の間に書かれたものとしている。Thomas Cary Duncan Eaves and Ben D. Kimpel, *Samuel Richardson: A Biography* (Oxford: Clarendon Press, 1971), p. 147. レディングの女性たちとの間の手紙のやりとりはリチャードソン周辺で知られていたらしく，サミュエル・ヴァンダープランク（ノースエンドでの大家）がリチャードソンにこれは真面目に受け答えするべき手紙と思わない方がよいと伝えている：「敢えてご無礼を付け加えて言わしていただきますが，私の意見では，これは（名無しの）まやかしもので，味方ではなく，羨望に満ちた批判が全体を通して感じられます。」(FM XVI f21)。

第3章　気心知れた仲間の交流

1)　Clare Brant, *Eighteenth-Century Letters and British Culture* (Basingstoke: Palgrave Macmillan, 2006) pp. 1, 9-17, 335.

2)　John Butt and Geoffrey Carnall, *The Age of Johnson: 1740-1789*, Reprinted. ed. (Oxford: Clarendon Press, 1979), pp. 326-45; Howard Peter Anderson, Philip B Daghlian, and Irvin Ehrenpreis, eds., *The Familiar Letter in the Eighteenth Century* (Lawrence: University of Kansas Press, 1966), esp. 269-82; Bruce Redford, *The Converse of the Pen: Acts of Intimacy in the Eighteenth-Century Familiar Letter* (Chicago: University of Chicago Press, 1986).

3)　識字率の上昇については例えば，Lawrence Stone, "Literacy and Education in England 1640-1900," *Past and Present* 42 (1969); R. M. Wiles, "Middle-Class Literacy in Eighteenth-Century England: Fresh Evidence," in *Studies in the Eighteenth Century*, ed. R. F. Brissenden (Canberra: Australian National UP, 1968) 参照。さらに，Hunter, *Before Novels: The Cultural Contexts of Eighteenth-Century English Fiction*, pp. 62-85 ではそれと文学の興隆の関係が論じられている。郵便網の発展については，Howard Robinson, *Britain's Post Office: A History of Development from the Beginnings to the Present Day* (London: Oxford University Press, 1953)。

4)　Ian Watt, *The Rise of the Novel: Studies in Defoe, Richardson and Fielding* (London: the Hogarth Press, 1987), pp. 187-91: Lawrence Klein, "The Third Earl of Shaftsbury and the Progress of Politeness," *Eighteenth-Century Studies* 18 (1984-5): 186-214: Lawrence Klein, "Liberty, Manners, and Politeness in Early Eighteenth-Century England," *The Historical Journal* 32 (1989); 583-605.

5)　Samuel Johnson, *The Letters of Samuel Johnson*, ed. Bruce Redford, Hyde edition. ed. (Oxford: Clarendon Press, 1992), p. 89.

6)　Samuel Johnson, *Lives of the English Poets*, ed. George Birkbeck Hill, vol. III (Oxford: Clarendon Press, 1905), p. 207.

7)　Linda S. Kauffman, *Discourses of Desire: Gender, Genre, and Epistolary Fictions* (Ithaca and London: Cornell University Press, 1986), pp. 91-118; Katherine A. Jensen, "Male Models of Feminien Epistolarity; or, How to Write Like a Woman in Seventeenth-Century France," in *Writing Th Efemale Voice: Essays on Epistolary Literature*, ed. Elizabeth C. Goldsmith (Boston: Northeastern University Press, 1989), 25-45; Elizabeth C. Goldsmith, "Authority, Authenticity, and the Publication of Letters by Women," in *Writing the Female Voice*, ed. Elizabeth C. Goldsmith (Boston: Northeastern University Press, 1989), 46-59.『ポルトガル人尼僧の手紙』は作者不詳であるが，Gabriel-Joseph de Lavergne de Guilleragues というフランス人男性の作であるというのが暫定的合意である。Natascha Wuerzbach, *The Novel in Letters. Epistolary Fiction in the Early English Novel, 1678-1740* (London: Routledge & Kegan Paul, 1969), pp. 3-4; Kauffman, pp. 46, 85, 92-93; Jensen, 27.

8) Christine Mary Salmon, "Representations of the Female Self in Familiar Letters 1650–1780" (University of London, 1991), p. 27.
9) Cynthia Lowenthal, *Lady Mary Wortley Montagu and the Eighteenth-Century Familiar Letter* (Athens, Ga. and London: University of Georgia Press, 1994), esp. pp. 1–4 and passim.
10) Salmon, "Representations of the Female Self in Familiar Letters 1650–1780" pp. 60, 182, 262, 267, 269; Guest, *Small Change: Women, Learning, Patriotism, 1750–1810*, pp. 108–10；これまで現存しながら出版から除外されていたカーターの手紙が集められ，2005年に出版されている。Elizabeth Carter and Gwen Hampshire, *Elizabeth Carter, 1717–1806: An Edition of Some Unpublished Letters* (Newark, Del.: University of Delaware Press, 2005).
11) Montagu, *The Complete Letters of Lady Mary Wortley Montagu*, II, pp. 65, 75 III, pp. 62, 215.
12) Spencer, *The Rise of the Woman Novelist: From Aphra Behn to Jane Austen*, pp. 75–103. Mika Suzuki, "The "Words I in Fancy Say for You": Sarah Fielding's Letters and Epistolary Method," *The Yearbook of English Studies* 28 (1998): 196–211.
13) Fielding and Fielding, *The Correspondence of Henry and Sarah Fielding*, pp. 123–76.
14) Reginald Blunt, *Mrs Montagu "Queen of the Blues": Her Letters and Friendships from 1762 to 1800* (London: Constable, no date), I, p. 158.
15) Fielding and Fielding, *The Correspondence of Henry and Sarah Fielding* p. 175.
16) Ibid. p. 123.
17) Ibid. p. 125.
18) Harris Papers, vol. 40, pt. 4.
19) *Gentleman's Magazine* の1747年4月に出版の書物リストに載っている。『トゥルー・パトリオット』(1746年2月）には出版の遅延を伝える記事があり，それには1747年1月になる予定であると出ている。印刷屋ウッドフォールの台帳にある出版者アンドリュー・ミラーの項に，「1746年11月23日，ミス・フィールディングの八つ折版500ページの出版企画，6シリング」とある（*Notes and Queries* XI, June 2 1855, p. 419)。出版されたのは1747年4月10日だった。
20) Battestin and Battestin, *Henry Fielding: A Life*, p. 414.
21) Samuel Richardson, *Letters Written to and for Particular Friends, on the Most Important Occasions. Directing Not Only the Requisite Style and Forms to Be Observed in Writing Familiar Letters; but How to Think and Act Justly and Prudently, in the Common Concerns of Human Life, Etc.* (London: C. Rivington; J. Osborn; Bath: J. Leake, 1741); Samuel Richardson, *Familiar Letters on Important Occasions* ed. Brian Westerdale Downs, (*the English Library.*) (London: George Routledge & Sons, 1928).

22) Battestin and Battestin, *Henry Fielding: A Life* p. 415.

23) Ioan Williams, ed., *The Criticism of Henry Fielding* (New York: Barnes & Noble, 1970), p. 133 の注 2 参照。

24) *Some Familiar Letters between Mr. Locke and Several of His Friends* (London, 1708); John Macky, *A Journey Through England. In Familiar Letters from a Gentleman here, to His Friend Abroad* (London, 1714); *Familiar Letters of Love, Gallantry, and Several Occasions* (London, 1718); Mary Davys, *Familiar Letters Betwixt a Gentleman and a Lady*, in *The Works of Mrs. Davys* (London, 1725); Daniel Defoe, *The Complete English Tradesman in Familiar Letters* (London, 1726) など多数例がある。

25) Fielding and Fielding, *The Correspondence of Henry and Sarah Fielding* p. 132.

26) ボズウエルが記録したジョンソンの時計を挙げたリチャードソンとフィールディングの比較についは，Boswell, *Boswell's Life of Johnson: Together with Boswell's Journal of a Tour to the Hebrides and Johnson's Diary of a Journey into North Wales*, II, p. 49.

27) リチャードソン自身これを「小さな手紙集で，パミラはそのおかげで存在している」と言って『パミラ』の前身であると位置づけている。Samuel Richardson and Jan Stinstra, *The Richardson-Stinstra Correspondence and Stinstra's Prefaces to Clarissa* [*in English*]., ed. William C. Slattery (Carbondale & Edwardsville: Southern Illinois University Press; London & Amsterdam: Feffer & Simons, 1969), pp. 29-30. 手紙文例マニュアル研究としては Katherine Gee Hornbeak, *The Complete Letter Writer in English, 1568-1800*, [*Smith College Studies in Modern Languages. Vol. 15. No. 3/4.*] (Northampton, Mass.: 1934) 参照。

28) Werner, "The Life and Works of Sarah Fielding", pp. 102-03, 99.

29) A. E. Needham, "The Life and Works of Sarah Fielding" (University of California, 1942), p. 118.

30) Richardson and Stinstra, *The Richardson-Stinstra Correspondence and Stinstra's Prefaces to Clarissa* [*in English*]. pp. 62, 71.

31) Richardson, *Letters Written to and for Particular Friends, on the Most Important Occasions. Directing Not Only the Requisite Style and Forms to Be Observed in Writing Familiar Letters; but How to Think and Act Justly and Prudently, in the Common Concerns of Human Life, Etc.* , p. 71.

32) Samual Richardson, *Clarissa: Or the History of a Young Lady*, *Everyman's Library* (London and Melbourne: Dent, 1932), II, p. 431.

33) Preface to *Sir Charles Grandison*.

34) Battestin and Battestin, *Henry Fielding: A Life* p. 442.

35) Richardson and Stinstra, *The Richardson-Stinstra Correspondence and Stinstra's Prefaces to Clarissa* [*in English*]. p. 30.

36) Elizabeth J. MacArthur, *Extravagant Narratives: Closure and Dynamics in the Epistolary Form* (Princeton, N. J.; Oxford: Princeton University Press, 1990).

37) William Matthews, ed., *The Diary of Dudley Ryder, 1715-1716* (London: Methuen, 1939), p. 78. 18世紀にホラチウスは洗練された文体のモデルとして高く評価されて影響力も強かったが，一方で政治的立場などから警戒されることもあり，ポープなどはホラチウス的特質と反ホラチウス的特質を併せ持っていたと分析されている。Howard D. Weinbrot, *Eighteenth-Century Satire: Essays on Text and Context from Dryden to Peter Pindar* (Cambridge: Cambridge University Press, 1988), pp. 21-33, 186-203; Howard D. Weinbrot, *Alexander Pope: And the Traditions of Formal Verse Satire* (Princeton, New Jersey: Princeton University Press, 1982).

38) Nancy A. Mace, "Henry Fielding's Classical Learning," *MOdern Philology* 88 (1991): 243-60.

39) Werner, "The Life and Works of Sarah Fielding" p. 296.

40) Samuel Johnson, *Lives of the English Poets*, ed. George Birkbeck Hill, vol. II (Oxford: Clarendon Press, 1905), p. 150.

41) *Spectator* No. 618-Wednesday, November 10, 1714.

42) Henry Fielding, *Miscellanies*, ed. Henry Knight Miller, *The Wesleyan Edition of the Works of Henry Fielding* (Oxford: Clarendon Press, 1972), p. 150.

43) Ibid. pp. 150, 152.

44) 'Essay on Conversation', in Ibid. p. 120.

45) William C. Dowling, *The Epistolary Moment: The Poetics of the Eighteenth-Century Verse Epistle* (Princeton, N. J.; Oxford: Princeton University Press, 1991), pp. 45-48, 53-82.

第 4 章　学校物語

1) J. H. Plumb, "The New World of Children in Eighteenth-Century England," in *The Birth of a Consumer Society: The Commercialization of Eitheenth-Century England*, ed. Neil McKendrick et al (London: Europa Publications, 1982), 286-315.

2) F. J. Harvey Darton, *Children's Books in England: Five Centuries of Social Life*, 3rd ed/revised by Brian Alderson. ed. (Cambridge University Press, 1982), p. 1; John Newbery, *John Newbery. A Little Pretty Pocket-Book. A Facsimile with an Introductory Essay and Bibliography by M. F. Thwaite*, (*Juvenile Library.*) (London: Oxford University Press, 1966), pp. 11-18.

3) Ivy Pinchbeck and Margaret Hewitt, *Children in English Society: From Tudor Times Ot the Eighteenth Century*, (*Studies in Social History.*) (London: Routledge & Kegan Paul; Toronto: University of Toronto Press, 1969), I. p. 299; see also S. J. Curtis and M. E. A. Boultwood, *A Short History of Educational Ideas*, 5th ed. ed. (Slough: University Tutorial Press, 1977), Isaac Kramnick, "Children's Literature

and Bourgeois Ideology: Observations on Culture and Industrial Capitalism in the Later Eighteenth Century," in *Culture and Politics from Puritanism to the Eilightenment*, ed. Perez Zagorin (Berkeley: University of California Press, 1980), 215; John Rowe Townsend, *Written for Children: An Outline of English-Language Children's Literature*, 3rd ed. ed. (Harmondsworth: Penguin, 1987), pp. 21-29.

4) Jane Spencer, "'"Of Use to Her Daughter": Maternal Authority and Early Women Novelists'," in *Living by the Pen: Early British Women Writers*, ed. Dale Spender (New York & London: Teachers College Press,, 1992), 201-211; Paula Backscheider, "Women Writers and the Chain of Identification," *Studies in the Novel* 19 (1987): 249-51.

5) Mika Suzuki, "The Little Female Academy and the Governess," *Women's Writing* 1 (1994): 325-39.

6) OED では，'A woman who has charge of control of a person, esp. a young one. (Obs.)' あるいは 'A female teacher; an instructress; now chiefly, one as employed in a private household (the current use)' とある。

7) Fielding, *The Governess; or, Little Female Academy*. この版は，イントロダクションと付録が充実しており，セアラ・フィールディングの生涯と作品，『ガヴァネス』が後世の青少年向けの書物に及ぼした影響などが詳しく述べられている。

8) Grey, pp. 1, 39, 57。他に例えば次の各書でも，子どものための最初のフィクションであることが指摘されている。Sherwood *The Governess; or the Little Female Academy* (Dellington, Salop: F. Houlston and Son, 1820), iii; *Children's Literature: a Guide to Reference Sources* first supplement, completed by Virginia Haviland and Margaret N. Coughlan (Washington: Library of Congress, 1972), p. 57; Geoffrey Summerfield, *Fantasy and Reason: Children's Literature in the Eighteenth Century* (London: Methuen, 1984), p. 89.

9) The Eighteenth-Century Short Title Catalogue による。

10) Grey, p. 1.

11) *Education of Children and Young Students in All Its Branches*, (London: J. Waugh, 1752), p. 16.

12) Battestin and Battestin, *Henry Fielding: A Life*, pp. 18-37; Mrs Barber の寄宿学校に関する発言については, Battestin and Battestin, *Henry Fielding: A Life* p. 34 に引用されている。

13) Ursula Fielding が，1748年10月25日付けでソールズベリーのジョン・バーカー夫人に宛てた手紙で，姉妹について書いている：'All the sisterhood desire much love to you. Kitty [Catharine] is at work. Sally [Sarah] is puzzling about it and about it. Bea [Beatrice] playing on her fiddle, and Patty scribbling' (Fielding and Fielding, *The Correspondence of Henry and Sarah Fielding*, p. 182).

14) Bridget Hill, 'A Refuge from Men: The Idea sb a Protestant Nunnery', *Past and*

Present 117 (1987): 107-30.

15） Anna Maria Mordaunt（ポインツ）の美しさは，サミュエル・クロクソールの 'The Fair Circassian, a Dramatic Performance' (London: Printed for J. Watts, 1720) の中でも称えられている。

16） Teresia Constantia Muilman, *An Apology for the Conduct of Mrs T. C. Phillips, More Particularly That Part of It Which Relates to Her Marriage with an Eminent Dutch Merchant (H. Muilman), Etc*, vol. 3 vols (London: for the Author, 1748-49), vol. III, pp. 90-91; この部分は Battestin and Probyn, p. 184 にも引用されている。

17） John Mullan, *Sentiment and Sociability: The Language of Feeling in the Eighteenth Century* (Oxford: Clarendon, 1990).

18） Hester Chapone, *Letters on the Improvement of the Mind.* (London: 1773)), chap. VIII, 'On Politeness and Accomplishments'. この本の出版はフィールディングが活躍していた時期よりもかなり遅いが，シャポン46歳のときの出版であり，二人は共通の文化をもつほぼ同時代人であるといっていいであろう。

19） *Thoughts on Friendship. By Way of Essay; for the Use and Improvement of the Ladies. By a Well-Wisher to Her Sex*, (London: J. Roberts, 1725), p. 11.

20） Ibid., p. 39.

21） Portia [Charles Allen], *The Polite Lady: Or, a Course of Female Education. In a Series of Letters, from a Mother to Her Daughter.*, Third edition. ed. (London: T. Carnan and F. Newbery, Jr., 1775), p. 46.

22） George Savile, Marquis of Halifax, *The Lady's New Years Gift: Or, Advice to a Daughter.* (London: Randal Taylor, 1688), pp. 117-18.

23） Elizabeth Rowe, *Letters Moral and Entertaining, in Prose and Verse* (London: T. Worrall, 1734), pp. 73-75.

24） *Thoughts on Friendship. By Way of Essay; for the Use and Improvement of the Ladies. By a Well-Wisher to Her Sex*, p. 53.

25） Ibid. pp. 23, 22.

26） Ibid., p. 52.

27） Wetenhall Wilkes, *A Letter of Genteel and Moral Advice to a Young Lady... To This Are Subjoined Three Poems, Intitled I. The Month of May... Ii. The Wish... Iii. Rural Felicity Compar'd to Public Life* (London: for the Author, by E. Jones, 1740), pp. 112-13.

28） Hester Chapone, *A Letter to a New-Married Lady.* (London: John Sharpe, 1822), p. 114.

29） Anne Theé reé se de Lambert, *Advice from a Mother to Her Son and Daughter*, trans. William Hatchett (London: Tho. Worrall, 1729), p. 3; Mary Weightman, *The Polite Reasoner: In Letters Addressed to a Young Lady, at a Boarding School in Hoddesdon, Hartfordshire.* (London: W. Bent, 1787), p. 13.

30) Wilkes, *A Letter of Genteel and Moral Advice to a Young Lady... To This Are Subjoined Three Poems, Intitled I. The Month of May... I. The Wish... II. Rural Felicity Compar'd to Public Life* p. 14; Savile, *The Lady's New Years Gift: Or, Advice to a Daughter.* p. 4; *Advice to a Young Lord, Written by His Father, Etc.*, (London: R. Baldwin, 1691), pp. 9-10; *A Father's Advice to His Son; Laying Down Many Things Which Have a Tendency to Direct and Fix the Mind in Matters of the Greatest Importance*, (London: for the Author, by J. Roberts, 1736), iii.

31) *Of Education*, (London: Tho. Wotton, 1734), p. 25.

32) Allen], *The Polite Lady: Or, a Course of Female Education. In a Series of Letters, from a Mother to Her Daughter.* p. 225.

33) *Education of Children and Young Students in All Its Branches, with a Short Catalogue of the Best Books in Polite Learning... The Second Edition*, (London: J. Waugh, 1752), p. 8.

34) Ibid. p. 16; Sarah Fielding, *The Governess; or the Little Female Academy* (London: 1749), xi-xiii.

35) *Advice to a Young Student. With a Method of Study for the Four First Years.* [*by Daniel Waterland.*], (London: John Crownfield; sold by Cornelius Crownfield, 1730), Advertisement by the Author.

36) ジェイン・コリエからリチャードソンに宛てた手紙。1748年10月 4 日付け。(Richardson, *Correspondence of Samuel Richardson*, II, pp. 61-65). 文中「ミス・フィールディング」と「ミセス・フィールディング」が使われているが勿論両方ともにセアラ・フィールディングを指す。未婚女性であるので，「ミス」，ある程度以上の年齢の女性には，未婚既婚の区別なく「ミセス」が使われたので，「ミセス」も使っている。

37) Fielding and Fielding, *The Correspondence of Henry and Sarah Fielding*, p. 182.

38) Quoted in Darton, *Children's Books in England: Five Centuries of Social Life* p. 96.

39) Mary Martha Sherwood, *The Governess; or, the Little Female Academy. By Mrs. Sherwood.* [*Recast by Mrs. Sherwood from the Work of the Same Name by Sarah Fielding.*] (F. Houlston & Son: Wellington, Salop. 1820), iii.

40) 彼女はセアラ・フィールディングの題名についていた *With Their Nine Days Amusement. Calculated for the Entertainment and Instruction of Young Ladies in their Education* を削除した。

41) Susan Pedersen, "Hannah More Meets Simple Simon: Tracts, Chapbooks, and Popular Culture in Late Eighteenth-Century England," *Journal of British Studies* 25 (1986): 84-113.

42) Sherwood, *The Governess; or, the Little Female Academy.* iv.

43) Ibid. pp. 87-88.

44) Ibid. pp. 88-89.

45) Sarah Trimmer, *The Guardian of Education... Conducted by Mrs. Trimmer* (London: J. Hatchard, 1802), p. 330.

46) *Tea-Table Dialogues, between a Governess and Mary Sensible, Eliza Thoughtful, Etc.* [*with Cuts.*], (London: Darton and Harvey, 1796).

47) M Wollstonecraft, *Original Stories from Real Life* (London: Henry Frowde, 1906), pp. 14-15.

48) Fielding, *The Governess; or, Little Female Academy*, pp. 28, 178.

49) Ibid. p. 196.

50) Pedersen, "Hannah More Meets Simple Simon: Tracts, Chapbooks, and Popular Culture in Late Eighteenth-Century England," 84-113.

51) Hannah More, *Strictures on the Modern System of Female Education with a View of the Principles and Conduct Prevalent among Women of Rank and Fortune* (London: T. Cadell Jun. & W. Davies, 1799), I, p. 172.

52) Ibid. pp. 57, 142.

第5章 古　典

1) 例えば, Vicesimus Knox, *Liberal Education: Or, a Practical Treatise on the Methods of Acquiring Useful and Polite Learning... The Second Edition* (London: Charles Dilly, 1781), pp. 92, 94, 97; John Clarke, *An Introduction to the Making of Latin, Comprising... The Substance of the Latin Syntax... To Which Is Subjoin'd... A Succinct Account of the Affairs of Ancient Greece and Rome... The Thirteenth Edition.* (*a Dissertation Upon the Usefulness of Translations of Classic Authors, Etc.*) (pp. xii. 297. C. Hitch & J. Hodges: London, 1742), pp. 279-86.

2) Knox, *Liberal Education: Or, a Practical Treatise on the Methods of Acquiring Useful and Polite Learning... The Second Edition*, p. 260.

3) Homer et al., *The Iliad of Homer, with Notes. To Which Are Prefix'd, a Large Preface, and the Life of Homer, by Madam Dacier. Done from the French* [*in Prose*] *by Mr. Ozell,* (*Mr. Broome, Mr. Oldisworth*)*... To Which Will Be Made Some Farther Notes... By Mr. Johnson, Late of Eton... Illustrated with 26 Cuts... Design'd by Coypel* (5 vol. G. James, for Bernard Lintott: London, 1712), xxix.

4) Elizabeth Poetess Carter and Montagu Pennington, *Memoirs of the Life of Mrs. Elizabeth Carter, with a New Edition of Her Poems. To Which Are Added Some Miscellaneous Essays in Prose, Together with Her Notes on the Bible and Answers to Objections Concerning the Christian Religion. By Montagu Pennington. 4th Ed* (London: James Cawthorn, 1825), *4th Ed* (London: James Cawthorn, 1825), I, p. 211.

5) *Critical Review*, 13, 1762.

6) George Bishop of Cloyne Berkeley and Richard Sir Single Works Steele, *The Ladies Library. Written by a Lady* [*G. Berkeley*] *and Published by Mr. Steele* (3 vol.

London, 1714), I, p. 20.

7) Euripides, *The Tragedies of Euripides Translated* [*by R. Potter*] (2 vol. J. Dodsley: London, 1781), I, xvi.

8) James Beattie, "Remarks on the Utility of Classical Learning, Written in the Year 1769," in *Essays. On Poetry and Music, as They Affect the Mind. On Laughter, and Ludicrous Composition. On the Utility of Classical Learning* (pp. vi. 555. William Creech: Edinburgh; E. & C. Dilly: London, 1776); Knox, *Liberal Education: Or, a Practical Treatise on the Methods of Acquiring Useful and Polite Learning... The Second Edition*, pp. 128-29.

9) Vicesimus Knox, *Essays, Moral and Literary*. (2 vol. London, 1778), p. 212; James Harris, *Hermes: Or a Philosophical Inquiry Concerning Language and Universal Grammar...* (pp. xix. 426. J. Nourse; P. Vaillant: London, 1751), p. 423.

10) Knox, *Essays, Moral and Literary.*, pp. 210, 211.

11) Edward Bysshe, *The Memorable Things of Socrates, Written by X... Translated into English to Which Are Prefix'd the Life of Socrates from the French of Monsieur Charpentier, and the Life of Xenophon, Collected from Several Authours, Etc* (2 pt. London, 1712); John Gilbert Cooper, Jr., *The Life of Socrates, Collected from the Memorabilia of Xenophon and the Dialogues of Plato...* (R. Dodsley: London, 1749) など。

12) Martin Lowther Clarke, *Greek Studies in England, 1700-1830* (Cambridge: Cambridge Univer. Press, 1945), p. 114; Xenophon, *Conversations of Socrates*, trans. Hugh Tredennick and Robin Waterfield (London: Penguin, 1990), p. 8.

13) MO 5787, 1762 年。エリザベス・モンタギュからセアラ・スコット宛て。

14) M XII 48 E 6, ff. 108-9. 1754年7月18日付けのトマス・エドワーズからリチャードソンへの手紙。リチャードソンの『サー・チャールズ・グランディソン』の中でウォルデン氏とハリエット・バイロンが古典習得について会話を交わすところがあり，ハリエットが「私が，女である私が，ラテン語とギリシャ語を知っているかどうかですって！ラテン語とギリシャ語を知っている女性はたったの一人しか知りません。彼女は自分が鳥たちのなかのフクロウのような気がすると言って，望みがかなうのなら知らなかった私に戻りたいと思っています。」と言う場面がある（Samuel Richardson, *The History of Sir Charles Grandison. Edited with an Introduction by Jocelyn Harris*, (*Oxford English Novels.*) (London: Oxford University Press, 1972) I, p. 48)。

15) Jean E. Hunter は，『ジェントルマンズ・マガジン』が女性の問題に好意的な記事を載せていたことを指摘している。'The Eighteenth-Century Englishwoman: According to the Gentleman's Magazine', in *Woman in the 18th Century and Other Essays*, ed. Paul Fritz and Richard Morton (Toronto: Samuel Stevens, 1976), 73-88；ジョンソンの「女性が説教するのは，犬が後ろ足で立って歩くようなものだ」という言葉は有名であるが，彼の学識ある女性に対する好意的な態度については，次の論文参照：

Charmaine Wellington, 'Dr Johnson's Attitude Towards the Education of Women', *New Rambler* (1977), 49-58; Isobel Grundy, 'Samuel Johnson as Patron of Women', *The Age of Johnson: A Scholarly Annual* 1, ed. Paul J. Korshin (New York: AMS Press, 1987), 59-77; James G. Basker, 'Dancing Dogs, Women Preachers and the Myth of Johnson's Misogyny', *The Age of Johnson: A Scholarly Annual* 3, ed. Paul J. Korshin (New York: AMS Press, 1990), 63-90; Annette Wheeler Cafarelli, 'Johnson and Women: Demasculinizing Literary History', *The Age of Johnson: A Scholarly Annual* 5, ed. Paul J. Korshin (New York: AMS Press, 1992), 61-114.

Montagu, *The Complete Letters of Lady Mary Wortley Montagu* III, p. 22.

16) Montagu, *The Complete Letters of Lady Mary Wortley Montagu* III, p. 22.

17) Ibid. III, p. 83.

18) Guest, *Small Change: Women, Learning, Patriotism, 1750-1810*, pp. 99-101, 120-21, 131-33.

19) *Socratic Discourses by Plato and Xenophon*, *Everyman's Library* (London: J. M. Dent & Sons, 1910), 'Apology, or the Defence of Socrates', trans. by Sarah Fielding, 152-61.

20) John Duncombe, *The Feminiad: A Poem* (London, 1754), p. 11.

21) シャポンからリチャードソンへの手紙。バラードにかわって彼の著作を擁護した。FMXII, 48 E 6, 2, f. 16, Nov 24 1750.

22) George Ballard, *Memoirs of Several Ladies of Great Britain, Who Have Been Celebrated for Their Writings or Skill in the Learned Languages, Arts and Sciences* (Oxford: W. Jackson, 1752); Ruth Perry, "George Ballard's Biographies of Learned Ladies," in *Biography in the Eighteenth-Century*, ed. J. D. Browning (New York: Garland, 1980), 85-111 参照。

23) Guest, *Small Change: Women, Learning, Patriotism, 1750-1810*, pp. 49-69.

24) Sarah Fielding, *The Cry, (1754): A Facsimile Reproduction* (Delmar, New York: Scholar's Facsimiles & Reprints, 1986), I, 145-50.

25) *Correspondence between Frances, Countess of Hertford, (Afterwards Duchess of Somerset) and Henrietta Louisa Countess of Pomfret, between the Years 1738 and 1741*, (London: Richard Phillips, 1805), I, 96-7.

26) *Monthly Review* 18, 1758, quoted in Vivien Jones, ed., *Women in the Eighteenth Century: Constructions of Femininity*, *World and Word Series* (London: Routledge, 1990), p. 175.

27) ペニントン（1762-1849）は，エリザベス・カーターの妹マーガレットとトマス・ペニントンの息子。父子ともに聖職者。叔母エリザベスに教育を授けられ，彼女は自分の書いたものすべてを彼に残し，彼は遺言執行人でもあった。ペニントンの『回想』について，カーターのコミカルな面や反骨精神を故意に伏せて道徳的優越をあまりにも強調しており，その影響で20世紀の退屈なカーター像もできているとサーモンは指摘してい

る。Christine Mary Salmon, "Representations of the Female Self in Faminiar Letters 1650–1780" (University of London, 1991), p. 60, n. 27.

引用は *Sketch of the Character of Mrs. Elizabeth Carter, Etc*, (pp. 19. A. Ballantyne: Kelso, 1806), pp. 13–14.

28) MO 5766; FM XI, 48 E 5, f. 82; Carter and Talbot, *A Series of Letters between Mrs. Elizabeth Carter and Miss Catherine Talbot from the Year 1741 to 1770*⊥, II, p. 131.

29) Battestin and Battestin, *Henry Fielding: A Life*, p. 413 に引用されている。

30) Richardson, *Correspondence of Samuel Richardson*, II, p. 101.

31) MO 5766.

32) Hester Lynch Thrale, *Thraliana. The Diary of Mrs. Hester Lynch Thrale, Later Mrs. Piozzi, 1776–1809*, ed. Katharine C. Balderston (Oxford: Clarendon Press, 1942), pp. 78, 259.

33) Georgiana Cavendish, *Georgiana. Extracts from the Correspondence of Georgiana, Duchess of Devonshire.* , ed. the Earl of Bessborough (London: John Murray, 1955), p. 40.

34) Thrale, *Thraliana. The Diary of Mrs. Hester Lynch Thrale, Later Mrs. Piozzi, 1776–1809*, pp. 78–79.

35) Richardson, *Correspondence of Samuel Richardson*, VI, p. 52. リチャードソンは，「女性が学問を身につけるのを」挫くようなことは言わないでほしいと返答した（VI, p. 60）.

36) Thrale, *Thraliana. The Diary of Mrs. Hester Lynch Thrale, Later Mrs. Piozzi, 1776–1809*, p. 35.

37) Ibid. p. 208.

38) Ibid. p. 79.

39) 1795年3月15日 Revd Leonard Chappelow 宛ての手紙（Battestin and Battestin, *Henry Fielding: A Life*, p. 381).「正当にも秀でるようになると」というのがいつの時点を指すのか明らかでないが，彼女の翻訳が出版されて，ギリシャ語の学識が広く知られるようになったのはヘンリーの死後7年以上経ったときだった。翻訳と同年出版のアーサー・マーフィーによるヘンリー・フィールディングの伝記「ヘンリー・フィールディング氏の生涯と才能に関する論考」では，セアラは「デイヴィッド・シンプルや書簡などたくさんの優雅な作品で活発で洞察力のある才能を示した」人物としてとりあげられ，古典語や翻訳出版には触れていない。Henry Fielding, *The Works of Henry Fielding, Esq; with the Life of the Author* [*Signed: Arthur Murphy*] (London: A. Millar, 1762), I, pp. 5–49.

40) William Mudford, *The British Novelists; Comprising Every Work of Acknowledged Merit Which Is Usually Classed under the Denomination of Novels. Accompanied with Biographical Sketches of the Authors, and a Critical Preface to Each Work* (London: for the Proprietors, 1810), IV, p. 3.

41) Cross, *The History of Henry Fielding*, III, p. 202.

42) Angela Smallwoodは，ヘンリー・フィールディングの豪胆・快活・男らしいイメージを作りあげるのにクロスが大きな役割を果たしたことを指摘している。それに合致しないような見識の狭い態度は何らかの特定の理由を添えられる必要があった。Angela J. Smallwood, *Fielding and the Woman Question: The Novels of Henry Fielding and Feminist Debate, 1700-1750* (Hemel Hempstead, Hertfordshire: Harvester Wheatsheaf; New York: St. Martin's Press, 1989), pp. 15-27.

　一方，ヘンリーの学識ある女性への態度は一般に考えられているよりも実は冷たくなかったとWilliamsは主張している。Carolyn D. Williams, "Fielding and Half-Learned Ladies," *Essays in Criticism* 38 (1988): 23-34.

43) Joseph M. Levine, *The Battle of the Books: History and Literature in the Augustan Age* (Ithaca, N. Y.; London: Cornell University Press, 1991).

44) Ibid. p. 415.

45) Clive T. Probyn, *The Sociable Humanist: The Life and Works of James Harris 1709-1780: Provincial and Metropolitan Culture in Eighteenth-Century England* (Oxford: Clarendon, 1991).

46) Levine, *The Battle of the Books: History and Literature in the Augustan Age*, p. 139.

47) Elizabeth Carter, *All the Works of Epictetus, Which Are Now Extant;... His Discourses, Preserved by Arrian, in Four Books, the Enchiridion, and Fragments. Translated from the Original Greek, by Elizabeth Carter. With an Introduction, and Notes, by the Translator* (London: A. Millar, 1758).

48) Carter and Talbot, *A Series of Letters between Mrs. Elizabeth Carter and Miss Catherine Talbot from the Year 1741 to 1770*, I, p. 33.

49) Ibid. I, p. 138.

50) Ibid. I, p. 171.

51) Ibid. I, p. 180.

52) ゲストは，トルボットが翻訳者を自らを表に出さない美徳をもった「ヒーローとヒロイン」と考えていたと分析している。Guest, *Small Change: Women, Learning, Patriotism, 1750-1810*, pp. 129-30.

53) John Nichols, *Illustrations of the Literary History of the Eighteenth Century: Consisting of Authentic Memoirs and Original Letters of Eminent Persons; and Intended as a Sequel to the Literary Anecdotes* (London: Nichols & Bentley, 1817), pp. 486-87.

54) Carter and Talbot, *A Series of Letters between Mrs. Elizabeth Carter and Miss Catherine Talbot from the Year 1741 to 1770*, II, p. 138.

55) Ibid., II, pp. 31, 35. エジンバラで同様の計画があるという噂があり，カーターがセッカーにその真偽を尋ねていた。

56) Ibid. II. pp. 138–39.
57) Ibid. II, pp. 192, 202, 203.
58) Ibid. II, p. 203.
アリアヌス Lucius Flavius Arrianus ‘Xenophon’（c. 92–c. 175）英語では Arrian。紀元前 4 世紀のクセノフォンにちなんだ俗称がつけられているローマ時代の歴史家・哲学者。エピクテトスの弟子としてその教えを編集した。
59) Thomas Secker, *The Autobiography of Thomas Secker Archbishop of Canterbury*, ed. John S. Macauley and R. W. Greaves (Lawrence: University of Kansas Libraries, 1988) によれば，「前書きのかなりの部分を私が……書いた」(p.36)。
60) Carter and Talbot, *A Series of Letters between Mrs. Elizabeth Carter and Miss Catherine Talbot from the Year 1741 to 1770* II, p. 210; Secker, *The Autobiography of Thomas Secker Archbishop of Canterbury* p. 36.
61) Pennington, *Memoirs of the Life of Mrs. Elizabeth Carter, with a New Edition of Her Poems. To Which Are Added Some Miscellaneous Essays in Prose, Together with Her Notes on the Bible and Answers to Objections Concerning the Christian Religion. By Montagu Pennington. 4th Ed* I, p. 166.
62) Nichols, *Illustrations of the Literary History of the Eighteenth Century: Consisting of Authentic Memoirs and Original Letters of Eminent Persons; and Intended as a Sequel to the Literary Anecdotes* III, p. 486.
63) Pennington, *Memoirs of the Life of Mrs. Elizabeth Carter, with a New Edition of Her Poems. To Which Are Added Some Miscellaneous Essays in Prose, Together with Her Notes on the Bible and Answers to Objections Concerning the Christian Religion. By Montagu Pennington. 4th Ed* I, p. 165.
64) Nichols, *Illustrations of the Literary History of the Eighteenth Century: Consisting of Authentic Memoirs and Original Letters of Eminent Persons; and Intended as a Sequel to the Literary Anecdotes* III, pp. 487, 486.
65) Ibid. III, 486.
66) Carter and Talbot, *A Series of Letters between Mrs. Elizabeth Carter and Miss Catherine Talbot from the Year 1741 to 1770*, I, p. 317.
67) Pennington, *Memoirs of the Life of Mrs. Elizabeth Carter, with a New Edition of Her Poems. To Which Are Added Some Miscellaneous Essays in Prose, Together with Her Notes on the Bible and Answers to Objections Concerning the Christian Religion. By Montagu Pennington. 4th Ed* I, pp. 171–72.
68) Ibid. I, pp. 187, 188, 189–90.
69) Ibid. I, pp. 199–200.
70) Ibid. I, p. 202.
71) Ibid. I, p. 196.
72) Homer, *The Iliad of Homer, with Notes. To Which Are Prefix'd, a Large Preface,*

and the Life of Homer, by Madam Dacier. Done from the French [*in Prose*] *by Mr. Ozell,* (*Mr. Broome, Mr. Oldisworth*)*... To Which Will Be Made Some Farther Notes... By Mr. Johnson, Late of Eton.*, trans. William Broome (London: G. James, for Bernard Lintott, 1712), xxxi.

73) Carter, *All the Works of Epictetus, Which Are Now Extant;... His Discourses, Preserved by Arrian, in Four Books, the Enchiridion, and Fragments. Translated from the Original Greek, by Elizabeth Carter. With an Introduction, and Notes, by the Translator*, xv-xvi.

74) Pennington, *Memoirs of the Life of Mrs. Elizabeth Carter, with a New Edition of Her Poems. To Which Are Added Some Miscellaneous Essays in Prose, Together with Her Notes on the Bible and Answers to Objections Concerning the Christian Religion. By Montagu Pennington. 4th Ed* I, pp. 212-13. リトルトンの褒め言葉を受けてカーターは「エピクテトスへの序文をリトルトン卿が褒めてくださってとても自慢です」と喜んだ。Carter, *Letters from Mrs. Elizabeth Carter, to Mrs. Montagu, between the Years 1755 and 1800,... Published from the Originals in the Possession of the Rev. Montagu Pennington*, I, p. 175.

75) Edward Young, *The Correspondence of Edward Young, 1683-1765*, ed. Henry Pettit (Oxford: Clarendon Press, 1971), p. 526.

76) Hester Chapone, *Miscellanies in Prose and Verse* (London: E. & C. Dilly; J. Walter, 1775), pp. 68-124; ファイデリアの話が最初に印刷されたのは，1758年の『アドヴェンチャラー』77，78，79号。

77) Fielding and Fielding, *The Correspondence of Henry and Sarah Fielding.*

78) Probyn, *The Sociable Humanist: The Life and Works of James Harris 1709-1780: Provincial and Metropolitan Culture in Eighteenth-Century England* pp. 87, 105.

79) Fielding and Fielding, *The Correspondence of Henry and Sarah Fielding*, p. 160.

80) Ibid. p. 160.

81) ハリスは1761年にハンプシャ，クライストチャーチのMPとなり，生涯議席を保持することになった。セアラ・フィールディングの翻訳が出版されたのは，1762年1月だった。

82) Harris, *Hermes: Or a Philosophical Inquiry Concerning Language and Universal Grammar...* vi.

83) Pennington, *Memoirs of the Life of Mrs. Elizabeth Carter, with a New Edition of Her Poems. To Which Are Added Some Miscellaneous Essays in Prose, Together with Her Notes on the Bible and Answers to Objections Concerning the Christian Religion. By Montagu Pennington. 4th Ed* I, p. 181.

84) Probyn, *The Sociable Humanist: The Life and Works of James Harris 1709-1780: Provincial and Metropolitan Culture in Eighteenth-Century England* p. 86.

85) Fielding and Fielding, *The Correspondence of Henry and Sarah Fielding*, p. 153. 1758年と1759年のサミュエル・リチャードソンへの手紙には，彼女が彼に借りていた金銭を返したことに言及されている（pp.149，150)。

86) Ibid. p. 151.

87) Ibid. p. 151.

88) Sarah Fielding, *Xenophon's Memoirs of Socrates. With the Defence of Socrates, before His Judges. Translated* (Bath: C. Pope, 1762), pp. 1-8.

89) Fielding and Fielding, *The Correspondence of Henry and Sarah Fielding* p. 174.

90) ブリーはこれをバニヤン『天路歴程』の世俗版と読んでいる（Bree, Sarah Fielding pp. 53-54).